Susanne Fletemeyer

FINDE MICH!

Glück in kleinen Dosen

Roman

TINTE & FEDER

Deutsche Erstveröffentlichung bei
Tinte & Feder, Amazon Media EU S.à r.l.
5 Rue Plaetis, L-2338, Luxembourg
Juni 2016

Umschlaggestaltung: semper smile, München, www.sempersmile.de
Umschlagmotiv: © Hein Nouwens / Shutterstock; © Miceking / Shutterstock; © Shtonado / Shutterstock; © Yuriy2012 / Shutterstock
Lektorat, Korrektorat und Satz:
Verlag Lutz Garnies, Haar bei München
www.vlg.de
Printed in Germany
By Amazon Distribution GmbH
Amazonstraße 1
04347 Leipzig, Germany

ISBN 978-1-503-93759-8

www.amazon.de/tinteundfeder

Susanne Fletemeyer

Finde mich!

TINTE & FEDER

Das Buch

Auch mit fast dreißig hofft Jaromir noch immer auf seinen Durchbruch als Comiczeichner und dümpelt von einem schlecht bezahlten Grafikjob zum nächsten. Kein Wunder also, dass seine Freundin sich für eine männliche Alternative mit besseren Perspektiven entschieden und ihn mit seinem dreibeinigen Kater in der winzigen Dachwohnung zurückgelassen hat. Damit nicht genug, droht ihm sein Vermieter auch noch mit der Zwangsräumung. Zum Glück hat Jaromir jedoch aufmunternde Freunde. Mit ihnen teilt er eine Leidenschaft, die dabei hilft, den Kopf frei zu bekommen: das Geocaching. Bei der GPS-gestützten Suche nach Caches in gut versteckten kleinen Dosen findet er weit mehr, als er wollte. Sein Plan, den Frauen vorerst abzuschwören, gerät dabei gehörig ins Wanken …

Die Autorin

Susanne Fletemeyer, Jahrgang 1967, lebt mit ihrer Familie in der Region Hannover, nicht weit vom Steinhuder Meer. Sie arbeitete als technische Zeichnerin, Maschinenbaukonstrukteurin und Werbetexterin. Inzwischen kümmert sich die technische Redakteurin um die Übersetzung von Bedienungsanleitungen. Mit dem Erfinden von Geschichten erschafft sie sich dazu den perfekten Gegenpol. Neben dem Schreiben geht sie gerne auch auf GPS-Schatzsuche und ist seit jeher eine leidenschaftliche Zeichnerin.

1

Tafelfarbe Freigeist, schwarz matt. Ich habe sie hauptsächlich wegen ihres Namens ausgesucht und weil es der dunkelste Farbton war, den es im Baumarkt zu kaufen gab. Blindwütig rolle ich die Farbe auf die Wand, dass es nur so spritzt, und arbeite mich zu der lebensgroßen Comic-Amazone vor, der ich vor vier Jahren – im ersten Liebestaumel – Sarahs Gesichtszüge verliehen habe.

»Jaromir Alves, warum zum Teufel hast du dir nicht einfach ein Foto auf den Nachtschrank gestellt?«, fahre ich mich selbst an. Es hätte so simpel sein können: Foto zerreißen und die Schnipsel im Klo herunterspülen. Oder besser noch: gleich mitsamt Rahmen zertrümmern und in die Tonne hauen. Aber ich musste ja so bescheuert sein und sie auf meiner Küchenwand verewigen! Drei Monate ist es nun her, dass sie zu ihrem neuen Lover gezogen ist, und ich habe keine Lust mehr, jeden Tag quasi von ihr persönlich daran erinnert zu werden.

Ich rubble mir mit dem Unterarm die Augen frei und drücke ihr den Farbroller an die Kehle. »Was weißt du schon von meinen Träumen?«, presse ich zwischen den Zähnen hervor. Mit einem präzisen Streich trenne ich ihr Comic-Haupt vom Rumpf, übermale ihr falsches Lächeln mit einer extra dicken Farbschicht und dann den Rest ihres Körpers.

Nachdem ich die letzte Lücke geschlossen habe, trete ich zurück und betrachte das Ergebnis mit zusammengekniffenen Augen. Zwischen den pastellgelben Wänden wirkt die schwarze

Fläche wie ein gähnendes Loch. Ein Tor zu einer anderen Welt. Ein unbeschriebenes Blatt!

Die Türklingel unterbricht meine philosophischen Betrachtungen. Ich hänge den Farbroller in den Eimer, wische mir im Gehen die Hände an den Jeans ab und drücke auf den Summer im Flur. Im selben Moment klopft jemand an meine Wohnungstür. Durch den Spion sehe ich meinen Nachbarn Said, der einen grünen Plastikkorb auf seinen Dreadlocks balanciert. Darin türmt sich meine Wäsche, die ich mal wieder in unserer Maschine im Keller vergessen habe. Wie er so dasteht und seine Zähne im schwarzen Gesicht aufblitzen, könnte man fast meinen, wir befänden uns in Afrika und nicht im vierten Stock eines Altbaus in Hannover-Linden. Seufzend öffne ich die Tür.

Er nimmt den Korb herunter und drückt ihn mir gegen die Brust. »Du hast komische Nusse gewaschen, da guck!« Vorwurfsvoll zeigt er auf die zerbröselten Schalenteile, die überall in der nassen Wäsche verteilt sind.

»Waschnüsse«, stöhne ich. »Das Seifenwunder aus Indien. Klang eigentlich ganz vielversprechend.«

»De Inder freut sich uber dein Geld, damit er kann selber richtige Waschmittel kaufen«, meint Said und mustert mich von oben bis unten. »Hast du Explosion gehabt?«

Ich stelle den Korb im Flur ab und schiebe ihn mit dem Fuß an die Wand. »Nein, ich streiche meine Küche.«

»Lass gucken!« Said drängt sich an mir vorbei und schreit in der nächsten Sekunde auch schon auf: »Was hast du gemacht?«

»Wenn die Farbe trocken ist, kann ich mit Kreide darauf malen! Eine riesige Zeichenfläche, jederzeit verfügbar!«

Said sinkt auf einen der Hocker vor meiner Küchenzeile. »Farbe is teuer, oder? Ich hoff, du erst hast Miete bezahlt, ja?«

»Lass das mal meine Sorge sein«, murmle ich und werfe einen verstohlenen Blick auf den Kühlschrank. Unter der Anleitung für die Tafelfarbe, die von einem Magneten an der

Tür gehalten wird, lugt nur noch ein Zipfel des Einschreibens hervor.

»Kaffee?« Schwungvoll angle ich Kanne und Filter aus dem Chaos auf der Spüle und werfe den Kaffeesatz in den Mülleimer. Er steht in der Lücke, die Sarahs Spülmaschine hinterlassen hat. Während ich einen neuen Filter in den Trichter stopfe und das letzte Kaffeepulver aus der Dose kippe, ringe ich mir ein Grinsen ab. »Keine Angst, so schnell wirst du mich als Nachbar nicht los!«

Said nickt, wenn auch nicht wirklich überzeugt, doch er kennt mich zu genau, um jetzt weiterzubohren. »Aber gut, dass die Bild is weg. Und Sarah sowieso, das falsch Schlange.«

»Na ja, welche Frau will schon einen Loser wie mich?«

»Nonsens! Wann du hast Erfolg, alles gut fur Sarah! Wann Erfolg is weg, nur noch Gemecker! So viel, dass du hast kein Idee mehr. Aber wann kein Idee, kein Geld! Das is – wie sagt man – a vicious circle?«

»Ein Teufelskreis?«

Er bohrt seinen Zeigefinger in die Luft. »Exactly!«

Wahrscheinlich hat Said recht. Nachdem mein Comicverlag pleitegegangen war, schlug Sarahs Begeisterung für meine Arbeit tatsächlich schnell ins Gegenteil um.

»Du könntest bei Onkel Bernhard als Taxifahrer arbeiten, aber nein: Du willst ja lieber dein Dasein als brotloser Künstler fristen«, höre ich sie sagen.

Mal ehrlich: Wer kann auch nur einen kreativen Gedanken fassen, wenn er sich ständig das Genörgel seiner Freundin anhören muss?

Ich spüle zwei Tassen aus und stelle die Zuckerdose vor Said ab. Das Brodeln des Wasserkochers verschluckt die afrikanischen Worte, die er vor sich hin murmelt. »Was hast du gesagt?«

»Aber is nicht gut fur Mann, zu sein allein«, übersetzt er,

schiebt einen Stapel schmutziger Teller beiseite und zieht die Tageszeitung zu sich. Eifrig blättert er im Anzeigenteil. »Guck! Wann du ein neues Frau willst – was wurdest du schreiben?«

»Vergiss es!« Ich reiße ihm die Zeitung weg und falte sie grob zusammen.

Ungerührt zieht Said ein Blatt aus meiner Zettelbox und greift sich einen der Fineliner, die überall bei mir herumliegen. Er kritzelt etwas auf das Papier und schiebt es zu mir herüber. »Jetzt du!«

Grosse Bruste, lese ich. *Blond, rundes Popo.*

»Alter Macho!« Lachend schiebe ich den Zettel wieder zu ihm.

Said schaut mich treuherzig an und zuckt mit den Schultern. »Guck, wann Frau nicht bleibt bei dir, kann ich auch was haben davon!«

»Blond wäre nicht schlecht, aber was ist mit den inneren Werten?«

»Was du meinst damit?«

»Na, den Charakter eben! Wie sie so ist!« Ich stelle Said seine Tasse hin und beobachte fasziniert, wie er fünf Löffel Zucker im Kaffee versenkt.

Er klopft mit dem Stift auf den Zettel. »Sag, wie se soll sein!«

Ich gebe auf, denn er wird sowieso nicht lockerlassen. »Unkompliziert, keine Styleziege, die Angst hat, sich die künstlichen Fingernägel abzubrechen. Intelligent, witzig, schlagfertig. Hübsch, aber auf die natürliche Art. Ich muss sie ansehen und wissen – die isses einfach, verstehst du?«

»Und diese Spiel machen mit dir. Dose suchen gehen.«

»Geocaching nennt sich das. Und wenn sie mitmacht, wäre das natürlich ideal. Aber so schnell kommt mir eh keine Frau mehr ins Haus.«

»Sawa, sawa, okay«, winkt Said ab. Er greift nach dem

GPS-Gerät, das wie immer im sonst leeren Obstkorb liegt, und tippt auf dem Display herum. »Wo finde ich Versteck in Hannover? Hast du gespeichert?«

»Geocaches gibt es hier jede Menge. Wenn du willst, gehen wir mal zusammen suchen.« Als ich ihm das GPS abnehme, klingelt mein Handy. Kowalski ist dran – verdammt! Ich ziehe mich auf den Flur zurück und gehe ran.

»Haben Sie das Einschreiben erhalten?«, schnauzt mich mein Vermieter an.

»Hören Sie – im Moment bin ich etwas klamm, aber das ändert sich bald! Wenn Sie noch ein bisschen warten …«

»Bisher bin ich Ihnen immer entgegengekommen. Aber langsam ist der Bogen überspannt.«

»Sie kriegen Ihr Geld – ehrlich!«

Er seufzt. »Bis Ende des Monats, sonst fliegen Sie. Schließlich bin ich kein Wohltätigkeitsverein!« Ehe ich etwas erwidern kann, hat er aufgelegt.

Resigniert schleppe ich mich in die Küche zurück.

»Is schlecht Luft hier«, ruft mir Said zu und drückt das Dachfenster über der Spüle auf. Ein Windstoß fährt unter die Papiere am Kühlschrank. Der Magnet poltert auf die Fliesen, die Anleitung und das Einschreiben segeln zu Boden und rutschen direkt vor Saids Füße. »Lass liegen!«, rufe ich noch, doch er bückt sich bereits, hebt den Umschlag auf und starrt auf den Absender.

»Was is das? Hast du nicht aufgemacht!«

»Ich weiß eh, was drinsteht.« Seufzend nehme ich ihm den Brief ab und reiße ihn auf. Als ich das Schreiben lese, schiebt sich Said neben mich.

»Miete fur drei Monaten?«, kreischt er.

»Ich biege das schon wieder hin, wenn das Honorar von Up2Gross erst kommt …«

»Dann hast du das Job? Kann ich Bilder gucken?«

Ich beiße mir auf die Unterlippe und weiche Saids bohrendem Blick aus. Die Wahrheit ist, dass ich vor lauter Liebeskummer noch immer keinen Entwurf für den neuen Kunden der Werbeagentur zustande gebracht habe. Wenn mir nicht schleunigst ein »spaßhaft-ironischer Comic mit Niveau« zum Thema nahtlose Unterwäsche einfällt, kann ich nicht nur diesen Auftrag vergessen, sondern habe auf ewig die Chance verspielt, bei Up2Gross einen Fuß in die Tür zu bekommen. »Den Zeichnungen fehlt noch der Feinschliff. Ich zeig sie dir morgen, ja?«

Said steht entschlossen auf. »Wir jetzt gehen in dein Office, und du zeigst Bilder!« Als ich keine Anstalten mache, ihm zur Tür zu folgen, sieht er mich mit schmalen Augen an. Said konnte ich noch nie etwas vormachen.

»Okay, ich habe noch nichts! Was glaubst du, warum ich Sarahs Bild überstrichen habe? Damit ich endlich wieder arbeiten kann!«

»Du meinst, es wird helfen?«

Betont lässig zucke ich mit den Achseln, nehme einen Schluck Kaffee und kippe die bittere Brühe in den Abfluss. »Hab ja noch bis Montag Zeit.«

»Aber is schon Samstag heute!«

»Wenn ich ein paar Nachtschichten einlege, schaffe ich das locker.« Ich setze mich und verschränke die Arme vor der Brust. Als wüsste ich nicht selbst, dass es knapp wird. »Typisch Jaro! Immer auf den letzten Drücker«, meldet sich Sarah prompt aus dem Off.

Said hockt sich neben mich und spricht aus, was ich denke. »Jaro, my friend, du steckst in Scheiße tief!«

Schweigend starren wir eine Weile auf die schwarze Wand. »Dies Wand is wie der Leben«, murmelt Said plötzlich. »Du kannst bedecken das Vergangheit, aber dein Sehnsucht is da.« Er tippt mir auf die Brust. »In Herz, ganz unten. Kannst du Wand uberstreichen mit schwarz Farbe, so viel du willst!«

Er trinkt seinen Kaffee aus und lässt sich vom Hocker gleiten. »Ich geh dann.« An der Küchentür dreht er sich noch einmal um. »In Deutschland, Schwarz is Farbe fur Trauer. Aber in Afrika sagen die Leute, dass es is Farbe fur fruchtbares Erde. Es reinigt … the soul, you know?«

Eine ganz neue Interpretation einer schwarzen Seele, denke ich und ringe mir ein gequältes Lächeln ab.

»Wann nicht hilft«, sagt er im Rausgehen, »kannst du wohne bei mir – aber is eng.«

Ich schlucke schwer. Noch vierzig Stunden bis zur Abgabe. Wo zum Teufel bleibt meine Inspiration?

S 54° 48.444' W 068° 18.134' Argentinien, Feuerland, Ushuaia.

Der Geocacher lehnt sich gegen den Polarwind. Sein Gesicht unter der Kapuze wird schon taub. Er streift seine Handschuhe ab und klemmt sie sich zwischen die Beine, dann zieht er das kleine Stofftier mit der Erkennungsmarke aus der Tasche. Nur mit Mühe gelingt es ihm, den Travelbug so vor sein Handy zu halten, dass sowohl das Schild mit der Aufschrift Fin del mundo *als auch ein Stück Meer im Hintergrund zu sehen sind. Mit steifen Fingern schießt er mehrere Fotos. Dann macht er sich auf die Suche.*

Als er die Dose findet, ist sie zu eng, um dem Travelbug Quartier zu bieten. Aber der Owner will ihn ohnehin zurück. Bis nach Buenos Aires wird er ihn noch mitnehmen, beschließt der Geocacher, und steckt den Travelbug wieder ein.

2

Nur noch Grundrauschen und Schneegestöber. Mein Hirn fühlt sich an wie ein alter Röhrenfernseher. Mühsam hebe ich den Kopf von der Schreibtischplatte, streife mir ein Blatt Papier von der verschwitzten Wange. Ein Blick auf die Uhr: schon Sonntagmorgen! Ich reibe mir die pochenden Schläfen und sehe mich um. Schreibtisch und Fußboden sind übersät mit Papierbällen, als hätte es geschneit. Das Gekritzel vor meiner Nase zeigt das gesamte Ausmaß meiner Ideenlosigkeit. Es ist hoffnungslos.

Ein Katzenkopf schiebt sich durch den Türspalt. Schorse bahnt sich den Weg zu mir. Sein rot-weiß getigertes Fell wirkt im Papierschnee noch leuchtender. Er rammt seinen Kopf gegen mein Schienbein und sieht mich auffordernd an. Ich beuge mich nach unten und kraule ihm die Ohren. »Wenn das nicht bald was wird, sind wir echt am Arsch, mein Freund.« Seufzend stehe ich auf und folge ihm in die Küche.

Ein eckiger Spot fällt durch das Fenster auf das Spiderman-Poster über dem Küchensofa. Ich puste den Dampf von meinem Instantkaffee, fixiere den Spinnenmann, unter dessen Hülle doch nur der unscheinbare Peter Parker steckt. »Wäre der Typ nicht von dieser Spinne gebissen worden, wäre er wahrscheinlich Taxifahrer geworden«, höre ich Miro sagen. Das wunde Bauchgefühl wächst. Wenn mein Bruder hier wäre, würden wir uns so lange mit Stichworten bombardieren, bis die Puzzlestücke ein Bild ergeben. Brainstorming haben wir das genannt. Mein Vater hat uns dafür immer ausgelacht. »Tempestade Celebral. Lass dir lieber den Kopf von einer ordentlichen Meeresbrise freiblasen!« Hat er ja auch gründlich getan, da unten an der portugiesischen Atlantikküste. Und sich dann entschieden, in seiner alten Heimat zu bleiben.

Während ich in meinem Müsli herumstochere, sehe ich ihn am Küchentisch sitzen: dunkler Blick, Dreitagebart, schiefes Grinsen. Ich zeige mit dem Löffel auf ihn. »Abgehauen bist du! Genauso wie Sarah und, na ja, auch Miro – irgendwie«, klage ich ihn an, worauf er beleidigt zerplatzt. Allerdings – an der Meeresbrise, da ist was dran. Mein Blick fällt auf mein GPS-Gerät, es macht klick in meinem Kopf. Ich schiebe die Müslischüssel von mir und springe auf. Brainstorming nach Jaros Art ist angesagt: frischer Wind plus Geocaching, bevorzugt am Steinhuder Meer!

Das einstmals beschauliche Fischerdorf Steinhude wimmelt von Touristen. Schwitzend sitze ich in meinem von der Sonne aufgeheizten Alfa und drehe eine Runde nach der anderen durch verwinkelte Nebenstraßen. Weit und breit kein freier Parkplatz in Sicht. Im Rückspiegel sehe ich einen Transporter, der gerade ausparkt. Doch kaum habe ich ihn passieren lassen und den Rückwärtsgang eingelegt, rauscht ein schwarzer Audi heran und schießt in die Lücke. Die Türen klappen auf, ein Pärchen steigt aus.

»He! Das war mein Parkplatz!«, brülle ich, doch der angegraute Typ legt bloß den Arm um seine zierliche Begleiterin und schlendert mit ihr los.

Langsam rolle ich hinter den beiden her, beuge mich über das Lenkrad, um besonders die Frau besser sehen zu können. Sie ist höchstens halb so alt wie er und bewegt sich in ihrem hautengen Minirock unglaublich natürlich. Vor einem Souvenirladen zeigt sie auf eine Reihe Flipflopsandalen, bückt sich und zieht sich die roten Absatzschuhe von den Füßen. Lachend richtet sie sich wieder auf und streicht sich die flachsblonde Mähne aus dem Gesicht.

Plötzlich wird mir bewusst, dass ich mit laufendem Motor mitten auf der Straße stehe und sie angaffe. Was zum Teufel ist in mich gefahren? Hektisch reiße ich am Schaltknüppel, das Getriebe hakelt und kracht, dann gebe ich Gas.

Nachdem ich endlich geparkt habe, überquere ich den Platz vor den Strandterrassen. Der Geruch nach Räucheraal und Backfisch aus den Verkaufsbuden wird am Uferweg von der frischen Brise verdrängt, die mir vom Steinhuder Meer entgegenweht. Brainstorming. Ich atme tief ein. Während ich meinen Organismus mit Sauerstoff flute, ziehe ich das GPS-Gerät aus dem Rucksack und rufe die Übersichtskarte auf. Sie zeigt lauter gelbe Smilies, denn rund um den See habe ich nahezu jeden Cache gehoben. Doch eine ungeöffnete Schatzkiste ist noch da: auf der Insel Wilhelmstein, mitten auf dem See.

Sogenannte Auswanderer-Boote pendeln täglich zwischen Steinhude und dem Wilhelmstein, lese ich in der Cache-Beschreibung. Neugierig scrolle ich weiter. *Der Name »Auswanderer-Boot« geht auf die Anfangszeit des Tourismus am Steinhuder Meer zurück. In den 20er-Jahren gehörte Steinhude am Südufer noch zu Schaumburg-Lippe, während das Nordufer des Steinhuder Meeres unter preußisch-hannoverscher Verwaltung stand. Fuhr man damals mit dem Boot vom Südufer zum Nordufer, wanderte man somit in ein anderes Land aus.*

Wenn das Auswandern heutzutage so einfach wäre, würde ich es, ohne zu zögern, tun. Spontan kaufe ich ein Ticket für die Überfahrt zur Insel.

Als ich die Anlegestelle erreiche, macht die Besatzung einer der offenen Segeljollen gerade die Leinen los. Ich spurte über den Steg und wedle mit meiner Fahrkarte. »Nehmen Sie mich noch mit?«

»Na immer rein!«, brummt der Skipper. Etwas atemlos klettere ich an Bord.

Das Boot ist voll mit Ausflüglern, die nebeneinander aufgereiht an den Bordwänden sitzen. Ich dränge mich zwischen der niedrigen Mittelkonsole und den Knien der Leute zu dem einzigen freien Platz am anderen Ende durch. »Eine Bootsladung Muggel«, denke ich und muss grinsen. Dieser Ausdruck, der aus den *Harry-Potter*-Romanen stammt, hat sich auch in Cacher-Kreisen für die Bezeichnung aller Nichteingeweihten eingebürgert. Einen Cache so unauffällig aufzuspüren, dass kein »Muggel« es mitbekommt, verleiht dem Ganzen einen zusätzlichen Reiz.

Ich quetsche mich neben einen Dreikäsehoch und seine korpulente Mutter, als mein Blick auf die gegenüberliegende Bankreihe fällt. Mein Herz setzt für einen Schlag aus. Sie hat die roten Schuhe tatsächlich gegen Flipflops eingetauscht und lehnt mit übereinandergeschlagenen Beinen an ihrem väterlichen Freund. Nur die Mittelkonsole, auf der das Segel als verschnürtes Paket liegt, trennt mich von ihr.

Der Dieselmotor springt an und lässt den Bootsrumpf erzittern. Ich reiße mich von ihrem Anblick los und konzentriere mich auf den Skipper am Heck, der das Achtmeterschiff mit schlafwandlerischer Sicherheit aus der Anlegestelle manövriert. Er wendet das Boot, wir nehmen Fahrt auf. Ich hole meine Kamera aus dem Rucksack, nehme die kleine Insel in der Mitte des Sees ins Visier und zoome näher heran. Gerade als ich abdrücke, hüpft das Boot über eine Welle, und statt der Insel erscheint auf dem Fotodisplay ein braun gebrannter Fuß, an dem eine Flipflopsandale wippt. Selbst meine Kamera scheint von ihr magisch angezogen zu werden! Ich schwenke die Linse nach oben, doch ich habe so nah herangezoomt, dass ich sie verliere. Blaugrüne Wogen, auf denen gleißendes Sonnenlicht funkelt, tauchen auf, dann fängt das Display ein markantes Gesicht mit verspiegelter Sonnenbrille ein. Sein stoppeliges Kinn ruht auf ihrem Scheitel, um seine Mundwinkel spielt ein blasiertes Lächeln. Ich stelle die Kamera so ein, dass ich nur ihr Gesicht im Visier habe. Sie streicht sich eine Haarsträhne hinters Ohr, die sofort wieder zurückgeweht wird und sich an ihre Wange schmiegt.

Plötzlich spüre ich leichte Schläge an meinem linken Unterschenkel und lasse die Kamera sinken. Der Junge neben mir baumelt mit den Beinen und tritt mir immer wieder gegen die Wade.

»Lass das!« Seine Mutter stoppt mit der Hand die Pendelbewegung der Beine und lächelt mich entschuldigend an. Ich rutsche ein paar Zentimeter zur Seite, bis ich gegen die Bordwand stoße. Der Kleine dreht seiner Mutter den Rücken zu, stellt seine Füße vor sich auf die Bank und mustert mich interessiert. »Carlo hat Haare wie du! Besonders am Popo.«

»Unser Meerschweinchen«, erklärt die Mutter. Mit hochrotem Gesicht taucht sie aus den Tiefen einer Taschenexpedition auf.

Ich fahre mit der Hand über die Wirbel auf meinem Kopf. »Vermutlich haben wir denselben Friseur.«

Der Knirps reißt die Augen auf. »Echt?«

Von gegenüber ertönt ein helles Lachen. Die Flipflopblondine hebt ihre Sonnenbrille. Grünblaue Augen funkeln mich spöttisch an. Dann klappt die Brille wieder herunter. Mir fällt das winzige Grübchen auf ihrer Wange auf, und als ich merke, dass auch sie mich hinter ihren dunklen Gläsern taxiert, fühle ich mich ertappt. Zudem habe ich das starke Bedürfnis, den Stoppelbartträger über die Reling zu kippen.

Nach zwanzig Minuten legen wir am Wilhelmstein an. Kaum hat der Skipper die Taue festgezurrt und ein Brett über die Bordwand auf den Steg geschoben, drängen die Passagiere zum Ausstieg. Schnell reihe ich mich hinter der blonden Schönheit ein. Ihr Haar duftet nach Vanille, und ich bin für einen Augenblick versucht, ihre sonnengebräunten Schultern zu berühren, da, wo die Träger ihres BHs unter dem Top hervorblitzen.

Stoppelbart gibt sich jugendlich, springt von der Planke und landet federnd auf dem Steg. Dann dreht er sich um, ergreift ihre Hand und hilft ihr von Bord.

Schleimer! Ich bleibe mit dem Fuß an einem Tau hängen, knalle mit dem Knie auf die Reling und beiße mir vor Schmerz auf die Lippen.

»Alles in Ordnung?«, fragt die Meerschweinchenmutter hinter mir.

»Nichts passiert!« Eilig humple ich an Land.

Auf dem Steg schiebe ich mich durch eine Seniorengruppe und spähe nach allen Seiten, aber Miss Flipflop ist nirgends mehr zu entdecken. Moment mal! Bin ich etwa im Begriff, ihr hinterherzulaufen? Was soll das, Jaro!, pfeife ich mich zurück. Erstens hast du von Frauen ein für alle Mal genug, und sie ist sowieso vergeben, zweitens ist Brainstorming angesagt, und drittens bist du hier, um den Cache zu finden! Entschlossen ziehe ich das GPS-Gerät aus dem Rucksack, rufe den Cache auf und mache mich auf die Suche.

Laut Info ist die Insel nur 1,25 Hektar groß. Sie beherbergt eine Burganlage, die von einem sternförmigen Wall umgeben ist, sowie einige flache Nebengebäude. Kurz hinter dem Hafen durchquere ich einen Biergarten und bleibe im Schatten einer Kastanie stehen. Ich lasse den Blick über die Tische und Stühle schweifen und ertappe mich dabei, dass ich nach flachsblonden Haaren Ausschau halte. Verärgert zwinge ich mich, wieder auf das GPS zu blicken. Es zeigt an, dass der Cache nur noch dreiundachtzig Meter entfernt ist. Ich folge dem Pfeil auf dem Display, bis das Gerät leise piepst und anzeigt, dass ich angekommen bin. Irgendwo im Umkreis von viereinhalb Metern muss das Versteck sein. Ich befinde mich direkt an der Wallmauer, in einer Ecke, wo nur wenig Publikumsverkehr ist. Einige Schritte entfernt steht eine alte Kanone, neben der faustgroße Eisenkugeln zur Pyramide aufgestapelt sind. Wo würde ich hier etwas verstecken? Als ich mich langsam um meine Achse drehe, bleibt mein Blick an einer Gestalt hängen, die vor einer Maueröffnung hockt.

Ein Träger ihres Tops ist heruntergerutscht, in der Hand hält sie ein Gerät, das meinem zum Verwechseln ähnlich sieht. Miss Flipflop tastet mit konzentriertem Gesichtsausdruck in einer Mauerspalte herum. Und von Stoppelbart keine Spur!

Gebückt schleiche ich mich an sie heran und raune ihr »Achtung! Muggelalarm!« ins Ohr. Sie schnappt hörbar nach Luft, ihr Kopf fährt herum, mit schreckgeweiteten Augen starrt sie mich über ihre Schulter an. Grinsend halte ich mein GPS-Gerät hoch. »Offenbar haben wir dasselbe Anliegen!«

»Und das ist ein Grund, mich zu Tode zu erschrecken?« Leise lachend richtet sie sich auf, zieht ihren Rock wieder nach unten und schiebt den Träger an Ort und Stelle. »Oder muss ich das etwa als Annäherungsversuch werten?«

»Nein, äh, ja – ich meine, natürlich nicht!« So dicht vor ihr fühle ich mich, als würde mein Gehirn in zähem Sirup schwimmen.

Sie legt ihre Hand auf meinen Arm und schiebt mich sanft rückwärts. »Dürfte ich bitte mal vorbei?«

Himmel! Ich habe sie tatsächlich an dieser Mauer eingekeilt!

»Sorry«, murmle ich und trete zurück.

Da biegt auch schon ihr grauhaariger Don Juan um die Ecke. Er schiebt sich seine Sonnenbrille in die Haare und hält mit gerunzelter Stirn auf uns zu. »Wie sieht's aus?«, fragt er sie. »Hast du deine Dose?«

Sie wirft mir einen nervösen Blick zu und hat es eilig, Abstand zwischen uns zu bringen. »Hab leider noch keinen Schimmer.«

»Ist das auch so einer?« Er zeigt mit seinem Kinn in meine Richtung.

Sie bückt sich und lugt in die Mündungsöffnung der Kanone. »Scheint so.«

Ich gebe vor, mit meinem GPS beschäftigt zu sein, und beobachte aus dem Augenwinkel, wie er sich auf einen Mauervorsprung setzt und die Arme vor der Brust verschränkt.

»Komm schon, Walter. Sei kein Frosch! Hilf mir suchen!«

Halbherzig dreht Walter mit der Fußspitze einen dicken Kiesel um, macht aber keine Anstalten aufzustehen.

»'ne kleine Gefrierdose würde da kaum drunter passen«, klugscheiße ich und deute auf den Stein.

Er zuckt mit den Schultern, dreht mir den Rücken zu und schlendert zu seiner Freundin hinüber. »Da hinten ist ein Biergarten. Ich könnte eine Erfrischung gebrauchen.«

Sie starrt auf ihr GPS-Gerät.

»Hallo – Erde an Mimi!«, ruft er.

»Hier steht es ja auch«, murmelt sie. »Cache-Größe: *small*. Und ich hab die ganze Zeit nach einem *Micro* gesucht.«

»Jetzt reicht's!« Er macht einen Schritt auf sie zu und zieht ihr das GPS aus der Hand. »Mir ist es gerade ziemlich schnuppe, wie groß deine Dose ist – ich will jetzt was trinken. Du kannst ja später weitersuchen!« Damit dreht er sich um und marschiert samt GPS-Gerät davon.

»Walter!« Empört spurtet sie los, doch nach wenigen Schritten bleibt sie stehen, dreht sich abrupt um und stapft mit trotzigem Gesichtsausdruck zu mir zurück.

Ich wende mich schnell der Wallmauer zu, damit sie mein

Grinsen nicht sieht. »Mein Gott, Walter …«, die Melodie entweicht kaum hörbar meinen zusammengepressten Lippen, während ich die Steine in Augenschein nehme. Und dann sehe ich es. Knapp zwei Meter über mir sitzt ein unregelmäßig geformter Stein in der Mauer, eine Nuance heller als die anderen, mit glatter Oberfläche und nicht bemoost. »Ich hab ihn«, raune ich.

»Wo?«, höre ich sie direkt hinter mir fragen.

»Da oben.« Ich steige auf einen Mauervorsprung und stemme mich hoch. Mit gestreckten Armen reiche ich gerade an den Stein heran, aber ich bekomme meine Finger nicht zwischen die Fugen, um ihn herauszuziehen. Schnaufend lasse ich mich wieder herunter. »Mist! Meine Finger sind zu dick!«

»Lass mich mal!« Mimi steigt auf den Vorsprung, wobei ich einen verführerischen Blick auf ihre Beine erhasche. Sie streckt sich, so hoch sie kann, und ich bin versucht, nach Zettel und Stift zu greifen und sie in dieser Pose festzuhalten.

»Ich bin zu klein.« Sie dreht sich um und geht leicht in die Hocke. »Jetzt bleibt nur noch eins!« Sie sieht mich auffordernd an. »Räuberleiter!«

Mimi zieht ihre Flipflops aus, stellt ihren Fuß auf meine verschränkten Handflächen und legt ihre Hände auf meine Schultern. »Auf drei«, kommandiert sie. »Eins, zwei, drei!«

Ich hebe sie an, spüre ihre Hand auf meinem Kopf und finde mich mit dem Gesicht vor ihrer Hüfte wieder. Mir bricht der Schweiß aus. Ich atme ihren Duft nach Vanille und sonnengebräunter Haut ein und fühle mich benommen. Ob sie wohl nahtlose Unterwäsche trägt? »Hab ihn!«, höre ich sie sagen.

Mimi stützt sich auf meinen Schultern ab, und ich lasse sie herunter. Ihre Hände kommen auf meiner Brust zu liegen, und für einen kurzen Moment sind wir uns ganz nah, bis sie loslässt und einen Schritt rückwärts macht.

Triumphierend hält sie mir den vermeintlichen Stein hin

und klopft mit dem Fingerknöchel dagegen. »Epoxidharz«, verkündet sie. Auf der Rückseite ist ein rechteckiger Hohlraum eingelassen, in dem eine Plastikdose steckt. Mimi zieht den Deckel ab, holt ein gebundenes kleines Buch heraus und reicht es mir. »Du zuerst. Schließlich hast du ihn gefunden.«

»Wenigstens mal ein ordentliches Logbuch und nicht bloß ein zusammengerollter Zettel.« Ich trage Datum, Uhrzeit und meinen Cacher-Namen ein. Dann zeichne ich mit schnellen Strichen eine Comicfrau mit Minirock und Flipflops unter meinen Log. Grinsend gebe ich ihr das Buch zurück.

Als sie die Zeichnung sieht, strahlt sie mich überrascht an. »Hey! Gar nicht schlecht getroffen!« Sie kritzelt ihre Daten unter meine, streckt mir das Buch entgegen und zeigt auf einen Smiley. »Meine Zeichenkünste reichen gerade mal für das hier.«

»Mimikry83«, lese ich ihren Cacher-Namen. »Mimikry bedeutet Täuschung durch Nachahmung, oder?«

Sie grinst. »Ja, genauso wie die Caches, die jeder sehen kann, aber für etwas anderes hält.« Dann wirft sie einen Blick auf meinen Log. »Und dein Nickname? Muss ich darin auch nach einem tieferen Sinn suchen?«

»Jaromiro, das ist...«, ich schlucke, »... einfach mein Name. Denk dir das *o* am Ende weg.« Ihr zu erklären, warum hinter dem Cacher-Namen eigentlich zwei Personen stecken, würde jetzt den Rahmen sprengen.

»Du heißt echt Jaromir?«

Ich zucke mit den Schultern. »Daran ist meine polnische Mutter schuld. Und beim Finden von Cacher-Namen bin ich, zugegeben, nicht besonders kreativ.«

»Sonst scheinst du aber eher zu den Kreativen zu gehören«, sagt sie und schaut mich unverwandt an. Als ich schon ganz kribbelig werde, senkt sie lächelnd den Blick und verstaut das Logbuch in der Dose. »Jetzt müssen wir den Cache nur wieder da oben reinkriegen. Bereit für die Räuberleiter?«

Ich nicke brav, bücke mich und halte ihr wieder die verschränkten Hände hin. Doch sie tippt mir nur auf die Schulter, und ich sehe, wie sie schnell in ihre Sandalen schlüpft. Verdutzt richte ich mich auf und folge ihrem Blick. Walter kommt mit zerknirschtem Gesichtsausdruck auf uns zu. Verdammt!

»Schaffst du es vielleicht auch alleine?« Unmerklich deutet sie mit dem Kinn auf ihren Freund, der mit großer Geste zwei Flaschen Bier hinter seinem Rücken hervorzaubert und sie angrinst wie ein Schuljunge.

Ich merke, wie sich alles in mir verkrampft. Tu was, Jaro! Doch mir fällt nichts ein, womit ich sie zurückhalten könnte, und nicke bloß.

»Na dann …« Sie drückt mir den Cache in die Hand, schenkt mir ein letztes Lächeln, und weg ist sie.

Hilflos muss ich dabei zusehen, wie er sie an sich drückt und sie Arm in Arm davonschlendern. Wäre ich Spiderman, dann würde ich sie von ihm wegreißen und mich mit ihr auf die Burgzinnen schwingen. Aber mein momentanes Peter-Parker-Ich umklammert den Cache nur fester und wendet sich ab. Wieder die Mauer vor Augen, an der sich mein flüchtiger blonder Traum noch eben nach oben gereckt hat, blitzt plötzlich ein Bild vor mir auf. Mimi, die sich nach dem Cache streckt, in einem hautengen Catwoman-Anzug …

Wie elektrisiert zerre ich meinen Zeichenblock aus dem Rucksack und lasse mich zu Boden sinken. *Was tragen Superhelden darunter?*, kritzle ich auf das oberste Blatt. Meine Hand wird eins mit dem Stift und gleitet wie von selbst über das Papier. Das ist es!

3

Die Montagmorgensonne heizt mein winziges Schlafzimmer auf, mein Bewusstsein fährt lahm wie ein alter Prozessor hoch. Ich habe in Klamotten geschlafen und finde meinen Laptop neben mir auf dem Kissen. Nach und nach lasse ich die Bilder der letzten Nacht, in der ich wie ein Besessener gearbeitet habe, Revue passieren. Irgendwann im Morgengrauen habe ich die Entwürfe eingescannt und erinnere mich vage daran, sie auf den Server der Agentur gelegt zu haben. Im Bett habe ich noch den Wilhelmstein-Cache geloggt und muss darüber eingeschlafen sein. Plötzlich hellwach, richte ich mich auf und erwecke den Rechner zum Leben. Mimi! Ob sie meinen Logeintrag schon gelesen und den Cache ihrerseits geloggt hat? Aber auf *Geocaching.com* finde ich immer noch keinen Eintrag von Mimikry83.

Ein paar Klicks, und ich habe ihr Profil vor mir. Wohnortinfo und E-Mail-Adresse sind nicht freigeschaltet. Doch sie hat ausschließlich Caches in und um Hannover geloggt, was darauf schließen lässt, dass sie in meiner Nähe zu Hause ist. Aber da ich nicht einmal ihren vollen Namen weiß, kann ich das nur vermuten. Verflixt! Warum habe ich sie nicht wenigstens nach ihrer Handynummer gefragt? Denn eins wird mir langsam immer klarer: Ich muss sie wiedersehen!

Spontan öffne ich das Kontaktformular und starre auf den blinkenden Cursor. Was hat sie noch über ihr Pseudonym gesagt? »Genauso wie die Caches, die jeder sehen kann, aber für etwas anderes hält.« Ich ziehe den Laptop näher zu mir und tippe drauflos:

Mimikry 83 – wer verbirgt sich wirklich hinter diesem Namen? Ein Geheimnis, das ich gerne ergründen würde. Vielleicht bei einem gemeinsamen Cacher-Ausflug? Ich muss Dich wiedersehen! (Natürlich ohne den Spielverderber!)
Jaro (der kreative Cacher mit der Meerschweinchenfrisur)

Mit klopfendem Herzen schicke ich die E-Mail ab. Minutenlang stiere ich auf den Monitor, als müsste ihre Antwort quasi postwendend darauf erscheinen. Doch natürlich tut sich nichts.

Schließlich klappe ich den Laptop zu, schleppe mich unter die Dusche und lasse das Wasser auf meine Schultern prasseln. Wer hätte gedacht, dass die Begegnung mit Mimi mich dermaßen beflügeln würde?

Nach einem späten Frühstück rufe ich bei Up2Gross an.

»Keine Sorge, deine Zeichnungen sind angekommen. Ruprecht präsentiert sie gerade dem Kunden«, meint Greta, die ewige Praktikantin der Werbeagentur, auf meine Nachfrage.

»Was? Jetzt schon? Ich dachte, der Termin sei erst nächste Woche!«

»Der Kunde, dieser Herr Gruber, hat sich heute Morgen kurzfristig angemeldet. Meinte, er sei sowieso in der Gegend und wolle sich nach dem Stand der Dinge erkundigen.«

»Und, was ist das für ein Typ?«

Greta überlegt nicht lange. »Grauer Wolf um die fünfzig, Anzug und Krawatte in gedeckten Farben, brauner Aktenkoffer – so einer halt. War früher wahrscheinlich nicht unattraktiv.«

Ich stelle mir einen Vertretertyp vor, der in seinem Koffer fleischfarbene Damenunterwäsche in Übergrößen herumträgt, und eine dunkle Ahnung überkommt mich. Was, wenn ich das Briefing missverstanden habe und mit meinen Vorschlägen komplett danebenliege?

»Richte Ruprecht bitte aus, dass er mich nach der Präsentation anrufen soll«, würge ich hervor und lege auf. Ich hab's verkackt – garantiert!

Unruhig tigere ich hin und her, werfe immer wieder einen Blick auf das Telefon und rufe alle paar Minuten meine Mails ab. Doch weder Ruprecht noch Mimi melden sich.

Schließlich zerre ich meine Jogginghose aus dem Schrank und schnappe mir meine Laufschuhe.

Während ich meine Runde jogge, versuche ich mich zu entspannen, aber es gelingt mir einfach nicht, Kowalskis Brief und das Bild fleischfarbener Mieder in Grubers Aktenkoffer aus meinem Kopf zu verbannen. Also beschwöre ich Bilder von Mimi herauf: ihr Blick auf dem Boot, ihr Lachen, meine Wange an ihrer Hüfte, wie sie mich über das Logbuch anstrahlt … Räuberleiter im Minirock, das war doch Anmache pur! Und bevor Macho-Walter dazwischengefunkt hat, hat es ganz schön geknistert. Was sie an dem nur findet! Klar, er hat vermutlich ein dickes Konto. Und vielleicht steht sie auf graue Schläfen oder hat den berüchtigten Vaterkomplex. Aber hätte sie dermaßen mit mir geflirtet, wenn die Beziehung intakt wäre? Andererseits: wenn ich mir Mimi in meinem Alfa vorstelle, an dem die Fahrertür klemmt, oder auf meinem abgewetzten Küchensofa …

Ich erhöhe meinen Lauftakt bis an meine Grenzen und noch ein wenig darüber hinaus.

Auf dem Rückweg kaufe ich gerade eine Zeitung, als mein Handy klingelt.

Es ist Alex. »Wo bist du?«

»Limmerstraße, Kiosk«, antworte ich knapp.

»Lass mich raten: Du trägst deine alte graue Jogginghose und ein zerknittertes schwarzes Shirt.«

»Bingo!«

»Dann bist du der Typ mit den zerzausten Haaren, der mit irrem Blick die Gegend absucht.«

»Sehr witzig!«, brülle ich, um den Müllwagen zu übertönen, der gerade neben mir hält. Gleichzeitig schiebt sich eine Stadtbahn in mein Blickfeld, aber ich sehe gerade noch, wie Alex' silbergrauer BMW mit der Aufschrift »Mertens EDV-Dienstleistungen« auf der anderen Straßenseite hält.

Amüsiert beobachtet Alex, wie ich auf ihn zu laufe. Ich lasse mich auf den Beifahrersitz fallen und begrüße ihn mit Handschlag. »Was hat dich hierher verschlagen?«

»Kundenbesuch, ganz in der Nähe.« Er lockert seine Krawatte und öffnet den obersten Knopf an seinem makellos gebügelten Businesshemd. »Und da dachte ich mir, ich schau mal, was der alte Jaro macht. Außerdem brauche ich dringend Koffein.« Er biegt in die nächste Querstraße ein und manövriert den BMW in eine Parklücke. »Warum bist du gestern nicht ans Handy gegangen? Ich hab dich zweimal angerufen.«

»Hab's wohl nicht gehört. Ich war am Steinhuder Meer. Wusstest du, dass es direkt auf dem Wilhelmstein einen Cache gibt?«

»Lohnt sich das, oder ist da bloß 'ne langweilige Filmdose versteckt? – Oder hast du ihn gar nicht gefunden?«

»Gefunden und geloggt, obwohl es ein harter Brocken war. Aber das ist längst noch nicht alles …«

Alex sieht mich forschend an. »Heilige Scheiße, den Blick kenne ich doch! Hat Sarah sich wieder an dich rangemacht? Wenn ich dir einen Rat geben soll, Jaro, dann …«

»Wer ist Sarah?«, unterbreche ich ihn und kann nicht verhindern, dass sich ein albernes Grinsen auf meinem Gesicht breitmacht.

»Okay, ich lade dich auf einen Kaffee ein!« Alex öffnet die Autotür. »Dafür will ich Fakten hören, komplett und schön der Reihe nach, besonders die delikaten Details!«

»Und ich Idiot weiß nichts über sie als ihren Vornamen und das Cacher-Pseudonym!«, beende ich meinen Bericht. Wir sitzen in meiner Lieblingsbäckerei, trinken Kaffee und lassen uns die besten Schinkencroissants der Gegend schmecken.

Alex sieht mich mit offenem Mund an. »Na, das ist ja eine Story!«

»Was soll ich bloß machen? Ständig geistert sie mir im Kopf herum. Ich muss sie wiederfinden …«

Er hebt die Hand und stoppt meinen Redefluss. »Moment! Erstens bist du gerade mal über Sarah weg, und zweitens hast du mir eben selbst erzählt, dass diese Mimi einen Freund hat.«

»Drei Mal ist sie mir kurz nacheinander über den Weg gelaufen – das kann kein Zufall sein!«

Seufzend hebt Alex den Blick zur Decke. »Fang jetzt bloß nicht wieder von Schicksal oder so was an. Das musste ich mir schon bei Sarah anhören. Und wir wissen ja, was daraus geworden ist.«

»Diesmal ist es anders. Da war was ganz Besonderes zwischen uns, das habe ich deutlich gespürt.«

»Ach komm, was die Frau mit der Aktion am Cache bezwecken wollte, liegt doch auf der Hand!«

Ich verschränke die Arme vor der Brust. »Okay, dann klär mich auf, Mister Frauenversteher.«

Alex verdreht die Augen. »Den Namen werde ich wohl nie los.«

»Immerhin warst du damals an der Uni eine Institution, wenn es um Frauenfragen ging.«

Er winkt ab. »Was diese Mimi betrifft: Sie hat sich über ihren Freund geärgert und wollte ihm eins auswischen. So simpel ist das!«

»Und wenn schon! Für diesen angegrauten Macho ist sie sowieso zu schade!«

Alex sieht mich nachdenklich an. »Dich hat es voll erwischt – oder?«

Ich zucke mit den Schultern. »Jedenfalls hab ich in meinem Log geschrieben, dass ich sie wiedersehen will, und ihr eine Nachricht geschickt.«

»*Was* hast du gemacht? Mensch, Jaro, das Cacher-Portal ist doch keine verdammte Singlebörse!«

»Was soll ich denn sonst tun?«

»Keine Ahnung. Aber die Logeinträge kann schließlich jeder lesen. Was um Himmels willen hast du denn geschrieben?«

»Nur, dass ich die Suche mit ihr nett fand und das gerne wiederholen würde, so was in der Art.« Dass ich eine Zeichnung an meinen Log gehängt habe – eine reizvolle Perspektive von Mimi, wie sie sich nach dem Cache streckt –, erzähle ich ihm lieber nicht.

Er seufzt. »Na, wenigstens hat sie dich wieder ans Arbeiten gekriegt. Apropos: Hast du denn jetzt diesen Unterwäschejob?«

»So gut wie. Wenn die Entwürfe genommen werden, bin ich erst mal aus dem Schneider. Dann kriegst du auch dein Geld zurück – versprochen!«

Alex zieht die Augenbrauen hoch. »Darum geht es mir nicht, und das weißt du auch!« Er legt mir die Hand auf den Arm. »Du musst dich besser verkaufen. Deine Website zum Beispiel braucht dringend ein Update. Komm demnächst in mein Büro, dann sprechen wir da mal drüber.«

»Aber ich kann dir nichts dafür zahlen.«

Er grinst. »Ich dachte eher an ein richtig geiles Firmenlogo für meinen Laden.«

»Kriegst du! Sobald alles bei mir wieder normal läuft.«

»Wird schon.« Er runzelt die Stirn. »Da fällt mir ein – hat deine Traumfrau einen eigenen Cache?«

»Nein, leider nicht.«

»Schade. Dann könntest du ...« Sein Handy gibt Alarm. Er wirft einen Blick auf die Anzeige und leert seine Tasse. »Ich muss los. Wir sollten übrigens auch mal wieder Cachen gehen. Ich hab da so eine Idee, wie das Ganze noch ein bisschen abenteuerlicher werden könnte ...«

Ich höre das Telefon schon im Treppenhaus läuten, nehme zwei Stufen auf einmal, schließe die Wohnungstür auf und stolpere in den Flur. Auf dem Display kann ich sehen, dass es nicht Ruprecht Gross von der Werbeagentur ist. Verdammt! Ich nehme den Hörer ab.

»Marion hier«, meldet sich die Kunstressortleiterin von *HannoKult*, der *Hannoverschen Kulturzeitschrift*, für die ich seit zwei Jahren einen kleinen Cartoon liefere. Wie immer kommt sie ohne Umschweife zur Sache: »Hör zu, wir hatten heute Redaktionssitzung, und da war auch dein *Scripped*-Cartoon ein Thema. Die Sache ist die ...«

Ich höre, wie sie an ihrer Zigarette zieht.

»Wir haben einen neuen Chefredakteur, und der will einiges ändern.«

»Okay«, krächze ich, während mir siedend heiß einfällt, dass ich schon eine neue Folge für die nächste Monatsausgabe in petto haben sollte.

»Kurz und gut: Ich konnte ihn gerade so überreden, dass *Scripped* in der nächsten Ausgabe noch einen Platz bekommt. Danach kann ich für nichts garantieren. Also, überzeug ihn! Das muss diesmal ein echter Knaller werden!«

»Kein Problem – ich hab da schon was in der Pipeline.«

»Das hoffe ich. Und Jaro – du lieferst pünktlich!«

»Redaktionsschluss: Samstag vierzehn Uhr. Geht klar!«

»Ich verlasse mich auf dich«, sagt sie und legt auf.

Mein Magen krampft sich zusammen. Wie konnte ich mich von Sarah dermaßen aus der Bahn werfen lassen, dass ich sogar die Deadline für *Scripped* vergesse? Wenn das Honorar von *HannoKult* auch noch wegfällt, kann ich mich demnächst von Haferflocken ernähren!

Wenn ich wenigstens den Unterwäscheauftrag unter Dach und Fach hätte, wäre mir ein bisschen wohler. Mit klopfendem Herzen prüfe ich erneut meinen Posteingang, und tatsächlich stoße ich auf eine E-Mail von Ruprecht Gross.

Betreff: Kundenpräsentation gelaufen.

Panik überflutet mich. »Gelaufen? Was soll das denn heißen?«, murmle ich und öffne die Nachricht.

TEUFEL NOCH MAL – woher hast Du das gewusst?
Ruf mich zwecks Terminabsprache an.
Gruß, Ruprecht

Typisch! Kann er sich nicht einmal klar ausdrücken? Habe ich den Job denn nun oder nicht? Und was soll ich gewusst haben? Ich greife nach dem Telefon.

»Er ist auf einer Dienstreise und kommt erst nächste Woche zurück«, klärt mich Greta auf. Linda, die Art-Direktorin, ist obendrein krank, erfahre ich noch, und dass am kommenden Donnerstag ein Besprechungstermin für mich reserviert ist. Wie gnädig!

»Wahrscheinlich will Ruprecht dich zappeln lassen«, meint Greta und senkt die Stimme. »Die Kollegen vermuten übrigens, dass er und Linda …« Sie macht eine bedeutungsvolle Pause. »Ich meine: Er ist auf Dienstreise, und sie ist krank. Das kommt jetzt schon das dritte Mal vor. Und dann haben beide permanent ihr Handy ausgeschaltet. Nicht mal die Mailbox ist aktiviert. Merkwürdig – oder?«

»Keine Ahnung«, erwidere ich. Was interessiert mich der Agenturtratsch, wenn mir die Zeit wegläuft! »Hör mal. Kannst du dafür sorgen, dass die Teilrechnung, die ich mit den Entwürfen geschickt habe, möglichst rasch überwiesen wird?«

»Tut mir leid. Solange Linda und Ruprecht nicht da sind, wird damit nichts passieren. Aber ich spreche sie darauf an, wenn sie sich melden«, sagt sie bedauernd.

Seufzend lege ich auf.

Während ich darüber nachgrüble, wie ich meinen Vermieter überzeugen kann, mir noch einen weiteren Aufschub zu gewähren, ertönt ein leises Klingeln aus meinem PC. Neue Post.

Absender: Geocaching
Betreff: Mimikry83 contacting Jaromiro from Geocaching.com

Sehr geehrter Herr Jaromiro,
wer könnte besser verstehen als ich, dass Sie meine Mimi anziehend finden, denn sie ist wirklich bezaubernd. In wenigen Wochen werden wir heiraten, und ich würde es begrüßen, wenn Sie Mimi nicht weiter belästigen würden!
Walter – der Spielverderber
P.S. Das Bild ist wirklich gut getroffen!

Ich fasse es nicht! Macho-Walter fängt ihre E-Mails ab! »So ein Blödmann!«, zische ich und springe von meinem Stuhl auf. Mit geballten Fäusten stehe ich vor meinem Schreibtisch und kann es kaum glauben, dass der alte Sack sie auch noch heiraten wird. Oder behauptet er das nur, um mich loszuwerden? »Ich schwöre dir, du kriegst sie nicht!«, stoße ich zwischen den Zähnen hervor. »Und wenn es das Letzte ist, was ich in diesem verkorksten Leben noch zustande bringe!«

4

Obwohl ich alle Fenster in der Nacht sperrangelweit geöffnet halte, kühlt meine von der Sonne aufgeheizte Bude kaum ab. Gelähmt von der Hitze, starre ich minutenlang auf ein leeres Blatt. Nichts. Mein innerer Monitor steht still. Nachdem ich massenweise Flieger gefaltet und an der gegenüberliegenden Wand zum Absturz gebracht habe, gebe ich auf. Schwitzend trotte ich in mein abgedunkeltes Schlafzimmer und fixiere träge die Weltkarte an der Wand über dem Bett. Bunte Stecknadelköpfe leuchten in den gleißenden Streifen auf, die durch die Jalousie fallen. Die größte Nadel, mit rotem Kopf, markiert den südlichsten Zipfel Argentiniens. Feuerland. Fast schon zwanghaft greife ich mir den Laptop, setze mich aufs Bett und nehme ihn auf die Knie.

Die Bilder, die der Geocacher ins Netz gestellt hat, berühren mich jedes Mal aufs Neue: bunte Häuser, die sich in eisblauem Wasser spiegeln, schneebedeckte Gipfel, Robben und Pinguine. Und schließlich Rodriguez vor dem Schild mit der Aufschrift *Fin del mundo.* Dass er nach fast sieben Jahren sein Ziel tatsächlich erreicht hat und sich jetzt sogar auf dem Rückweg befindet, grenzt an ein Wunder. Höchst unwahrscheinlich, dass er diesen unfassbar langen Weg noch einmal überwinden wird, ohne verloren zu gehen. Ihn je wieder in der Hand zu halten wage ich deshalb nicht zu hoffen, auch wenn ich es noch so sehr möchte.

Als ich mich noch einmal durch die Fotos klicke, wische ich mir den Schweiß aus dem Nacken. Am liebsten würde ich mich aus diesem stickigen Zimmer ans Ende der Welt beamen, für einen Augenblick antarktischen Wind im Gesicht spüren. *Fin del mundo.* Ich hätte den schroffen Felsen mit dem rot-weiß gestreiften Leuchtturm im Blick und nichts als das Tosen des Meeres und die Schreie der Möwen im Ohr.

Wenn in meiner Wohnung Backofentemperaturen herrschen und ich einen Tapetenwechsel brauche, ist das Cosmix mein bevorzugter Zufluchtsort. Meistens verstopfen die Zeichenmappen der Grafikstudenten aus der nahen Universität die Durchgänge zwischen den Cafétischen, und ebenso wie ich sitzt so mancher von ihnen für Stunden eifrig zeichnend neben einem längst kalt gewordenen Cappuccino.

Doch heute lasse ich meinen Stammplatz unter dem Superman-Wandbild links liegen und setze mich auf einen der Lederhocker an die Bar. Cosmo, der italienische Inhaber und die Seele des Cosmix, begrüßt mich mit einem Nicken. Leichtfüßig wie ein Tänzer bewegt er sich hinter dem Tresen, macht sich mit präzisen Handgriffen am Kaffeeautomaten zu schaffen und stellt unaufgefordert einen Cappuccino mit perfekter Haube vor mir ab.

»Jaro, *amico mio.* Was ist los mit dir?«, brummt er.

»Was soll schon sein?«

Er mustert mich mit hochgezogenen Brauen. »Zwei Wochen hast du dich nicht blicken lassen, du siehst aus wie ein Zombie, und jetzt sitzt du hier …«

Ich fasse es nicht! Nur mit einem Satz hat er es geschafft, dass ich mich fühle wie ein Pubertierender, der sich nach der ersten durchzechten Nacht Mamas Standpauke anhören muss. »Na, dann kannst du mich aus deinem schwarzen Buch der untreuen Gäste ja wieder austragen!« Missmutig nehme ich einen großen Schluck aus der Tasse und fluche, weil ich mir fast den Mund verbrenne.

»Was ist dein Problem, he?« Cosmos Hände fliegen durch die Luft, seine schwarzen Augen schießen Pfeile auf mich ab. Er stopft ein Bierglas in die schaumige Spülbrühe. *»Stronzo«*, murmelt er. »Da macht man sich Sorgen …«

Sofort tut mir mein Ausbruch leid. Immerhin ist Cosmo einer der wenigen Menschen, denen wirklich etwas an mir zu liegen scheint. Und er kann ja nichts dafür, dass mein Leben im Moment alles andere als rund läuft.

Ich ziehe eine papierdünne Serviette aus dem Spender, krame einen Stift aus meiner Hosentasche und skribble drauflos. Heraus kommt Cosmos Profil, wie es sich mir gerade präsentiert: die leicht gebogene Nase, das energische Kinn, an dem sich garantiert gleich nach der Rasur wieder die ersten dunklen Stoppeln zeigen, die Locken in seiner Stirn. Zuletzt fülle ich eine Sprechblase mit Totenkopf und Bombe, füge ein paar Wutspiralen hinzu und schiebe ihm die Serviette über den Tresen. Er wirft einen finsteren Blick darauf, aber dann zuckt es um seine Mundwinkel. »*Caro mio!* Übertreib es nicht mit mir!«

»Nein, Mamma!« Ich ducke mich, sodass mich die Kopfnuss, die er mir verpassen will, um Haaresbreite verfehlt.

»Lass mich raten: Du brauchst wieder dein Popelcomic für dieses Magazin. Und du bist blockiert, eh?«

»Es heißt *Scripped*, das könntest du dir allmählich mal merken!«

»*Oddio!* Jeden Monat das gleiche Drama, wegen drei Kästchen mit ein bisschen Spaß.«

»In so einem reduzierten Rahmen muss die Aussage eben stimmen!«

Er zuckt mit den Achseln, poliert Gläser und schweigt.

»Wenn mir doch zum Verrecken nichts einfällt!«

Er wedelt mit seinem Geschirrtuch vor meinem Gesicht herum. »Dann geh in die Welt, und lass dich inspirieren! Hock nicht hier herum. Such dir eine neue Frau, was weiß ich!« Mitleidig mustert er mein zerknittertes Shirt mit den Waschnussresten. »*Cielo,* sieh dich an. So kannst du keine Donna beeindrucken!« Womit er, neben dem Geocaching, bei seinem zweitliebsten Thema angelangt ist. Aber ich habe keine Lust, darauf einzugehen, und erst recht nicht, ihm von meiner Niederlage bei Mimi zu erzählen.

»Meine Welt ist im Moment einfach zu deprimierend für einen Dreiakter mit Schmunzelgarantie.«

Schweigen.

»Gib mir ein Stichwort!«

Schweigen.

»Bitte!«

»Männer und Frauen – das geht immer!«

»Hatte ich schon das letzte Mal.«

»Was ist mit Tieren? Dein verrückter Kater, eh?«

»Kann ich nicht schon wieder machen.«

»Politik?«

»Nee!«

»*Mangiare!* Probleme mit den Pfunden. Das hat jeder mal!«

»Hm …«

»Sport!«, ertönt plötzlich eine vertraute Stimme hinter mir. Ich drehe mich um. Alex zwängt sich mit einer prall gefüllten Sporttasche zwischen den Tischen hindurch.

»Hab ich's mir doch gedacht, dass ich dich hier erwische!«, trompetet er und schwenkt einen grellgelben Werbezettel. Er lässt sich auf den Hocker neben mir fallen, knallt den Wisch vor mir auf den Tresen und tippt auf den Slogan in *Bild*-Zeitungs-Lettern:

Kletterkurs 2-für-1. Zwei klettern, nur einer bezahlt!

»Wird Zeit, dass wir unseren ersten T-Fünfer in Angriff nehmen!«

Ich hebe die Hände. »Oh nein! Sag jetzt bitte nicht das, was ich gerade denke!«

»Doch!« Er strahlt mich an und klopft mit der flachen Hand auf die Tasche neben sich. »Meine eigene Kletterausrüstung. Ich habe uns beide schon angemeldet!«

»Du glaubst doch nicht allen Ernstes, dass ich mich freiwillig an alten Burgruinen abseile oder auf riesige Bäume klettere?« Nach dem Abenteuergefasel von neulich hätte ich mir gleich denken können, dass Alex Geocaches mit einer Terrainwertung von fünf Sternen – sogenannte T-Fünfer – im Sinn hatte, die man per Definition nur mit Spezialausrüstung erreichen kann.

»Es soll sogar Leute geben, die sich für einen Cache in die Kanalisation runterlassen!« Seine blauen Augen blitzen mich schelmisch an. »Komm schon, Jaro. Ein T-Fünfer in der Statistik fehlt uns schon lange!«

Ich schüttle den Kopf. »Meine Statistik ist mir egal. Such dir jemand anderen.«

»Wahrscheinlich hat er Angst, dass beim Klettern seine empfindlichen Künstlerhände leiden könnten.« Alex' Busenfreundin Luna hat es wieder geschafft, sich katzengleich anzuschleichen. Dass ich sie jetzt erst bemerke, liegt vermutlich daran, dass sie fast hinter ihrer riesigen Zeichenmappe verschwindet und dazu in ihrem üblichen Tarnoutfit aus Armeehosen und spinatgrünem T-Shirt steckt. Seit sie hier im Cosmix bei einer Lesung ihres Lieblingsautors mit Alex ins Gespräch kam, sind die beiden unzertrennlich. Rein platonisch, behauptet Alex.

»Hallo, Schnecke!«, begrüßt er sie mit Küsschen links und rechts. Ich wandle die »Schnecke« insgeheim in »Kratzbürste« um, zumal sie ihren stacheligen Charakter durch den roten Schopf, den sie am Hinterkopf zu einer Art Seeigel verzurrt hat, heute auch äußerlich präsentiert.

Obwohl sie neben ihrem Grafikdesignstudium kulleräugige Manga-Figuren zeichnet, haben wir uns mal ganz gut verstanden. Zumindest so lange, bis sie herausfand, dass ein nicht ganz jugendfreier Underground-Comic, der unter testosterongesteuerten Erstsemesterstudenten einen nahezu legendären Ruf genießt, aus meiner Feder stammt.

Sie setzt sich mit dem Rücken zu mir an den Tresen und bestellt einen Latte macchiato.

»Sag bloß, sie ist auch dabei«, zische ich Alex zu.

Luna dreht sich um. »Klar bin ich dabei. Ich lass mir doch nicht entgehen, wie du deine Superheldenträume im Seil hängend auslebst.«

»Für dich ziehe ich sogar ein extra enges Shirt an!«

Sie schiebt ihre klobige schwarzrandige Brille hoch, die ihr ständig auf die Nasenspitze rutscht, und mustert mich von oben bis unten. »Nee, lass mal. Und überhaupt: Wolltest du eben nicht kneifen? Woher der Sinneswandel?«

»Na, weil ich doch ein Macho bin und dich in Brokeback-Pose sehen will. Und dafür gibt's beim Klettern bestimmt reichlich Gelegenheit!«

»Ja, richtig, das hätte ich ja fast vergessen. Darin bist du ja Experte. Dann machst du also mit?«

»Die Sache ist geritzt. Darauf kannst du Gift nehmen!«

»Na dann ...«, meint Luna, lächelt in ihren Latte macchiato, als hätte sie einen Sieg errungen, und dreht sich wieder weg.

Ich Idiot! Warum lasse ich mich nur immer wieder von ihr provozieren?

»Können wir ungestört reden?«, wende ich mich an Alex und trage meinen Cappuccino quer durch den Raum zu einem Tisch am Fenster.

Er verstaut seine Kletterausrüstung unter einem Stuhl und nimmt mir gegenüber Platz. »Brokeback-Pose: Was soll das denn sein?«

»Wenn ein Zeichner versucht, die Brüste und den Hintern gleichzeitig darzustellen, dann nennt man das Brokeback-Pose«, erkläre ich ihm matt.

Mit zuckenden Mundwinkeln wirft Alex einen Blick auf Lunas Rückansicht am Tresen. »Im Ernst: Könnt ihr euren Disput nicht endlich begraben?«

»Kein Problem. Sie muss nur aufhören, auf mir rumzuhacken.«

»Na, das beruht ja wohl auf Gegenseitigkeit – oder?«

»Soll ich ihre Sticheleien etwa auf mir sitzen lassen? Und abgesehen davon, habe ich momentan echt andere Sorgen.«

Alex beugt sich vor. »Hat diese Mimi geantwortet?«

Ich nicke.

»Und?«

Ich seufze.

»Komm, Jaro, lass dir nicht alles aus der Nase ziehen!«

»Es ist zum Verrücktwerden! Da trifft man seine Traumfrau, und die hat nichts Besseres vor, als einen Typen zu heiraten, der ihr Vater sein könnte!«, platze ich lauter heraus als beabsichtigt. Na großartig! Aus dem Augenwinkel sehe ich, wie Cosmo sich über den Tresen lehnt und die Ohren spitzt. »Das ist total in die Hose gegangen!«, raune ich Alex zu und berichte ihm von Walters E-Mail.

»Ehrlich gesagt, kann ich ihm das nicht verdenken«, meint er. »Erst recht, nachdem ich die Zeichnung gesehen habe, die du an deinen Log gehängt hast. Was hast du dir dabei bloß gedacht?«

Ich zucke mit den Schultern. »Das rechtfertigt noch lange nicht, dass dieser Kontrollfreak ihre E-Mails abfängt. Und überhaupt: Was, wenn der Typ das mit der Hochzeit nur behauptet?«

»Warum sollte er?«

»Bestimmt hat er mitbekommen, wie sie mit mir geflirtet

hat. Und jetzt will er mich loswerden, damit ich ihm nicht dazwischenfunke.«

Alex legt mir die Hand auf den Arm. »Vergiss die Frau. Dinge, die man nicht ändern kann, muss man manchmal einfach akzeptieren.«

Als wenn er, als überzeugter Single, auch nur die Spur einer Ahnung hätte!

Ich ziehe meinen Arm weg. »Kannst du dir überhaupt vorstellen, wie das ist? Es macht mich verrückt, zu wissen, dass sie vermutlich gerade mit ihm zusammen ist und ich nichts dagegen tun kann!«

Missgestimmt stürze ich den lauwarmen Cappuccino herunter und stehe auf. »So schnell gebe ich jedenfalls nicht auf!«

Seufzend lehnt Alex sich zurück und verschränkt die Arme vor der Brust. »Dir ist echt nicht zu helfen.«

Das ist genau der Tonfall, der mich noch mehr auf die Palme bringt. »Weißt du was? Deine Überheblichkeit kotzt mich manchmal ganz schön an! Ich finde die Frau, verlass dich drauf! Manche Dinge kann man nämlich sehr wohl ändern!«

»Ist ja schon gut«, meint Alex, als ich ein paar Münzen auf den Tisch knalle.

Auf dem Weg zur Tür stürme ich an Luna vorbei, die immer noch am Tresen sitzt und mich mit großen Augen anstarrt. »Willst du auch noch deinen Senf dazugeben? Nur zu!«, fahre ich sie an und mache mich auf einen neuen Tiefschlag gefasst. Doch ausnahmsweise schweigt sie und senkt erschrocken den Blick.

Seit drei Tagen herrscht Funkstille zwischen uns. Meine Wut ist längst verraucht, und eigentlich müsste ich mich bei Alex entschuldigen, denn natürlich hatte er recht. Ich sollte Mimi vergessen – aber ich schaffe es einfach nicht!

Selbst meine Geldsorgen können den Gedanken an sie

nicht verdrängen, und statt mich um die drei Panel für *Scripped* zu kümmern, öffne ich fast zwanghaft immer wieder ihr Profil auf *Geocaching.com*. Aber Mimi hat in den letzten Tagen nicht einen Cache geloggt und in dem Logeintrag für den Wilhelmstein-Cache lediglich erwähnt, dass sie ihn gemeinsam mit *Jaromiro* gehoben hat. Frustriert sitze ich am Abend vor dem Fernseher und sehe mir das Fußballspiel irgendeines Zweitligisten an, als mein Handy klingelt.

»Ein neuer Nachtcache in der Homezone! Wir müssen sofort los!«, brüllt Alex mir ins Ohr. Einerseits bin ich erleichtert, seine Stimme zu hören, andererseits gefällt mir der Gedanke nicht besonders, mitten in der Nacht durchs Unterholz zu kriechen. »Ich weiß nicht. Lass uns lieber was trinken gehen.«

»Spinnst du? *First-to-find* ist angesagt! Und zwar diesmal für uns und nicht für Bobby de Beukelaar!« Alex spuckt das Pseudonym seines Cacher-Erzfeindes regelrecht aus.

Ich grinse. »Ach, der alte Keks ist auch schon im Anmarsch?«

»Der Kerl ist ein verdammtes Phantom. Aber diesmal kriegen wir ihn – das schwöre ich!«

»Dein Wort in Gottes Ohr.« Bisher hat es Bobby noch jedes Mal geschafft, einen neuen Cache als Erster zu loggen und damit den begehrten *First-to-find* für sich zu beanspruchen. Oft ist er nur Minuten vor uns am Ziel gewesen, ohne dass wir ihn je zu Gesicht bekommen hätten.

»Okay, gib mir die Koordinaten!«, sage ich seufzend und greife nach meinem GPS-Gerät.

Eine halbe Stunde später parke ich hinter Alex' BMW am Waldrand. Ab hier kommt man nur zu Fuß weiter. Das Mondlicht sickert spärlich durch die Wolkendecke. Ich erkenne den schmalen Feldweg kaum. Meine Taschenlampe, die ich im letzten Moment aus der Schublade gekramt habe, funzelt müde vor sich hin, bis sie den Geist vollkommen aufgibt. Verflixt! Wie ein Blinder taste ich mich weiter, starre angestrengt in die finstere Nacht und stolpere fast in einen Graben. Schließlich taucht aus der Dunkelheit die Silhouette der Grillhütte auf, an der Alex schon wartet.

»Na endlich!« Missbilligend mustert er meine Turnschuhe, die kurze Hose und die leblose Taschenlampe in meiner Hand. Seufzend reicht er mir seine zweite Stirnleuchte. »Wenn du hier drückst, schaltest du den Nachtsichtmodus ein.«

Ich schnalle mir das Monstrum um den Kopf. Dann beuge ich mich vor, bis die LED-Fassung an meiner Stirn fast mit seiner zusammenstößt. »Ich schaue dir ins Auge, Kleiner!«, brumme ich mit tiefer Stimme.

»Mensch, Jaromir, kannst du ein Mal ernst sein?«, blafft er mich an. »Mach dir lieber mal Gedanken über deine Ausrüstung!«

Beleidigt ziehe ich den Kopf ein. »Ich bin halt ein Purist.«

Alex schnaubt verächtlich. »Wenigstens eine lange Hose wäre angebracht gewesen.« Er beugt sich herunter, besprüht erst meine Beine und dann seine tarngescheckte Bundeswehrhose mit Zeckenspray. Die ausgebeulten Taschen seiner Anglerweste sind vermutlich mit Equipment für alle Lebenslagen ausgestattet, seine Füße stecken in robusten Wanderschuhen, in der Hand hält er seine LED-Taschenlampe mit integriertem UV-Licht und Laserpointer.

»Ich habe die Startkoordinaten schon mal geladen«, murmelt er und tippt auf seinem GPS herum.

Ich grinse. »Machen wir noch einen Uhrenvergleich?«

»Sehr witzig!« Er schaltet seine Stirnlampe ein, dreht sich um und stapft in den Wald. Ich zucke mit den Achseln und folge ihm. Es ist jedes Mal das Gleiche: Wenn Alex einen Erstfund wittert und dabei auch noch Bobby den Rang ablaufen will, scheint ihm sein Humor abhanden zu kommen.

Alex hält das GPS mit gestrecktem Arm von sich. »Hier entlang!« Bald verrät uns ein leises Piepsen aus dem Gerät, dass wir am Startpunkt angekommen sind.

Der Schein seiner Taschenlampe irrt über Bäume und Unterholz, dann, als der Lichtpunkt über den Stamm einer Eiche gleitet, ein Aufblitzen. »Da!« Ein gelb reflektierender Pfeil am Baumstamm zeigt senkrecht nach unten.

Mit der Taschenlampe zwischen den Zähnen kniet Alex am Boden und zieht aus einem Astloch ein weißes Plastikröhrchen hervor. Er reicht mir die Lampe. »Leuchte mal!« Als er die Kappe des Röhrchens abschraubt, zittern ihm die Hände. »Es ist leer!«

»Mist!«, fluche ich. »War Bobby schon hier?«

Alex dreht das Röhrchen nachdenklich zwischen den Fingern. »Glaube ich nicht. Und wenn doch, lässt er sicher keinen Hinweis mitgehen. Schalte mal das UV-Licht ein!«

Ich gehorche und leuchte das Röhrchen an. Wie von Geisterhand erscheinen vertraute Buchstaben-Zahlen-Kombinationen in Neongelb. Alex pfeift durch die Zähne. »Na also!« Er zückt sein GPS und tippt die Koordinaten der nächsten Station ein.

»Wie viele Punkte sind es noch bis zum Final?«, frage ich. Er antwortet nicht, das GPS-Gerät scheint ihn wie eine unsichtbare Macht weiterzuziehen.

Schweigend bewegen wir uns auf ein dichtes Gebüsch zu, das schwarz hinter silbrig glänzenden Baumstämmen aufragt. Alex drückt die Zweige auseinander, zwängt sich durch die Lücke und bedeutet mir, ihm zu folgen. Dahinter treten wir auf eine Lichtung. Das Gerät in Alex' Hand piepst. Ich drehe langsam den Kopf und folge mit den Augen dem Leuchtpunkt meiner Stirnlampe, der über die Bäume tanzt. »Welche Umkreisgenauigkeit?«

Alex starrt auf das Display. »Sieben Meter.« Er dreht sich

langsam um seine Achse und leuchtet sorgfältig in alle Richtungen. Als im Lichtkegel ein Jägerhochsitz auftaucht, meine ich schon zu sehen, wie sich ein Gewehrlauf über das Geländer schiebt, und zucke zusammen. Aber der Hochsitz ist verwaist, und als wir näher herangehen, wirkt das morsche Gestänge zudem nicht besonders vertrauenswürdig.

»Soll hier das Final sein oder nur eine weitere Station?«, frage ich Alex.

»Final«, sagt er knapp, drückt mir die Taschenlampe in die Hand und tippt auf seinem GPS herum. »Mal sehen, ob es einen Hinweis gibt.«

Im schwachen Schein des Displays wirkt sein Gesicht geisterhaft, was mir einen leisen Schauer über den Rücken jagt. »Draculas kleiner Freund flattert einsam durch die Nacht«, liest er vor.

»Hu – da wachsen mir ja schon fast die Eckzähne!«

»Terrainwertung vier. Hoffentlich müssen wir nicht klettern.«

Ahnungsvoll leuchte ich in die Bäume neben dem Hochsitz. Und tatsächlich: Plötzlich blitzt etwas auf.

»Da!«, schreit Alex.

Ich lenke den Lichtstrahl zurück, bis ich das Objekt erfasst habe. Etwa zweieinhalb Meter über uns schaukelt eine neongrün leuchtende Fledermaus träge im Wind. Das dünne Seil, an dem sie hängt, ist im Dunkeln kaum auszumachen, was sie fast lebendig erscheinen lässt. Ich grinse. »Na, wenn das nicht Draculas Freund ist!«

»Mist! Ich hätte doch ein Seil mitnehmen sollen!«, flucht Alex und sucht im Schein der Lampe den glatten Baumstamm ab. »Da ist nichts, wo man sich hinaufhangeln könnte.« Tatsächlich hängt der Cache an dem ersten dicken Ast, der in etwa drei Meter Höhe aus dem Stamm herausragt – von hier unten betrachtet in schwindelerregender Höhe. »Das hat mir gerade noch gefehlt!«, murmle ich und merke, wie mir flau im Magen wird.

»Hilf mir mal!«, höre ich Alex rufen und sehe, wie er an der Leiter des Hochsitzes rüttelt. »Die ist gar nicht fest!«

»Aber leider zu kurz – die reicht an den Ast nicht ran«, gebe ich zu bedenken.

»Wird schon gehen«, meint Alex und mustert mich nachdenklich. »Wir gleichen den Abstand durch Körpergröße aus.«

Kurze Zeit später lehnt das aus rohen Ästen gezimmerte Ding am Baumstamm, ich steige langsam die morschen Stufen empor und frage mich, wie es Alex immer wieder schafft, mich zu solchen Aktionen zu überreden. »Du bist größer und hast längere Arme«, äffe ich ihn leise nach.

Bald habe ich eine der letzten Stufen erreicht, klammere mich am Baumstamm fest und spüre die raue Rinde an meiner Wange. Als ich den Kopf zum Cache drehe, schramme ich mir prompt das Kinn auf. Die von Alex beleuchtete Fledermaus schwankt geisterhaft hin und her. Leichte Übelkeit keimt in mir auf. Na prima, Jaro, bloß nicht zugeben, dass du Schiss hast.

»Nur ein Stück, dann müsstest du nah genug dran sein«, höre ich Alex, als die Sprosse unter meinen Füßen nachgibt. Ich rausche abwärts, krache mit dem Hintern auf den Boden und schlage mit dem Kopf auf.

Benommen finde ich mich inmitten zerborstener Holzteile wieder. Mein Hinterkopf pocht, ein Stechen rast durch meinen Allerwertesten.

Der Alfa rumpelt über den Feldweg. Obwohl ich auf dem Beifahrersitz eher auf der Seite liege als sitze, jagt der Schmerz bei jeder Erschütterung durch meine rechte Pobacke. »Fahr langsamer!«, presse ich hervor.

Alex drosselt die Geschwindigkeit und wirft mir einen Seitenblick zu. »Gleich sind wir auf der Landstraße. Dann wird es besser.«

Ich hebe den Po noch weiter an, schiebe die Hand darunter und ertaste eine Verdickung. »Da ist eine Megabeule an meinem Hintern.«

»Kein Wunder, so wie du aufgeschlagen bist«, sagt Alex und biegt auf die Landstraße ein. »Ich bringe dich auf jeden Fall ins Krankenhaus.«

Panik steigt in mir auf. »No way! Ich gehe in keine Klinik! Gibt es in dieser Gegend nicht irgendeinen Landarzt …?«

»Vergiss es!«, fällt Alex mir ins Wort.

»Da kommt man nie wieder raus! Ich will noch nicht sterben!«

»Jaro, du hast ein paar Prellungen und Abschürfungen. Davon stirbt man nicht.«

Ich deute ein Röcheln an. »Kein Krankenhaus! Ich vermache dir auch den Karmann!«

Er grinst. »Du weißt ja, dass ich für dieses Auto über Leichen gehen würde, aber ich fürchte, den Gefallen kann ich dir heute nicht tun.«

»Du Ratte!«, sage ich, schließe die Augen und öffne sie erst wieder, als wir in der Notaufnahme ankommen.

Bäuchlings auf einer Untersuchungsliege fühle ich mich wie eine gestrandete Robbe. Um mein wundes Kinn nicht zu belasten, bette ich meinen Kopf auf die rechte Seite und zucke zurück, denn nun sticht ein Kratzer auf der Wange. Mir die Arme unter den Kopf zu schieben wage ich nicht, sondern lasse sie seitlich von der Liege hängen, denn die Abschürfungen an den Unterarmen brennen auch so schon genug. Ich drehe den Kopf auf die linke Seite, worauf die Beule am Hinterkopf noch stärker pocht, aber am schlimmsten ist der bohrende Schmerz in meinem Hinterteil.

»Frau Doktor Müller, das müssen Sie sich ansehen!«, höre ich die Schwester rufen.

»Nur Müller – den Doktor habe ich noch gar nicht.« Aus dem Augenwinkel nehme ich eine schlanke Gestalt im Kittel wahr, die das Behandlungszimmer betritt. Toll! Ich mit entblößtem Hintern vor der geballten weiblichen Notfallbesatzung, und dann noch nicht mal ein ordentlicher Doktor!

»Du meine Güte, wie haben Sie das denn hingekriegt?« Die Stimme der Ärztin hat einen spöttischen Unterton, der mir irgendwie bekannt vorkommt.

»Er ist von einer morschen Leiter gestürzt, und dieser Monstersplitter ist vermutlich ein Stück davon«, erklärt die füllige Schwester, die sich als »die Gabi vom Dienst« vorgestellt, mir dann geholfen hat, meine Shorts herunterzulassen, und mir die zerlöcherte Unterhose quasi vom Leib geschnitten hat.

Der Kittel der Ärztin schiebt sich in mein Blickfeld. Dann geht sie vor mir in die Hocke. »Ich muss Ihnen kurz in die Augen leuchten, damit ich sehen kann, ob Sie eine Gehirnerschütterung haben.« Mühsam hebe ich den Kopf und blicke direkt in Mimis Gesicht. Himmel! Habe ich jetzt auch noch Halluzinationen?

Behutsam schiebt sie meine Augenlider auseinander und leuchtet in jede Pupille. »Waren Sie bewusstlos, oder mussten Sie sich übergeben?«

»Weder noch«, krächze ich und blinzle ein paarmal, bis ich wieder etwas sehen kann.

Mimi schaut mich unverwandt an. »Nanu? Wen haben wir denn da? Kommt das Fensterln jetzt auch in Hannover in Mode, oder was hattest du mitten in der Nacht auf einer Leiter zu suchen?«

Sie ist es wirklich! Ich räuspere mich und kriege ein schiefes Grinsen zustande. »Nö, der Cache hing einfach zu hoch.«

Mimi verpasst mir eine örtliche Betäubung und operiert

den Splitter aus meinem Po. Nachdem sie alle Wunden versorgt und mir eine Tetanusspritze verabreicht hat, beugt sie sich über mich und betastet die Beule an meinem Hinterkopf.

»Werde ich es überleben?«, stöhne ich.

Sie klemmt sich eine Haarsträhne hinters Ohr, die sich aus dem streng zurückgebundenen Zopf gelöst hat. »Da ist nichts mehr zu machen, fürchte ich!«

»Es ist das Herz, oder?«, frage ich leise und spüre, wie mir dasselbige unter ihrem Blick fast den Brustkorb sprengt.

»Es soll beim Geocaching ja öfter vorkommen, dass jemandem vor lauter Angst das Herz in die Hose rutscht«, raunt sie mir zu und zieht aus ihrer Kitteltasche eine kleine Plastiktüte hervor. »Aber vorerst habe ich dort nur das hier gefunden.« Sie hält mir den blutverschmierten Splitter vor die Nase.

Plötzlich wird die Tür aufgerissen. »Notfall in der Sieben! Doktor Huber ist gerade im OP. Du musst übernehmen!«, ruft jemand.

»Komme sofort!«, erwidert Mimi und richtet sich auf. »Wir behalten ihn noch zur Beobachtung hier«, informiert sie die Schwester und lässt die Tüte mit dem Splitter neben mir auf der Untersuchungsliege zurück.

»Kommt gar nicht infrage!«, protestiere ich, doch die Tür klappt schon hinter ihr zu.

»Mit so einem Schlag auf den Kopf ist nicht zu spaßen«, meint Schwester Gabi und hilft mir, mich aufzurichten.

»Ich lege mich in kein Krankenhausbett!«, rufe ich. »Und wenn Sie sich auf den Kopf stellen!« Mit zitternden Händen greife ich nach meiner zerlöcherten Hose und steige hastig hinein. »Wer weiß, wie viele darin schon gestorben sind!«

Kopfschüttelnd hebt Schwester Gabi die Augenbrauen. »Sie scheinen ja keine gute Meinung von uns zu haben, junger Mann!«

Nachdem ich unterschrieben habe, dass ich auf eigene Verantwortung entlassen werde, trete ich mit staksigen Schritten auf den Flur und sehe gerade noch, wie Mimi mit wehendem Kittel neben einer Trage herläuft und dabei einen Infusionsbehälter über ihren Kopf hält. Ich starre ihr hinterher, blinzle, als wollte ich eine Fata Morgana vertreiben, aber sie ist immer noch da. Dann wird sie von der Tür am Ende des Flurs verschluckt.

Jemand fasst mich am Ellbogen. »Alles klar?«, fragt Alex besorgt.

Ich nicke benommen. »Mimi Müller«, stoße ich heiser hervor. »Alex – ich habe sie gefunden!«

5

»Warum muss sie ausgerechnet Ärztin sein?«, murmle ich. Der in Folie eingewickelte Strauß in meiner Hand knistert bei jedem Schritt, während ich langsam über den Parkplatz gehe. Nervös werfe ich einen Blick zurück auf mein Auto. Obwohl die Notaufnahme bei Tageslicht längst nicht so bedrohlich wirkt wie bei Nacht, beruhigt es mich, dass ich den Alfa in Sichtweite geparkt habe.

An der Mauer neben dem Eingang lehnt ein Sanitäter, zieht an einer Zigarette und tippt auf seinem Handy herum. Erst als ich mich räuspere, blickt er auf.

»Entschuldigung, können Sie mir sagen, ob Frau Doktor Müller heute Dienst hat?«

Er schüttelt den Kopf. »Es gibt hier zurzeit nur drei Ärzte, die abwechselnd Dienst tun. Das sind alles Männer.«

»Aber sie hat mich Freitagnacht behandelt.«

»Freitag war Doktor Huber diensthabender Arzt.«

Verdammt. Habe ich womöglich unter dem Einfluss des Schmerzmittels halluziniert und mir Mimi Müller im Arztkittel nur eingebildet? »Blond, attraktiv, um die dreißig. Die müssen Sie doch kennen!«

Endlich hellt sich sein Gesicht auf. »Ja klar, die Marlene!« Er mustert mich neugierig. »Sind Sie etwa der Splitter?«

Mein Gesicht spricht offenbar Bände, denn er wartet meine Antwort nicht ab.

»Und, wie geht's dem Allerwertesten?«

Ich merke, wie mir die Hitze in die Wangen steigt. »Dank Ihrer Kollegin schon wieder ganz gut.«

Grinsend zeigt er auf die Blumen in meiner Hand. »Wohl ein Auge auf sie geworfen, was?«

»Äh, ich wollte mich nur bedanken.«

Er zwinkert mir zu. »Na klar! Aber ich muss Sie enttäuschen. Die Marlene hatte am Freitag ihren letzten Tag. Die Notaufnahme war für sie nur ein Übergang – wie für die meisten.«

»Das heißt, sie arbeitet hier nicht mehr?«

»Exakt!«

»Wissen Sie, wie ich sie erreichen kann oder wo sie wohnt?«

Er zuckt mit den Schultern. »Bedaure. So dicke war ich mit ihr nun auch wieder nicht. Sie können es ja mal an der Anmeldung versuchen.« Damit drückt er seine Zigarette aus und schlendert auf einen Seiteneingang zu. »Ich muss wieder rein.«

»Und was ist mit Schwester Gabi?«, rufe ich ihm hinterher.

»Die Gabi vom Dienst? Die ist aber verheiratet!« Leise lachend verschwindet er hinter der Tür.

»Privatadressen vom Personal werden grundsätzlich nicht herausgegeben. Wo kämen wir denn da hin, junger Mann!« Die Dame am Empfang mustert mich entrüstet über den Rand ihrer Brille hinweg.

Ich lege die Blumen auf dem Tresen ab. »Kann ich dann mit der Gabi vom Dienst sprechen?«

»Schwester Gabriele ist im Urlaub.« Sie hebt das Telefon ab, das schon seit geraumer Zeit klingelt. »Einen Moment, bitte!« Mit einer Hand vor der Sprechmuschel sieht sie mich an wie ein lästiges Insekt. »Kann ich sonst noch was für Sie tun?«

Langsam schüttle ich Kopf. Bescheuert! Was habe ich eigentlich erwartet? Wenigstens bin ich nicht so dämlich gewesen, Plan A durchzuführen – nämlich mit einer selbst zugefügten Wunde hier aufzukreuzen. Vorhin zu Hause war ich kurz davor, mir die Stelle über der Augenbraue aufzuritzen, aber jetzt bin ich dankbar, dass ich dafür zu feige war. Enttäuscht drehe ich mich auf dem Absatz herum und stapfe zum Ausgang.

»Ihre Blumen!«, ruft mir die Empfangsdame hinterher. Ich winke müde ab. »Können Sie behalten.«

Vorsichtig lasse ich mich auf den aufblasbaren Hämorrhoidenring sinken, der das Sitzen in meinem Alfa einigermaßen erträglich macht, und lege die Stirn auf das Lenkrad. Warum kann ich nicht einfach mal Glück haben?

Seufzend lasse ich den Motor an. Gerade als ich losfahren will, rauscht ein Rettungswagen vorbei und hält vor dem Notportal. Im Eiltempo laden die Sanitäter den Patienten aus. Ein bleiches Gesicht taucht auf, die Haare kleben blutig am Kopf eines Jugendlichen. Am anderen Ende ragen schwarze Turnschuhe mit weißen Streifen hervor.

Es ist wie ein Déjà-vu. Ich schnappe nach Luft, lasse die Kupplung zu schnell kommen und würge den Motor ab.

Plötzlich will ich nur noch weg. Hektisch drehe ich den Zündschlüssel, trete das Gaspedal durch und rase mit aufheulendem Motor los.

Im Hausflur treffe ich auf Said, der gerade die Post aus seinem Briefkasten nimmt. Er deutet auf das Pflaster an meinem Kinn. »Jaro, my friend. Was is passiert mit dein Gesicht? Und warum du gehst wie ein altes Mann?«

»Bloß ein kleiner Unfall.«

»Mit dein Auto?«

»Nein, das ist eine längere Geschichte.« Ich schließe mein Postfach auf und versuche, die Briefe aufzufangen, die mir entgegenfallen, doch einige landen auf dem Boden. Als ich sie aufhebe, bemerke ich zwei Hantelscheiben, die vor Said an der Wand lehnen. »Sind das deine?«

Er nickt. »Hab ich von ein Freund gekauft fur zwanzig Euro. Ein Kilo funfzig Cent.« Said geht in die Hocke, stapelt sich die Scheiben auf den Kopf, greift sich die dazu gehörende Stange und richtet sich langsam auf. Dann steigt er mit seiner Last die Treppe hoch. »Ich will werden ein muscleman, you know?«

»Als ob du das nötig hättest.« Ich knalle den wie immer klemmenden Briefkasten zu und stapfe hinter ihm her. Seine angespannten Nackenmuskeln vor Augen, kommt mir der Tag meines Einzugs in den Sinn. Damals hievte er sich kurzerhand meinen Kühlschrank auf seine Dreadlocks und stolzierte damit die Treppe hoch, als würde er einen Wasserkrug durch die Serengeti tragen.

Said schließt seine Wohnung auf. »Wann du willst, kannst du das Hantel probieren und erzählen was is passiert.« Sofort meldet sich wieder das flaue Gefühl, das mich seit meiner Flucht vom Krankenhausparkplatz nicht loslässt. Ich stopfe die Briefe durch den Schlitz in meiner Wohnungstür und folge Said in sein Reich.

Saids winzige Einzimmerwohnung ist sorgfältig aufgeräumt. Der Futon unter der Dachschräge, sein Schlafplatz, den er tagsüber zum Sofa umfunktioniert, füllt den halben Raum aus. An der einzigen geraden Wand stehen ein Schrank, daneben eine Fernsehkommode und in der Ecke ein Korbstuhl. Ich folge ihm in die Küche. Vier einfache Holzstühle, jeder in einer anderen Farbe gestrichen, stehen an einem Tisch mit elefantösen Beinen. Über dem blitzblank geputzten Gasherd hängen Töpfe und Pfannen in verschiedenen Größen an der Wand. Saids beeindruckende Sammlung an Gewürzen, Kräutern und sonstigen Kochzutaten füllen ein ganzes Regal aus. »Warum machst du nicht ein eigenes Restaurant auf, anstatt dein Talent im Knödl-House zu vergeuden?«, frage ich ihn.

Er zuckt mit den Schultern. »Wann man will in Deutschland eine Laden haben, kostet viel Geld, you know?«

»Da hast du allerdings recht.«

»Vielleicht ich mache eines Tages – Saids African Restaurant!«

Er legt die Stange und die Gewichte auf den Küchentisch, und ich helfe ihm, die Hantel zusammenzuschrauben. »Aber erst du musst werden beruhmte Comicmaler.«

»Tja, wenn man in Deutschland beruhmte Comicmaler werden will, braucht man viel Glück!«

Er knufft mich in die Seite. »Du kannst machen – ich weiß es! Manchmal, man muss – wie sagt man: sein Geschicks in Hand nehmen. Nicht bloß traumen! Hast du gesendet Bilder nach Wettbewerb?«

»Nein.«

»Warum nicht?«

»Weil … ach, ich weiß auch nicht.« Mit beiden Händen fahre ich mir übers Gesicht. »Ich hab einfach keine Zeit, mich auch noch um so was zu kümmern. Wettbewerbe bringen schließlich kein Geld.«

»Jaro, my friend, du kannst nicht machen weiter so. Immer von ein Job zu anderen, ohne zu wissen, ob kommt neues Auftrag!«

»Jetzt fang du nicht auch noch an! Soll ich lieber Taxi fahren oder was?«

Said antwortet nicht, sondern hebt die fertige Langhantel vom Tisch. Wir gehen in sein Zimmer, wo er sich damit auf den Boden legt und sie über seiner Brust auf und ab pumpt. »Jetzt sag: Was du hast gemacht fur ein Unfall?«

Ich setze mich vorsichtig auf den Futon, wobei ich mir ein Kissen unter die linke Pohälfte schiebe, damit die rechte möglichst in der Luft schwebt, und beginne zu erzählen.

Kurze Zeit später bebt Saids Brust vor Lachen unter

der Stange. »Ich hatte gerne dich gesehen mit Nacktarsch in Krankehaus!« Er legt die Hantel hinter seinem Kopf ab. »Crazy guy!« Noch immer lachend, stemmt er sich hoch und wischt sich die Tränen aus den Augenwinkeln. Nachdem er sich beruhigt hat, setzt er sich neben mich. »Aber dass du hast Mimi getroffen, is … wie sagt man: eine Zeichen!«

»Genau! Nur leider arbeitet sie nicht mehr in der Notaufnahme, und ich weiß immer noch nicht, wo sie wohnt! Es ist zum Verrücktwerden!«

»Aber du jetzt kennst ihre Namen.«

»Richtig!« Stöhnend stemme ich mich hoch. »Und weißt du was? Ich werde sie finden – und wenn ich alle Marlene Müllers dieser Welt anrufen muss!«

Said grinst. »Wunsche viele Erfolg mit Namen Muller!«

Als ich schon in der Tür stehe, ruft er mir zu: »Kannst du kommen next Freitagabend! Ich mach Essen wie in Saids African Restaurant!«

Meine Wohnungstür stoppt an den Briefen, die auf dem Fußboden verstreut liegen. Genervt hebe ich sie auf und werfe sie auf meinen Schreibtisch. Dann stelle ich mich mit meinem Laptop in die Küche und rufe das Online-Telefonbuch auf.

Die Suche nach Marlene Müller ergibt keinen Treffer, dafür sind allein in Hannover neunhundertvierzig Müllers eingetragen! Warum zum Teufel muss die Frau ausgerechnet den häufigsten deutschen Nachnamen haben? Doch als ich nach M. Müller suche, werden nur knapp zwanzig Einträge angezeigt.

Nach einer Dreiviertelstunde habe ich alle M. Müllers abtelefoniert und gebe für heute auf. Wenn ich überhaupt jemanden erreicht habe, dann waren es ältere Leute, die von einer Marlene noch nie etwas gehört hatten. Es ist zwecklos. Schließlich muss Mimi nicht zwingend im Telefonbuch stehen, und zudem kann es sein, dass sie überhaupt keinen Festnetzanschluss hat.

Frustriert greife ich nach der Post und sortiere die Briefe nach Kategorien: das Schreiben von meiner Bank, dass mein Dispo gekürzt wurde, auf den Stapel »Abheften«. Zwei erste Mahnungen auf den Stapel »Bearbeiten«. Die zweite Mahnung für die Stromnachzahlung auf den Stapel »Bezahlen«. Ich kann nur hoffen, dass ich den Job bei Up2Gross bekomme und dann das Honorar rechtzeitig eintrifft, um Kowalski zu besänftigen. Wenn ich die monatliche Zahlung von *HannoKult* dazurechne, müsste es reichen, um auch noch die dringendsten Rechnungen zu begleichen. Aber was kommt danach? Said hat recht: Ich brauche endlich eine langfristige Perspektive!

Nachdem ich die Skizzen für *Scripped* in der richtigen Reihenfolge sortiert habe, lege ich meine Stifte zurecht. Wie ein Arzt im OP. Unwillkürlich sehe ich Mimis konzentriertes Gesicht vor mir, als sie die Betäubungsspritze für meinen Allerwertesten aufzog. Sie ist also Ärztin …

»Lass dich bloß nicht mit einer Frau ein, die dir geistig überlegen ist. Das geht nicht gut«, hat mein Vater immer gesagt. »Sieh dir nur deine Mutter und mich an.«

Unwillig schüttle ich den Kopf. So wie er, der mit seinem Stolz und Starrsinn die Kluft zu meiner Mutter selbst geschaffen hat, wollte ich doch nie werden! Ich verbanne seine Stimme aus meinem Kopf, schalte meinen Leuchttisch ein und konzentriere mich darauf, den *Scripped*-Cartoon mit schwarzer Tusche nachzuziehen.

Als ich die Reinzeichnung fertig habe, dämmert es bereits. Grinsend betrachte ich das Ergebnis. Die besten Ideen entstehen doch immer noch durch unvorhergesehene Ereignisse – etwa solche, die mit einem Splitter im Hintern enden. Wie auf Kommando beginnt die Wunde an meinem Po stärker zu pochen. Stöhnend erhebe ich mich von dem aufblasbaren Sitzring und gehe steifbeinig in die Küche. Ich drücke zwei Schmerztabletten aus der Packung, die ich von meinem Hausarzt bekommen habe, und spüle sie mit Wasser herunter.

Mein knurrender Magen erinnert mich daran, dass das Mittagessen schon einige Stunden zurückliegt. Ich mache mir ein Schinkenbrot und verschlinge es im Stehen, als mein Blick auf die Flaschen im Weinregal fällt.

Seit mein Vater in sein Heimatdorf zurückgekehrt ist, trudelt ab und zu eine Kiste *vinho tinto* aus seinem Weinberg bei mir ein. Eigentlich trinke ich nicht gerne allein, aber heute funkelt mir der Rotwein allzu verlockend entgegen. Mit Flasche und Glas bewaffnet lasse ich mich auf das Küchensofa sinken, aber das Polster drückt zu sehr auf die Wunde. Ächzend stemme ich mich wieder hoch, lehne mich stattdessen an die Küchenzeile und schenke mir ein. Schorse, der sich in einer Sofaecke zusammengerollt hatte, springt auf den Boden und humpelt auf mich zu. Ich bin immer wieder fasziniert, wie gut er mit nur drei Beinen zurechtkommt, und sehe das dürre Fellbündel vor mir, das ich vor drei Jahren vom Straßenrand aufgelesen habe und das trotz seines zertrümmerten Hinterlaufs in meinen Armen zu schnurren begann.

Er reibt seinen Kopf an meinem Bein, inspiziert dann seinen leeren Fressnapf und sieht mich vorwurfsvoll an. Ich nehme eine angebrochene Dose Katzenfutter aus dem Kühlschrank und schabe ihm sein Abendessen in den Napf. Während er frisst, streichle ich über sein rot-weiß getigertes Fell. »Im nächsten Leben werde ich eine Katze. Muss mich um nichts weiter kümmern als Fressen und Schlafen.« Schorse fixiert mich mit seinen gelben Augen und stößt ein gurrendes Maunzen aus. Wie so oft habe ich den Verdacht, dass er jedes Wort versteht.

»Said hat gut reden«, sage ich zu ihm und trinke einen großen Schluck Wein. »Als wenn ich mir den Beitrag für einen Wettbewerb einfach so aus dem Handgelenk schütteln könnte. So was braucht Zeit, und die hab ich nun mal nicht. Und warum? Weil Werbeplakate, Flyer, Anzeigen, Verpackungen und was weiß ich noch alles meine gesamte Energie aufsaugen. Kreative Energieverschwendung für Produkte, die kein Mensch wirklich braucht! Und das alles nur, damit Kowalski seine Miete kriegt. Wie soll ich da noch meine Träume verwirklichen?«

Ich leere das Glas und stelle es in die Spüle. Die Flasche behalte ich in der Hand. »Jaro, my friend. Du musst dein Geschicks in Hand nehmen«, äffe ich Said nach, nehme ein Stück Kreide und schreibe seinen Ratschlag an die noch jungfräuliche Tafelwand: *Das Schicksal in die Hand nehmen!*

Die weiße Schrift leuchtet mir von der schwarzen Fläche entgegen. Kreidestaub schwebt wie eine Verheißung in der Luft. Ich trinke einen Schluck aus der Flasche, starre auf die Buchstaben, merke, wie mir der Wein zu Kopf steigt. »Wie denn!«, stoße ich hervor und zeichne neben Saids Motto ein afrikanisches Krokodil. Gerade als ich es mit spitzen Reißzähnen versehen habe, beginnt das Vieh sich auf einmal zu regen. Reflexartig ziehe ich die Hand zurück. Die Bestie schnappt nach den Worten und frisst schließlich eins nach dem anderen auf. *Das Schicksal* verschwindet als Erstes in ihrem Schlund, dann folgen *selbst*, *in die Hand* und *nehmen*. Ein Kichern dringt aus meiner Kehle. Ich kann eine Weile nicht damit aufhören. Mein Blick fällt auf die Packung Schmerztabletten. Stand da nicht etwas von Wechselwirkungen mit Alkohol auf dem Beipackzettel?

»Jetzt auch egal«, lalle ich und nehme noch einen tiefen Zug.

Irgendwann knie ich auf dem Boden und stelle die leere Flasche neben mir ab. Meine Lider werden schwer. Ich muss mich an der Wand abstützen, um wieder hochzukommen, und bewege mich auf schwankendem Boden in mein Schlafzimmer.

Kaum liege ich im Bett, taucht wie aus dem Nichts das Bild des Jungen vor der Notaufnahme in meinem Kopf auf. Die Turnschuhe, die über den Rand der Trage ragen, sind auf einmal schlammverkrustet. Meine Brust wird so eng, dass ich kaum noch atmen kann.

6

Das Klingeln des Telefons reißt mich aus dem Tiefschlaf. Ich öffne ein Auge, schließe es aber gleich wieder, weil mich ein Sonnenstrahl blendet, der durch den Vorhangspalt fällt. Mein Kopf dröhnt. Stöhnend wälze ich mich aus dem Bett, schleppe meinen Körper in den Flur und nehme ab. »Hallo?«

»Der Wagen muss weg! Ich brauch den Platz!« Wie immer hält Bernhard Täschke es nicht für nötig, sich mit Namen zu melden, sondern bellt seine Forderung ohne Umschweife heraus.

Sofort sehe ich seinen Quadratschädel vor mir, auf dem das Headset seiner Taxizentrale derart festklemmt, dass es wie eingewachsen wirkt, und ich kann förmlich spüren, wie sich der Blick seiner Schweinsäuglein durch den Hörer bohrt.

Er halte es für überflüssig, einen heruntergekommenen 1964er Karmann-Ghia zu restaurieren, anstatt ihn in die Schrottpresse zu geben. Aber Sarah zuliebe überlasse er mir ausnahmsweise eine der leer stehenden Garagen, hat er mir damals erklärt, als ich mit dem geliehenen Hänger auf seinem Gelände aufkreuzte.

Doch nun, wo seine reizende Nichte mich abserviert hat, ist Onkel Bernhards Verständnis für meine Cabrioträume erwartungsgemäß von Kühlschrank- auf Gefriertruhentemperatur gesunken.

Ich reibe mir die Stelle zwischen den Augen. »Nicht mehr lange, dann ist er wieder fahrtüchtig. Wenn die Lackierung erst mal drauf ist …«

»Sechs Monate waren ausgemacht, und jetzt verstopft das Wrack die Garage schon über zwei Jahre!«

Wrack? Ich atme tief durch. »Können wir da nicht noch mal drüber reden?«, frage ich mit einem panischen Kiekser. Nur nicht die Nerven verlieren!

»Du hast zwei Wochen, dann ist die Karre vom Hof!«

In der Leitung klickt es. Stille.

»Mist, Mist, Mist!« Ich hämmere den Hörer im Takt der Worte auf die Gabel, als es an der Haustür klingelt. »Kann ich nicht mal eine Sekunde Ruhe haben?«, presse ich zwischen den Zähnen hervor und drücke auf den Summer.

Alex schnauft die Treppe hoch. Er hält einen Sechserträger Bier im Arm. Auf der anderen Hand balanciert er zwei Pizzakartons. »Nahrung«, verkündet er und rauscht an mir vorbei. Im Nu riecht meine Küche wie eine italienische Trattoria.

Er lässt einen prall gefüllten Rucksack auf mein Sofa fallen und setzt sich daneben. »Alter, bist du gerade erst aufgestanden?«

Ohne zu antworten, gehe ich zur Spüle, fülle ein Glas mit Wasser und löse mir ein Aspirin auf. Als ich die bittere Flüssigkeit heruntergekippt habe, zieht sich mein Magen schmerzhaft zusammen. Auf einmal erscheint mir Pizza zum Frühstück gar nicht so abwegig.

»Salami oder Vier Jahreszeiten?«, fragt Alex.

»Salami.« Mein Blick irrt durch die Küche. Wo ist dieser verdammte Sitzring? Nach erfolgloser Suche lege ich ein Kissen auf den Stuhl und setze mich vorsichtig darauf.

Alex schiebt mir den Pizzakarton über den Tisch. »Du siehst aus, als hättest du einen Geist gesehen. Was ist los?«

Ich säble mir ein Stück Pizza ab und schiebe es in den Mund. »Schlechtes Gewissen, weil du deinen besten Freund nachts im Wald auf morsche Leitern schickst, oder was?«, nuschle ich.

Er grinst. »So ähnlich. Aber eins musst du zugeben: Wäre die Leiter nicht gewesen, dann wüsstest du jetzt nicht, wo deine Traumfrau arbeitet.«

»Gar nichts weiß ich, das ist ja das Schlimme!« In kurzen Zügen berichte ich ihm, wie ich gestern in der Notaufnahme aufgelaufen bin.

Er zieht eine Grimasse. »Verdammtes Pech!«

»Und das ist noch nicht alles. Sarahs Onkel will, dass ich den Wagen abhole.«

»Dass der olle Täschke dir erlaubt hat, den Karmann in seinen heiligen Hallen zu restaurieren, hat mich von Anfang an gewundert. Wie weit bist du denn jetzt?«

»Das Chassis samt Fahrwerk ist fertig, ich habe die rostigen Teile erneuert, die Karosserie sandgestrahlt und grundiert – eben alles für die Lackierung vorbereitet. Aber der Motor muss auch noch komplett überholt werden.«

»Wäre ein Austauschmotor nicht besser?«

»Nee, zu teuer«, murmle ich, während eine Idee in meinem Kopf Gestalt annimmt. »Kann ich den Karmann bei dir unterstellen? Nur, bis ich was Neues gefunden habe.«

Alex sieht mich lauernd an. »Und wenn ich ihn dir abkaufe? Tausend Euro, du hast eine Sorge weniger und darfst ab und zu mal mitfahren.«

»Vergiss es! Glaubst du, ich lasse zu, dass du ihm eine knallrote Lackierung verpassen lässt? Das Baby wird schwarz, mit sandfarbenem Verdeck. Wie das Original! Davon abgesehen: Ein Tausi deckt nicht mal die Kosten für das Material, das ich verbaut habe.«

Er zuckt mit den Achseln. »Alles Verhandlungssache. Außerdem habe ich ihn damals in Portugal zuerst entdeckt.«

Ich stöhne. »Das haben wir doch längst geklärt! Der Wagen stand auf dem Grundstück meines Vaters, und er hat ihn mir überlassen!«

»Nur dass er eigentlich dem verstorbenen Vorbesitzer des Grundstücks gehörte – aber lassen wir das …«

Ich gehe nicht darauf ein. »Kann ich den Wagen nun unterstellen?«

Alex betrachtet demonstrativ seine Fingernägel, und ich sehe, wie es in ihm arbeitet. Plötzlich breitet sich ein Grinsen auf seinem Gesicht aus. »Wusstest du übrigens, dass Mimikry83 gestern ihren ersten eigenen Cache gepostet hat?«

»Nein, das wusste ich nicht. Aber würdest du bitte beim Thema bleiben?«

»Ich bin beim Thema. Hör zu: Wenn jemand das Logbuch in Mimis Cache als vermisst meldet, dann wird sie es vermutlich, so schnell es geht, ersetzen, was dir wiederum die Gelegenheit bietet, ihr rein zufällig über den Weg zu laufen.«

»Kein schlechter Plan. Aber was hat das mit dem Karmann zu tun?«

»Ganz einfach: Ich melde das Logbuch als vermisst, und du kriegst die Gelegenheit, deine Traumfrau zu erobern. Solltest du es schaffen – sagen wir mal innerhalb der nächsten vier Wochen –, dann bezahle ich dir die Lackierung und den Motor für den Karmann. Wenn nicht, gehört der Wagen mir!«

»Das ist nicht dein Ernst!«

Er streckt mir die Hand entgegen. »Ein besseres Angebot kriegst du nie wieder!«

Stirnrunzelnd sehe ich ihn an und versuche zu ergründen, welche Haken sich hinter seinem Angebot verstecken – wie ich Alex kenne, gibt es nämlich mehrere. Um Zeit zu schinden, stopfe ich mir ein großes Stück Pizza in den Mund.

Alex zuckt mit den Achseln, säbelt den Rand von seiner Pizza ab und stapelt die knusprigen Streifen fein säuberlich neben seinem Teller. Dann rollt er die weiche Mitte zusammen und nimmt sie in die Hand. »Überleg nicht zu lange.« Er beißt ein Stück ab und kaut seelenruhig.

Ich klaue ihm ein Randstück und zeige mit dem Kinn auf seinen Rucksack. »Erzähl mir erst mal, was da drin ist.«

Alex zieht den Reißverschluss auf und befördert ein Seil, einen Klettergurt und mehrere Karabiner zutage. »Klettern für Geocacher, Lektion 1: Hab immer dein eigenes Material dabei!«

Ich nehme den Gurt vom Tisch. »Ist das die Ausrüstung, die du neulich mit im Cosmix hattest?«

»Nee, das ist deine – für später, wenn es ernst wird! War ein Schnäppchen. Da musste ich einfach zuschlagen.«

»Alex, du spinnst!«

»Betrachte es als Wiedergutmachung für die morsche Leiter.«

»Kann ich nicht annehmen.« Entschlossen stopfe ich die Sachen in den Rucksack zurück und werfe ihn Alex zu.

Er fängt ihn auf und drückt ihn neben sich auf das Polster. »Aber bei dem Kurs bist du dabei.«

Ich schlucke. »Weiß nicht …«

Alex zeigt mit einem Pizzastück auf mich. »Wir sind ein Team – ich verlass mich auf dich!«

»Ich überleg's mir, okay?«, lenke ich ein, und um das Thema vorerst zu beenden, komme ich nahtlos auf seinen Vorschlag zurück. »Wegen der Wette: Was macht dich so sicher, dass du sie gewinnen würdest?«

Alex spült den letzten Bissen mit Bier hinunter. »Nichts für ungut, Jaro, diese Mimi ist eine Nummer zu groß für dich. Immerhin ist sie Ärztin!«

Damit hat er mich, und das weiß er auch. »Du irrst dich!«, sage ich, und als er mir die Hand erneut hinhält, schlage ich ein.

Alex grinst mich an. »Also dann gilt es. Sobald ich das Logbuch entfernt habe, informiere ich die Cache-Ownerin, dass es fehlt. Der Rest liegt dann bei dir!«

»Hoffentlich beobachtet sie den Cache auch, sonst lege ich mich womöglich bis zum Sankt-Nimmerleins-Tag auf die Lauer.«

»Erinnerst du dich noch an deinen ersten eigenen Cache?«

»Klar! Ich habe mindestens zwanzig Mal am Tag geprüft, wer ihn schon geloggt hat.«

»Eben! Nicht lange, und sie taucht mit fliegenden Fahnen dort auf.«

Von wegen! Zwei Tage später hocke ich bereits seit Stunden im Gebüsch und behalte den hohlen Baumstumpf im Auge, in dem Mimi die Dose versenkt hat. Fluchend schlage ich nach den Stechmücken, die mich unablässig umschwirren. Warum musste sie ihren ersten Cache ausgerechnet in diesem Waldstück am Altwarmbüchener Moor verstecken?

Auf einmal spüre ich ein Kribbeln im Nacken, höre ein scharfes Knacken und fahre herum. Kaum zwei Armlängen von mir entfernt stoppt ein hochbeiniger Jagdhund. Speichel tropft von seinen Lefzen, er starrt mich aus blutunterlaufenen Augen an und bleckt die Zähne. Dann gibt er ein tiefes Knurren von sich. Langsam richte ich mich auf und weiche zurück, bis sich Zweige in meinen Rücken bohren. Mein Herz hämmert, Angst drückt mir die Kehle zu. Die Bestie spannt die Muskeln und setzt schon zum Sprung an, als ein scharfer Pfiff ertönt. Wie ferngesteuert dreht sich der Hund um und läuft auf einen Kerl in Jägerkluft zu.

Der hält sein aufgeklapptes Gewehr locker über dem Arm und marschiert auf mich zu. »Was machen Sie da?« Er greift seinen Hund am Halsband. »Hier ist Jagdgebiet!«

»Ich musste mal«, sage ich und nestle wie zum Beweis an meiner Hose herum.

Er runzelt die Stirn. »Dafür entfernen Sie sich so weit vom Weg? Oder gehören Sie etwa zu diesen Dosensuchern, die nachts mit Stirnlampen durch den Wald trampeln und das Wild verschrecken?«

Ich schlucke, kriege keinen Ton heraus, und als der Hund auf den Baumstumpf zugeht und daran herumschnüffelt, wird mir abwechselnd heiß und kalt. Die Dose ist mit einem verräterischen Haufen Äste getarnt, der nicht im Geringsten natürlich wirkt. Der Jäger folgt meinem Blick und ist mit wenigen Schritten am Cache. Er klaubt die Dose hervor und hält sie mir triumphierend entgegen. »Haben Sie danach gesucht?«

Ich gebe mich ahnungslos. »Was soll das sein?«

Seine Augen werden schmal. »Machen Sie mir nichts vor!« Er stopft den Cache zurück an seinen Platz. »Der *Owner* – so nennt ihr den Eigentümer von diesem Plastikmüll doch, oder?«

Ich zucke mit den Schultern.

»Richten Sie dem *Owner* also aus, dass er den Mist hier besser entfernt. Sonst kümmere ich mich persönlich darum, dass der Wald wieder sauber wird. Und Sie hauen schleunigst ab. Nicht, dass Sie noch von einer Ladung Schrot erwischt werden!«

Abwehrend hebe ich die Hände. »Ich weiß echt nicht, was Sie von mir wollen.«

»Jogger, Mountainbiker, und jetzt auch noch Schnitzeljagd im Wald. Was denkt ihr euch eigentlich alle?« Sein Schnauzbart zittert vor Entrüstung, und auf einmal steht auch sein Hund wie ein gespannter Flitzebogen neben ihm und knurrt. »Brutus, Fuß!«, blafft er, doch ich sehe in seinen funkelnden Augen, dass er das Tier viel lieber auf mich hetzen würde. Dieser Typ hat eindeutig nicht alle Tassen im Schrank!

Ich weiche langsam zurück, und als er mit einem Ruck sein Gewehr zusammenklappt, drehe ich mich um und renne los.

Das Gefühl, dass mich jederzeit eine Kugel treffen oder sich scharfe Reißzähne in mein Bein schlagen könnten, lässt mich erst los, als ich mein Auto erreiche. Schwer atmend taste ich nach meinem Autoschlüssel und realisiere im nächsten Moment, dass er in meinem Rucksack steckt. Der Rucksack, den ich vorhin hinter dem Gebüsch an einen Baum gelehnt habe!

Rotgetränktes Dämmerlicht dringt nur noch diffus durch die Bäume, die Schatten werden länger. Auf leisen Sohlen schleiche ich an den Cache heran und spähe in alle Richtungen, doch Jäger und Hund sind verschwunden.

Mein Rucksack liegt, wo ich ihn zurückgelassen habe. Aufatmend knie ich mich hin und suche nach meiner Taschenlampe, als sich Stimmen und Schritte nähern. Alarmiert richte ich mich halb auf, doch statt des erwarteten Jägergrüns leuchtet Mimis flachsblondes Haar zwischen den Bäumen auf. Dahinter erscheint Walters missmutiges Gesicht.

»Beeil dich, bevor uns die Mücken noch ganz auffressen!«, mault er, während sie den Cache öffnet.

»Komisch, da hat tatsächlich einer nur das Logbuch mitgehen lassen. Die Trades sind alle noch da«, sagt sie und legt ein neues Buch hinein.

Walter verdreht die Augen. »Schon wieder dieses Fachchinesisch! Was bitte sind Trades?«

Sie lacht. »Ein Trade ist ein Tauschgegenstand, den man mitnehmen kann, wenn man will. Dafür muss man aber etwas anderes dalassen.«

Er lugt ihr über die Schulter. »Ich könnte also den vertrockneten Müsliriegel in meiner Hosentasche gegen diese Überraschungseifigur eintauschen? Ich meine: Wow! Die hat mir in meiner Sammlung schon lange gefehlt!«

Sie knufft ihn in die Seite. »Sei nicht albern! Wenn man mit Kindern unterwegs ist, sollen sie was Nettes zum Tauschen haben, das ist auch schon alles! Essbares ist übrigens nicht erlaubt, wegen der Tiere. Genauso wenig wie Waffen oder irgendwelche Dinge, die nicht jugendfrei sind.« Sie verstaut den Cache wieder im Baumstumpf und tarnt ihn sorgfältig.

Ich überlege fieberhaft, was ich tun soll. In meiner Vorstellung war Mimi immer allein unterwegs, und ich hatte geplant, wie zufällig zwischen den Bäumen hervorzutreten und mit ihr zusammenzustoßen. Walter kam in diesem Szenario nicht vor, und angesichts seiner Nachricht auf meinem PC bleibe ich lieber in Deckung.

Doch dann habe ich keine Zeit mehr zum Nachdenken, denn Mimi steuert direkt auf mich zu. »Ich geh mal für kleine Mädchen«, verkündet sie.

Sie wird doch nicht… Hektisch schnappe ich meinen Rucksack und trete den Rückzug an. Als Mimi sich durch die Zweige schiebt, kann ich mich gerade noch hinter einem dicken Baum verstecken. Mit dem Rücken gegen den Stamm gepresst, höre ich, wie sie den Reißverschluss ihrer Jeans öffnet, dann ein Rascheln, gefolgt von einem unverkennbaren Plätschern.

»Verdammte Blutsauger!«, höre ich Walter. »Bist du endlich fertig?«

»Ich komm ja schon!« Den Geräuschen nach zu urteilen, zieht Mimi ihre Hose wieder hoch. Ich presse mich noch dichter an den Baumstamm. Wenn sie mich jetzt entdeckt, stehe ich wie ein Stalker der schlimmsten Sorte da! Doch die beiden ziehen ab, ohne mich zu bemerken.

Geduckt schleiche ich hinter Mimi und Walter her bis zu der Stelle, an der Walters Audi parkt. Wieder suche ich Deckung hinter einem Gebüsch und beobachte, wie Walter das Auto wendet. Er stoppt mit dem Heck genau vor meinem Versteck, und als die Bremslichter aufleuchten, fällt mir ein Schriftzug auf dem Kofferraumdeckel ins Auge. *www.Frauenarzt-Grandler.de* lese ich noch, bevor der Wagen in der Dunkelheit verschwindet.

Hektisch krame ich einen Zettel aus dem Rucksack und notiere mir die Adresse, als mein Handy klingelt. Ein Kunde ist dran, für den ich in Abständen Werbeflyer gestalte, und es ist mal wieder brandeilig. »Wir brauchen die Druckvorlagen möglichst bis morgen früh, schaffst du das?«

»Schick mir die Details per E-Mail«, sage ich. Der Job bringt nicht viel Geld, aber ihn abzusagen kann ich mir erst recht nicht leisten. »Sieht ganz nach Nachtschicht aus«, seufze ich und schultere meinen Rucksack.

7

Die Glasfront des hohen Gebäudes auf der anderen Straßenseite scheint im flirrenden Spätnachmittagslicht zu vibrieren. Während ich an der Ampel warte, kneife ich die brennenden Augen zusammen und unterdrücke ein Gähnen. Nicht mehr als zwei Stunden Schlaf sind mir vergönnt gewesen, bis der Kunde erneut anrief und diverse Änderungen verlangte. Vier Mal durfte ich den Flyer überarbeiten, und als sie endlich zufrieden waren, war es bereits Nachmittag und meine Wohnung zu aufgeheizt, um noch schlafen zu können.

Die Ampel springt auf Grün. Ich überquere die Straße, bleibe vor dem Eingang stehen und durchforste die Schilder neben der Tür. Schnell werde ich fündig: *Gynäkologische Praxis Walter Grandler, Schwangerschaftsbetreuung, Pränataldiagnostik, Krebsvorsorge* ist in ein blank poliertes Messingschild eingraviert.

Die Adresse seiner Praxis herauszufinden war leicht, aber seine Privatadresse, und vermutlich auch die von Mimi, habe ich weder online noch über die Telefonauskunft erfahren. Doch wenn mein Plan aufgeht, ist das nur noch eine Frage der Zeit.

Ich lasse den Blick schweifen und suche nach einem passenden Ort, von dem aus ich den Eingang observieren kann. Ein Café wäre ideal. Doch in Sichtweite sind nichts als Geschäftsgebäude mit ebensolchen Glasfassaden zu finden. Nirgends gibt es Schatten, und die Gehwegplatten strahlen eine solche

Hitze ab, dass ich mich fühle wie ein Pinguin in der Betonwüste.

Kurz entschlossen drücke ich die Glastür auf, schiebe mich in das kühle Treppenhaus und nehme den Fahrstuhl.

Als ich im dritten Stock aussteige, ist nur das Quietschen meiner Schuhe auf dem Granitfußboden zu hören. Unschlüssig bleibe ich vor der Praxistür stehen und überlege, ob es nicht doch besser wäre, auf der Straße zu warten. Hier gibt es keinerlei Deckung, sodass Walter, wenn er die Praxis verlässt, direkt in mich hineinlaufen und mich womöglich sogar erkennen würde. Ihm dann unauffällig zu folgen wäre kaum möglich. Und wenn ich einfach in die Höhle des Löwen gehe? Erfahrungsgemäß ist das Risiko nicht besonders hoch, gleich beim Betreten einer Praxis dem Arzt in die Arme zu laufen, und wahrscheinlich hockt Walter sowieso gerade zwischen den Beinen einer Patientin und tastet an ihren intimsten Stellen herum. Bei dem Gedanken schüttelt es mich. Wie zum Teufel kann der Mann beim Liebesspiel mit seiner Freundin ausblenden, dass er vor Kurzem den Scheidenpilzbefall von Frau X-beliebig direkt vor der Nase hatte?

Während ich noch überlege, wie ich der Sprechstundenhilfe Informationen über die Verlobte ihres Chefs entlocken könnte, ertönt ein leises Pling hinter mir, und die Fahrstuhltüren gleiten auseinander. Ich lasse einen Paketkurier passieren, der einen Stapel Kartons vor sich her bugsiert. Als er die Tür zur Praxis aufdrückt, gerät der Turm in Schieflage, und zwei Schachteln rutschen herunter. »Hoppla!« Ohne nachzudenken, fange ich sie auf, folge ihm und stelle die Kartons auf dem Empfangstresen ab.

»Danke, Mann!«, keucht er und lächelt mir zu. »Eine Unterschrift bitte!«, sagt er dann zur Sprechstundenhilfe und schiebt ein Klemmbrett über den Tresen. »Vom Doc persönlich!«

Die Mittfünfzigerin mit dem mausgrauen Topfschnitt drückt eine Taste am Telefon. »Ein Kurier braucht eine Unterschrift.«

Hektisch blicke ich mich um. Links hinter einer Glastür stecken drei wartende Frauen die Nasen in Hochglanzmagazine, rechts führt ein schmaler Flur zu den Untersuchungsräumen. Schon tritt Walter aus einer der Türen. Ich drehe ihm den Rücken zu. Die WC-Tür ist nur wenige Meter entfernt. Erleichtert strebe ich darauf zu, doch eine Frau aus dem Wartezimmer ist schneller, drängt mich mit ihrem gewaltigen Babybauch ab und verschwindet hinter der rettenden Tür. In meiner Not greife ich mir einen Infoflyer aus dem Prospektständer, der an der Ecke des Tresens steht. Ich tue so, als würde ich eifrig lesen, und beobachte über den Rand hinweg, wie Walter den Lieferbeleg unterschreibt.

»Bis zum nächsten Mal«, verabschiedet er den Kurier. Die Sprechstundenhilfe, die ich in Gedanken bereits »Topfschnitte« getauft habe, zeigt auf eine Reihe Rezepte. »Diese bitte auch noch!«, sagt sie, worauf er eins nach dem anderen signiert, als wären es Autogrammkarten.

»Ach, übrigens«, sagt sie unvermittelt. »Ich soll Sie daran erinnern, dass Ihre Verlobte Sie heute Abend im Maschkönig erwartet.«

Walter sieht stirnrunzelnd auf. »Richtig, heute um …«

Sie zieht ein Post-it von ihrem Bildschirm ab und reicht es ihm. »Um acht – ich hab's aufgeschrieben.«

Er wirft einen Blick auf die Uhr. »Schon halb sechs. Wie viele Patienten haben wir noch?«

»Frau Kuntze wartet im Ultraschall und dann noch zwei Vorsorgetermine.« Er nickt und verschwindet mit wehendem Kittel im Behandlungsraum.

Die Klotür geht auf, und ich sehe aus dem Augenwinkel, wie die Schwangere ihren Bauch wieder Richtung Wartebereich wuchtet. »Ihr Rezept ist fertig!«, ruft ihr die Sprechstundenhilfe zu, was einen prompten Linksschwenk des Mutterschiffs auslöst. »Ich will ja nicht neugierig sein«, sagt die Frau. »Aber stimmt es, dass der Doktor endlich unter die Haube kommt?«

Sie erntet ein schiefes Lächeln. »Ja, unseren ewigen Junggesellen hat es jetzt doch noch erwischt.«

Die Schwangere beugt sich über den Tresen und dämpft ihre Stimme. »Ist es etwa die flotte Blondine, die ich neulich hier gesehen habe? Die ist doch um einiges jünger als er – oder?«

»Wo die Liebe hinfällt«, flötet die Topfschnitte und glättet mit der flachen Hand ihre Frisur. Dann bemerkt sie mich und deutet auf die Broschüre in meiner Hand. »Interessante Lektüre, junger Mann!«

Erst jetzt wird mir bewusst, dass ich den Ratgeber *Wechseljahre – die Frau im besten Alter* in der Hand halte. »Äh – meine Mutter«, stammle ich. »Also, die hat diese …« Ich fächle mir Luft zu.

»Hitzewallungen?«

Ich nicke und kann mir gerade ziemlich gut vorstellen, wie es sich anfühlt, wenn einem plötzlich der Schweiß ausbricht.

Die Topfschnitte reckt suchend den Hals. »Und wo ist sie?«

»Wer?«

»Na, Ihre Mutter!«

»Die … bringe ich das nächste Mal mit.« Ich schnappe mir eine Visitenkarte und halte sie hoch. »Wir … also meine Mutter ruft dann an.« Ehe sie etwas erwidern kann, bin ich schon aus der Tür und laufe mit hochrotem Kopf die Treppe hinunter.

»Restaurant Maschkönig, ich rufe im Auftrag von Frau Marlene Müller an.« Mein Handy klemmt zwischen Schulter und Wange, während ich mein einziges Hemd bügele.

»Herr Doktor ist gerade in einer Untersuchung. Kann ich

etwas ausrichten?«, dringt die Stimme der Topfschnitte an mein Ohr.

»Leider mussten wir unser Restaurant heute schließen. Wir haben einen Wasserschaden. Als ich Frau Müller darüber informiert habe, hat sie mich gebeten, ihrem Verlobten ebenfalls Bescheid zu sagen.«

»Und warum …«

»Warum sie nicht selbst anruft? Nun, das ist kompliziert.« Ich stoße einen langen Seufzer aus. »Ich will nicht indiskret sein, aber nachdem ich Frau Müller erst nicht erreicht hatte, rief sie mich von einer Freundin zurück, die wohl – wie soll ich es ausdrücken – seelische Unterstützung benötigt.« Ich senke die Stimme. »Was ich im Hintergrund hören konnte, war – gelinde gesagt – ein hysterischer Anfall. Sie hören ja, was hier los ist, hat Frau Müller gesagt – eigentlich musste sie in den Hörer schreien, um das Schluchzen ihrer Freundin zu übertönen. Dann hat sie mich gebeten, Herrn Grandler für sie ins Bild zu setzen und ihm auszurichten, dass es heute spät werden wird. Und das habe ich somit jetzt getan!«

»Wasserschaden, hysterische Freundin, es wird spät«, fasst sie zusammen, und ich meine zu hören, wie sie über ihre Topffrisur streicht, um sie nach dieser haarsträubenden Geschichte wieder zu glätten. »Ist das alles?«

»Keine weiteren Katastrophen«, beteuere ich.

»Ich werde es ausrichten«, seufzt sie und legt auf.

Grinsend sprühe ich etwas Wasser auf eine hartnäckige Falte im Hemdsärmel und drücke das Bügeleisen darauf, dass es zischt. Dann werfe ich einen Blick auf die Uhr. In einer Stunde wartet Mimi im Maschkönig, und ich werde da sein.

Das Maschkönig ist momentan *das* angesagte Sternerestaurant in Hannover, und weil ein Menü vermutlich so viel wie ein Kleinwagen kostet, habe ich es noch nie von innen gesehen.

Ich atme tief durch, dann trete ich ein. Dunkler Schiffsboden und streng geometrisches Mobiliar aus gebürstetem Stahl und Hartholz dominieren den Gastraum. Ein feiner Duft nach Knoblauch, Kräutern und Olivenöl liegt in der Luft. Die gedämpften Unterhaltungen der Gäste verschmelzen mit dem leisen Klirren des Geschirrs und dezenter Musik.

Ich bleibe hinter der roten Kordel neben dem hölzernen Pult stehen und lasse den Blick über die besetzten Tische schweifen, doch Mimis Blondschopf ist nicht zu sehen. Angesichts des exklusiven Ambientes und der elegant gekleideten Gäste fühle ich mich wie ein Zaungast. Ich fahre mir mit dem Finger unter den zu engen Hemdkragen, nestle an meiner Krawatte und kämpfe gegen den Impuls an, auf dem Absatz kehrtzumachen, als auch schon ein Kellner auf mich zu stolziert. »Sie haben reserviert?«

»Ich bin mit Frau Müller verabredet, Marlene Müller.«

Er mustert mich von oben bis unten. »Sie sind ein Freund der Familie?«

Ich schlucke. Damit, dass es sich hier womöglich um ein Familientreffen handeln könnte, habe ich nicht gerechnet. Aber was bleibt mir anderes übrig, als zu bejahen. Er bedeutet mir, ihm in einen Nebenraum zu folgen. »Der Bräutigam ist noch nicht eingetroffen«, informiert er mich. »Frau Müller wartet an der Bar. Sie entschuldigen mich …« Damit zieht er die Tür hinter sich zu und lässt mich in einem dämmrigen Festsaal mit angrenzender Bar zurück. Schlagartig wird mir klar, dass dies keine einfache Verabredung zum Essen ist, sondern mit der Hochzeit zu tun haben muss, und bleibe befangen an der Tür stehen. Sollte ich Walter ausgerechnet von der Besprechung seines Hochzeitsmenüs – oder was auch immer hier stattfinden soll – ausgeladen haben? Ich bin kurz davor, den Rückzug anzutreten, doch dann sehe ich Mimi allein an der Bar sitzen, und tausend Schmetterlinge erheben sich in meinem Inneren. Entschlossen stoße ich mich vom Türrahmen ab.

»Seit Wochen steht dieser Termin, ich hab dich sogar noch erinnern lassen, aber du ...« Mimi ist so in ihr Telefonat vertieft, dass sie nicht bemerkt, wie ich mich neben sie an den Tresen lehne. Sie hat sich die Haare hochgesteckt, und einzelne Strähnen, die sich gelöst haben, kringeln sich in ihrem Nacken. Das eng anliegende rote Etuikleid hat einen tiefen Rückenausschnitt. Ich spüre, wie meine Hände feucht werden.

Mimi verstummt und lauscht offenbar Walters Erklärungen. »Wasserschaden!«, sagt sie tonlos und schnaubt verächtlich. »Walter, du glaubst doch nicht allen Ernstes, dass ich dir die Story abkaufe? Weißt du was – du kannst mich mal!« Sie drückt ihn weg und pfeffert ihr Handy auf den Tresen. Es schlittert über die glatte Fläche, schießt über den Rand und schlägt direkt vor den Füßen des Kochs auf, der gerade durch eine Nebentür den Saal betritt. Sie besitzt noch ein altes Handymodell, und deshalb springt es beim Aufprall auseinander, und der Akku fällt heraus. Wortlos klaubt der Koch die Einzelteile vom Boden auf, und als er sie Mimi geben will, die mit hochrotem Gesicht wie festzementiert am Tresen hockt, schiebe ich mich schnell dazwischen. »Das haben wir flugs wieder zusammengebaut!«, sage ich, und er lässt die Handyteile in meine Hände fallen. Ich drücke die SIM-Karte wieder fest und lasse die Abdeckung einrasten. Den Akku behalte ich unauffällig in der hohlen Hand, und als ich Mimi das Handy zuschiebe, lasse ich ihn schnell in meine Jackentasche gleiten. Falls Walter jetzt noch Erklärungsbedarf hat, kann er ja auf ihre Mailbox sprechen, denke ich und wundere mich über meine fast schon kriminelle Energie. Aber Mimis blaue Augen, die mich jetzt erstaunt mustern, sind mir gerade Rechtfertigung genug.

»Wo kommst du auf einmal her?«

Ich grinse sie an. »Scotty hat mich hergebeamt – und warum bist du hier?«

Sie verzieht das Gesicht. »Ich würde jetzt liebend gerne weggebeamt werden!«, raunt sie mir zu. Dann wendet sie sich an den Koch. »Es tut mir leid, aber mein Verlobter ist verhindert. Können wir einen neuen Termin vereinbaren?«

Er hebt pikiert die buschigen Augenbrauen und streicht sich über das Ziegenbärtchen am Kinn. Dann schiebt er drei Finger unter die Knopfleiste seiner Kochjacke, strafft sich und neigt den Kopf leicht nach links. »Ein Napoleon der Kochtöpfe«, denke ich amüsiert, und das liegt nicht nur daran, dass der untersetzte Mann mit den schwarzen Knopfaugen mir gerade mal bis zur Schulter reicht. »Das wird schwierig«, sagt er und schlägt eine lederne Mappe auf. »Wir haben in den nächsten Wochen vier größere Events, und ich weiß nicht, wo ich das noch in meinem Terminkalender unterbringen soll. Zumal Ihr Hochzeitstermin immer näher rückt und ich nicht sagen kann, ob die Zeit noch ausreicht, um …«

Ich werfe einen Blick in die Mappe. Mimis Visitenkarte, die neben dem Menüvorschlag klemmt, hat plötzlich meine ganze Aufmerksamkeit, und als ich mein Handy zücke und sie unauffällig hinter ihrem Rücken fotografiere, kann ich mir kaum ein Grinsen verkneifen.

»Wissen Sie was? Geben Sie mir die Vorschläge einfach mit. Wir melden uns dann telefonisch«, sagt Mimi, und der Koch verstummt. Das Zittern in ihrer Stimme verrät nur allzu deutlich, dass sie gerade nicht in der Verfassung ist, ihr Hochzeitsessen zu besprechen.

»Natürlich! Melden Sie sich einfach, wenn … Sie sich einigen konnten. Sie entschuldigen mich.« Er drückt Mimi die Hand, nickt mir zu und eilt zurück in sein Reich.

Mimi starrt auf die Mappe und sieht so verloren aus, dass ich schon überlege, ihr reinen Wein einzuschenken. Aber dann muss ich wieder an Walters arrogante E-Mail denken und räuspere mich.

»Du bist nicht die Einzige, deren Verabredung gerade geplatzt ist«, sage ich und tue so, als würde ich die Nachrichten auf meinem Handy prüfen.

Schniefend kramt sie ein Taschentuch aus ihrer Handtasche und sieht mich von der Seite an. »Also – was treibt dich hierher?«

»Du natürlich«, denke ich und wundere mich über die Worte, die mein Mund wie von selbst formt. »Ich sollte hier auf einen Geschäftspartner warten. Aber der Termin wurde gerade abgesagt.« Bevor sie weitere Fragen stellen kann, lasse ich mich vom Hocker gleiten. »Ich weiß ja nicht, wie es dir geht, aber ich habe einen Bärenhunger, und hier servieren sie wahrscheinlich nur homöopathische Mengen unter so einer silbernen Haube. Wie wär's also mit einem Lokalwechsel?«

Sie lacht leise auf, blinzelt sich eine Träne aus dem Augenwinkel und tupft sie mit dem Handrücken weg. Als sie mich ansieht, kommt dieser trotzige Zug um ihren Mund zum Vorschein, den ich schon am Cache auf dem Wilhelmstein bewundern durfte. Sie steckt ihr Handy ein und steht ebenfalls auf. Zögernd verweilt ihre Hand auf der Mappe, dann schlägt sie sie zu und lässt sie liegen. »Okay, aber keine schäbige Pommesbude«, sagt sie und ist schon auf dem Weg zum Ausgang.

Mimis Augenbrauen schnellen in die Höhe, als sie das Werbebanner an dem hässlichen Parkhaus betrachtet, vor dem wir stehen. »Da hinauf also?«

»Sag bloß, du warst noch nie in Hannovers höchster Strandbar?«

Sie zuckt mit den Schultern und hebt entschlossen das Kinn. »Na, dann mal los.«

Wir nehmen den Aufzug zum obersten Parkdeck, das jeden

Sommer in ein kleines Strandparadies verwandelt wird, und betreten eine andere Welt. Entspannte Hannoveraner rekeln sich in Liegestühlen, sitzen in Strandkörben oder auf geflochtenen Loungemöbeln, trinken Cocktails und bestellen sich Feierabendsnacks. Alles wird von leiser Musik untermalt.

Mimis Absätze versinken im Sand, und als sie strauchelt, stütze ich sie am Ellbogen. Sie wischt das Polster eines Strandkorbs sauber und lässt sich vorsichtig auf die Kante sinken. »Wenn ich gewusst hätte, dass ich heute hier landen würde, hätte ich etwas anderes angezogen.«

»Flipflops wären jetzt die bessere Wahl!«

»Stimmt!« Mit einem Seufzer streift sie sich die Schuhe von den Füßen. Wenig später sitzen wir bei Pizza und Wein unter dem gestreiften Baldachin, und ich habe einen einmaligen Ausblick auf ihre hochgelegten Beine. Mimi nippt an ihrem Glas und zeigt auf das Panorama zu unseren Füßen. »Toll! Man kann fast die ganze Altstadt überblicken!«

»Was ja kein Kunststück ist, bei den paar Häusern, die den Zweiten Weltkrieg überstanden haben. Hast du dir mal die Modelle im neuen Rathaus angesehen?«

Sie lacht. »Das erste Mal, als ich noch in der Grundschule war, glaube ich. Damals hat mich mehr die Frage interessiert, warum jemand sich die Mühe macht, eine Stadt voller kaputter Häuser nachzubauen.«

»Dann bist du also hier aufgewachsen?«

Sie nickt. »Und du?«

»Ich komme aus Hildesheim, bin zum Studieren nach Hannover gezogen und danach in Linden hängen geblieben.«

»Lass mich raten: Du hast irgendwas Kreatives studiert?«

»Grafikdesign. Mein Geld verdiene ich als freier Grafiker, aber eigentlich bin ich Comiczeichner und Cartoonist. Kennst du die *Scripped*-Reihe im *HannoKult*? Nichts Großes, aber momentan das, was ich in dem Bereich mache.«

»Ist das diese Kulturzeitschrift? Ehrlich gesagt, habe ich die noch nie gekauft.«

»Ist, wie gesagt, auch nichts Großes. Aber eines Tages kommt der Durchbruch. Das spüre ich.«

»Müsstest du da nicht besser nach New York oder in irgendeine andere Comicmetropole gehen?«

Ich grinse. »Nach Gotham City? Da zieht es mich eher nach Brüssel. Das ist *die* Comic-Hauptstadt in Europa. Oder wenigstens nach Hamburg. Von daher hast du vermutlich recht: Für das, was ich anstrebe, bin ich tatsächlich nicht weit gekommen.«

»Na, was soll ich erst sagen?«, meint sie und verzieht das Gesicht. »Wie es im Moment aussieht, werde ich auch den Rest meines Lebens in Hannover verbringen.«

»Das klingt, als hättest du einen Traum begraben.«

Ihr Blick schweift in die Ferne. »Früher habe ich immer gedacht, ich würde mal bei ›Ärzte ohne Grenzen‹ arbeiten. Wenigstens für ein halbes Jahr oder so, damit ich den Blick für das Wesentliche nicht verliere.«

»Was hält dich ab? Dass du heiratest?«

Schlagartig verdüstert sich ihre Miene, und schon glitzert es in ihren Augen.

»Sorry! Das war dumm von mir!«

Sie schüttelt den Kopf. »Schon okay. Ich bin ziemlich sauer auf Walter, aber eigentlich eher traurig. Weißt du, was mich am meisten ärgert? Dass er mir auftischt, jemand vom Restaurant hätte angerufen und abgesagt! Wenn er doch einfach zugeben würde, dass er es vergessen hat! Sicher, er arbeitet viel. Aber in letzter Zeit häufen sich solche Dinge. Manchmal frage ich mich, ob ich ihn überhaupt noch heiraten will. Und dann ist da auch noch der Altersunterschied …« Sie ringt sich ein Lächeln ab. »Entschuldige. Ich kenne dich gar nicht und behellige dich gleich mit meinen Problemen.«

»Manchmal ist es halt einfacher, mit einem Fremden zu reden«, sage ich, während sich mein schlechtes Gewissen wie ein Parasit in meinem Hirn einnistet.

»Trotzdem fühle ich mich mies dabei, dich als seelischen Mülleimer zu benutzen.«

»Vielleicht geht es dir besser, wenn ich dir etwas über mich verrate?«

»Okay ...« Mimi lehnt sich erwartungsvoll zurück und schließt die Augen. Unsere Unterarme berühren sich, was mir deutlich bewusst macht, wie nah wir uns gerade sind. Und dann wage ich die Flucht nach vorn.

»Ich habe mich verliebt.«

Ein Lächeln schleicht sich auf ihr Gesicht. »Das ist schön ...«, sagt sie leise. Das Grübchen kommt zum Vorschein, und ihre Lippen glänzen verführerisch. Wahrscheinlich wartet sie nur darauf, dass ich sie küsse. Langsam wende ich mich ihr zu, beuge mich über sie und strecke die Hand aus ...

»Erzähl mal. Wie ist sie denn so?«

Anstatt mich am Baldachin abzustützen, greife ich reflexartig nach meinem Weinglas, leere es in einem Zug und sinke zurück. Das Blut pulsiert in meinen Ohren. »Ich weiß nicht viel über sie. Sie ist Geocacherin, hat die blauesten Augen der Welt, und sie hat mich aus einer Kreativblockade gerettet.«

»Tatsächlich?«

»Nicht nur das«, murmle ich. »Sie hat mir vor Kurzem auch noch einen Splitter aus dem Hintern operiert.« Jetzt ist es raus!

Mimi hält die Augen geschlossen und lächelt ihr Mona-Lisa-Lächeln. »Entspann dich, und mach die Augen zu«, sagt sie nach einer Weile.

Ich gehorche.

»Wenn man die Ohren spitzt, kann man sogar das Meer rauschen hören«, meint sie.

Tatsächlich: Zwischen den Klängen der seichten Musik

dringt ein fernes Rauschen an mein Ohr. Vor meinem geistigen Auge schäumen Wellen an meine in den Sand gebohrten Zehen, und Mimi rekelt sich in einem knappen Bikini neben mir in der Sonne. Als die Musik eine Pause macht, durchbricht ein Hupen die plötzliche Stille und zerstört die Illusion. Das Alarmgeräusch, wenn ein Lastwagen zurücksetzt, ertönt, das Summen einer Straßenbahn, ein anspringender Motor. Alles untermalt von den leisen Gesprächen der Leute. Die Musik setzt wieder ein, Sphärenklänge, die mich einlullen. Der Schlafmangel der letzten Tage fordert seinen Tribut, und der Alkohol tut sein Übriges. Ich komme mir vor, als würde ich auf einer Luftmatratze im Meer treiben und mich langsam vom Strand entfernen. Die Geräusche werden leiser und verstummen schließlich ganz.

Jemand klappert mit Geschirr. Träge öffne ich die Augen. Über mir spannt sich ein gestreifter Himmel aus Stoff. Wo bin ich?

»Na, wieder wach?« Das Gesicht einer Fremden schiebt sich in mein Blickfeld. Alarmiert richte ich mich auf. »Wo ist Mimi?«

»Deine Freundin? Die ist schon gegangen. Sie hat bezahlt und meinte noch, ich soll dich schlafen lassen«, sagt die Kellnerin und fährt fort, den Tisch abzuräumen. »Hier klemmt ein Zettel unter dem Glas.« Sie stemmt das volle Tablett in die Höhe und gibt mir eine herausgerissene Notizbuchseite.

Danke, dass Du mir den Abend gerettet hast – und für das Gespräch. Wer weiß: Vielleicht führt uns das Schicksal noch einmal zusammen?
Mimi
P.S. Meinen Akku habe ich mitgenommen.

Was zum Teufel …? Ich stecke die Hand erst in die eine, dann in die andere Jackentasche und greife jedes Mal ins Leere. Wie konnte mir das nur passieren? Die ganze Aktion – alles umsonst? Nein, nicht ganz! Grinsend ziehe ich mein Handy hervor. Das Foto von Mimis Visitenkarte ist etwas unscharf, aber die wichtigen Details sind deutlich genug zu erkennen.

8

Vor dem mehrstöckigen Mietshaus aus der Gründerzeit spiegelt sich das Licht einer Laterne im blanken Kopfsteinpflaster und wird auf der anderen Straßenseite von der Eilenriede verschluckt. Ab und zu dringt das Geräusch eines Fahrraddynamos aus dem Stadtwald, und ein Scheinwerfer tanzt wie ein Irrlicht zwischen den Bäumen.

M. Müller steht auf dem zweiten Klingelschild von unten. Ich bin kurz davor, zu drücken, lasse die Hand aber wieder sinken, weil mir einfällt, dass es schon fast Mitternacht ist. Ich trete ein paar Schritte zurück und blicke nach oben. Alle Fenster im ersten Stock sind dunkel. Ob hinter der halb offenen Balkontür Mimis Schlafzimmer liegt? Der Gedanke lässt mein Herz höher schlagen.

Plötzlich biegt ein schwarzer Audi in die Straße ein und hält gegenüber. Ich ducke mich hinter ein parkendes Auto. Walter bugsiert einen Rosenstrauß aus dem Wagen, marschiert an mir vorbei und zögert nicht zu klingeln. Im ersten Stock geht das Licht an, und als der Summer ertönt, unterdrücke ich den Impuls, hinter ihm ins Haus zu schlüpfen. Und was dann? Willst du ihn fesseln, knebeln und seinen Platz einnehmen? Die Tür fällt ins Schloss – zu spät. Verdammt! Vermutlich findet da oben jetzt die große Versöhnung statt.

Die Frau ist eine Nummer zu groß für dich. Ich balle die Fäuste. Was, wenn Alex recht hat? Neben Walter bin ich doch bloß ein kleines Licht.

»Früher habe ich immer gedacht, ich würde mal bei *Ärzte ohne Grenzen* arbeiten.«

»Und was ist mit *deinen* Träumen?«, murmle ich, blicke nach oben und sehe, wie Mimi die Vorhänge zuzieht. Sind ihre Zweifel echt, oder hat sie mir nur etwas vorgemacht?

Irgendwann wird das Licht gelöscht und löst bei mir ein Kopfkino aus, das mich dazu bringt, gegen die Laterne zu treten. Ein Auto fährt vorbei. Ich spüre den Blick des Fahrers und weiche in den Schatten zurück. Aus mir ist ein verdammter Stalker geworden!

»Eingeschlafen!«, wiederholt Cosmo. »*Oddio!* Neben deiner *donna ideale*? Bist du sicher, dass du sie nicht nur geträumt hast – *eh*?«

»Ich hab ein Paar Nachtschichten eingelegt, weil ich Entwürfe abgeben musste, dann noch die Sache mit dem Splitter… normalerweise schlafe ich nie auf dem Bauch und bin immer wieder aufgewacht. Da hat es mich einfach übermannt.«

Er schenkt zwei Grappa ein und schiebt mir einen zu. »Du bist so ein Esel!«

Dem ist nichts mehr hinzuzufügen. Wir kippen den Schnaps hinunter.

»Was willst du machen? Sie besuchen, jetzt, wo du ihre Adresse hast?«

»Ich bin vorhin kurz bei ihr vorbeigefahren. Sie wohnt in der List, in einem Altbau direkt an der Eilenriede. Auf dem Klingelschild steht übrigens nur ihr Name.«

»Aber du hast nicht geklingelt – *eh*?«

Ich zucke mit den Schultern. »Ihr Freund war gerade bei ihr.«

»Versöhnungssex? *Accidenti!* Deine Chancen stehen schlecht.«

Ich seufze. »Dir kann man nichts vormachen, oder?«

Jemand schiebt eine Zeichenmappe auf den Tresen, und als ich mich nach rechts wende, steht Luna neben mir.

»*Mia bella.* Hast du noch gearbeitet?«

»Ich muss nächste Woche ein paar Sachen abgeben, und bei der Hitze kann ich sowieso nicht schlafen«, antwortet sie und setzt sich neben mich. »Und du? Was machst du um diese Zeit noch hier?«

Mürrisch zucke ich mit den Schultern.

Cosmo beugt sich zu ihr und senkt die Stimme. »Er hatte ein Rendezvous mit seiner Traumfrau und ist dabei eingeschlafen!«

»Vielen Dank für deine Diskretion!«, zische ich ihm zu, ernte aber nur ein halbherziges Achselzucken.

Luna verzieht das Gesicht. »Hört sich an, als hätte Alex bald ein Auto mehr.«

»Hat er dich schon auf den neuesten Stand gebracht, ja?«

»Über diese hirnverbrannte Wette? Wenn du mich fragst – das ist einfach das Letzte!«

»Als wenn das meine Idee gewesen wäre! Alex war schon immer scharf auf den Wagen, das weißt du genau!«

Sie schnaubt. »Klar, dass er eine Menge Geld in deine Schrottkarre steckt, wenn du diese Mimi rumkriegst, spielt für dich natürlich keine Rolle!«

»Tut es auch nicht! Hier geht es nämlich um echte Gefühle! Aber jemand wie du, mit der empathischen Begabung eines Baseballschlägers, kann das wahrscheinlich nicht nachvollziehen!«

»Du hast ja keine Ahnung! Du … du …« Lunas Mund klappt auf und zu wie bei einem Fisch auf dem Trockenen. Irre ich mich, oder zittert ihre Stimme? Als sie sich wegdreht und mit gesenktem Kopf Richtung Damentoilette rauscht, meine ich sogar ein verräterisches Glitzern in ihren Augen wahrzunehmen. Schlagartig löst sich mein Triumphgefühl in Luft auf.

Cosmo, der sich hinter den Zapfhahn geduckt hat, richtet sich wieder auf. »*Oddio!* Was für ein Krieg!«

»Es stinkt mir einfach, dass Alex ihr immer alles brühwarm erzählt. Und was kann ich dafür, wenn Miss Kratzbürste mich provoziert?«, brumme ich.

»So ist sie, *mia cugina*. So war sie schon immer.«

»Luna ist deine Cousine? Das wusste ich ja gar nicht!«

Er nickt. »Schon als *bambina* war sie wie… wie eine *castagna*: stachelige Hülle, weicher Kern. Aber was ist das für eine Wette mit Alex?«

Ich setze ihn mit knappen Worten ins Bild.

»Bist du verrückt? Man wettet nicht um *amore*! Und wenn du verlierst, hast du nicht einmal mehr *la bella macchina*! Was hast du dir gedacht – *eh*?«

Erst jetzt geht mir auf, dass ich um alles oder nichts gewettet habe. Wie hat Alex das nur wieder hinbekommen?

Immer noch kopfschüttelnd trägt Cosmo ein Tablett mit Getränken zu dem einzigen noch besetzten Tisch.

Ich lasse die Stirn auf die Theke sinken. Mein Ellbogen stößt an Lunas Zeichenmappe, die nun ebenso verwaist ist wie ich.

Alex behauptet immer, Lunas Arbeiten seien genial. Allerdings findet er alles toll, was über Strichmännchenniveau hinausgeht, und ich würde mir zu gerne selbst ein Urteil bilden. Aber Luna lässt ihre Zeichnungen grundsätzlich verschwinden, sobald ich in ihre Nähe komme.

Nach kurzem Zögern siegt die Neugier über mein Gewissen. Ich ziehe die Mappe zu mir und schlage sie auf.

Donnerwetter – damit habe ich nicht gerechnet! Fasziniert blättere ich durch Lunas Skizzen, die hauptsächlich Manga-Figuren zeigen. Sie hat ihren ganz eigenen Stil, die Charaktere wirken unglaublich plastisch und lebendig. Ich blättere weiter und stoße auf Studien von einem zotteligen Hund, mehrere Porträts von Alex, eins zeigt ihn sogar mit nacktem Oberkörper …

»Das glaube ich jetzt nicht!«

Erschrocken fahre ich herum. Dabei fege ich die Mappe vom Tresen. Klatschend landet sie auf dem Boden und verstreut ihren Inhalt. »Tut mir leid!«, stottere ich. »Das wollte ich nicht!«

Ich knie neben Luna und helfe ihr, die Bilder zusammenzuklauben, als mir ein Porträt ins Auge fällt. Mechanisch greife ich danach, doch Luna ist schneller.

»Finger weg!« Sie schiebt die Blätter zusammen und stopft sie hektisch in die Mappe. Ihre Hände zittern, und ihr Gesicht leuchtet puterrot.

»Sorry, ich hätte nicht einfach … Die sind wirklich gut!«, stoße ich hervor.

»Als ob ich Wert auf dein Urteil legen würde! Außerdem: schon mal was von Privatsphäre gehört?« Damit klemmt sie sich den Papierwust unter den Arm und marschiert zur Tür hinaus.

Kurze Zeit später sehe ich ihren grünen Mini vorbeiflitzen. Nachdenklich setze ich mich zurück an den Tresen. Kann es sein, dass die stachelige Hülle gerade ein wenig aufgeplatzt ist und ich einen Blick auf die glänzende Kastanie erhaschen durfte?

Schon seit Stunden wälze ich mich im Bett hin und her. Ich knete mein Kopfkissen, schiebe es mir unter den Nacken und betrachte den Mond über meinem Fenster. Dank des Strandkorbnickerchens bin ich hellwach.

Schließlich rolle ich mich auf den Bauch, angle meinen Laptop vom Fußboden und gehe auf *Geocaching.com*.

Während ich meinen Hintern kuriert habe, war Alex ein paarmal mit Luna unterwegs gewesen. Ich öffne ihr Profil.

»Sieh an – die Kleine ist ja ganz schön aktiv«, murmle ich und rufe einen ihrer Logs auf.

Mit Ossi gekuschelt und gewartet, bis alles muggelfrei war, lese ich. Wer zum Teufel ist Ossi? Ich nehme mir vor, Alex bei Gelegenheit danach zu fragen, und klicke mich in Mimis Profil. Augenblicklich sitze ich kerzengerade im Bett. Sie hat sich zu einem Cacher-Event angemeldet, der morgen in einer Kneipe nahe Springe stattfinden soll! Ich klicke auf den Link. Es gibt eine Liste der Dinge, die mitzubringen sind: *GPS, Taschenlampe und einen Muggel, der keiner mehr sein will.*

Grinsend greife ich nach meinem Handy und rufe Said an.

»Jaro, was is los? I'm sleeping.«

»Musst du morgen Abend arbeiten?«

»Nein, warum?«

»Nimm dir nichts vor. Wir gehen auf ein Event!« Ehe er widersprechen kann, lege ich auf.

Bevor ich den Laptop herunterfahre, prüfe ich noch, wo Rodriguez gerade ist: *S 34° 36.598 W 058° 23.417, Buenos Aires.*

Derselbe Geocacher, der die Fotos aus Feuerland ins Netz gestellt hat, hat den Travelbug dort abgelegt.

Ich pinne eine neue Nadel auf die Weltkarte, dann rolle ich mich zusammen und falle in einen unruhigen Schlaf.

9

»Ich immer noch versteh nicht, was das ist fur ein Veranstaltung!« Said sitzt neben mir auf dem Beifahrersitz und starrt auf das Navi, das uns an den Rand des Deister führt.

»Ein Treffen für Geocacher eben. Man fachsimpelt über GPS-Geräte, Ausrüstungsgegenstände und welchen Cache man unbedingt machen sollte. Da sieht man dann auch, wer hinter den Nicknames steckt.«

»Also, ihr macht ein Stammtisch. Aber, was ich soll dabei?«

»Jeder soll einen Muggel mitbringen«, erkläre ich ihm. Und Mimi wird auch da sein! Der Gedanke beschert mir ein freudiges Kribbeln im Bauch, und ich bin kurz davor, damit herauszuplatzen. Aber ich habe das unerklärliche Gefühl, den Zauber zu zerstören, wenn ich es erzähle. Zumal mir klar ist, dass – sollte Mimi Walter mitbringen – meine Chancen, ihr heute näherzukommen, nicht besonders gut stehen.

»Ich hoffe, dass ihr nicht kocht Muggelsuppe!«, meint Said trocken und reißt mich aus meinen Gedanken.

Ich lache. »Wer weiß – vielleicht bist du danach ja gar keiner mehr.«

Das »Alte Forsthaus« liegt direkt am Waldrand und strahlt nicht nur von außen ein gediegenes Ambiente aus. Die holzgetäfelte Gaststube mit dem wuchtigen Tresen ist bereits gut gefüllt. Wir belegen zwei Barhocker an einem der runden Tische, die an den Wänden verteilt stehen.

»Willkommen auf unserem Event. Ich bin Frank alias Navifreak84«, begrüßt uns einer der Veranstalter. »Wer von euch ist der Muggel?«

Ich deute auf Said, der sich duckt und abwehrend die Hände hebt. »Nicht kochen, bitte!«

Frank schaut mich verständnislos an.

»Mein Freund glaubt, dass es hier heute Muggelsuppe gibt«, kläre ich ihn auf.

Er grinst. »Verstehe!«

Nachdem er meinen Cacher-Namen auf ein Etikett geschrieben und mir an die Brust geklebt hat, gibt er uns die Koordinaten für den Cache, der extra für diese Veranstaltung versteckt wurde, wünscht uns viel Spaß und wendet sich dem nächsten Tisch zu.

Said lässt den Blick über die Leute schweifen. »Sehen alle aus wie normal«, meint er enttäuscht.

»Es sind ja auch normale Leute – nur dass sie ein nicht so ganz normales Hobby haben. Der Typ dort hinten zum Beispiel arbeitet als Finanzbeamter und zimmert die krassesten Tarnungen zusammen. Der daneben hat schon mehr als dreitausend Funde auf dem Konto, und das verhuschte Genie an der Theke hat eine ganze Reihe Rätselcaches ausgelegt, die erst von einer Handvoll Leuten geknackt wurden.«

»Und du?«, fragt Said.

»Ich bin ein ganz normaler Feld-, Wald- und Wiesencacher.«

Nervös sehe ich auf die Uhr, durchsuche die dichter werdende Menge, aber Mimi taucht nicht auf.

Da tippt mir jemand auf die Schulter. Ich fahre herum. Etwas Hartes rammt gegen mein Kinn, meine Zähne schlagen schmerzhaft aufeinander. Lunas rot angelaufenes Gesicht taucht vor mir auf. Sie reibt sich ihren Kopf, der mich offenbar gerade voll erwischt hat.

»Verdammt! Willst du mich k.o. schlagen?« Vorsichtig bewege ich den Kiefer hin und her.

»Oh Gott! Du blutest!« Sie zieht ein Taschentuch hervor und tupft damit an meinem Kinn herum. »Sorry! Ich bin ja so ein Tollpatsch, dabei habe ich nur was in meiner Tasche gesucht!«

Ich reiße ihr das Papiertaschentuch aus der Hand und drücke es gegen die alte Schürfwunde, die durch den Kinnhaken wieder aufgeplatzt ist.

»Dein Kinn ist aber auch nicht ohne. Das gibt bestimmt eine Beule.«

»Jaro, Alter, du hier?« Erst jetzt bemerke ich den schlaksigen Typen, der seine Hände besitzergreifend auf Lunas Schultern gelegt hat. Straßenköterblonde Dreadlocks und ein breites Grinsen: Rastaman, wegen seiner Aknenarben auch Scarface genannt, war schon zu meiner Zeit Hiwi an der Uni. Wie zum Teufel ist Luna an diesen filzigen Erstsemester-Aufreißer geraten?

»Ist ja abgefahren! Wusste gar nicht, dass du auch zu dieser Sekte gehörst«, leiert er. Dann wandert sein glasiger Blick zu Said. »Bruder! Was geht ab?«

Said spielt mit. Sie drücken ihre Fäuste gegeneinander.

»Ganz schön voll hier«, meint Luna.

Doch ich höre nur noch mit halbem Ohr hin, weil ich an der Theke flachsblondes Haar aufleuchten sehe. Eilig dränge ich mich durch die Leute, aber es wird schnell klar, dass die Frau nicht Mimi ist. Ich hole mir das Eventgästebuch vom Tresen, kehre damit zum Tisch zurück und blättere es durch. Kein Eintrag von Mimikry83. Enttäuscht schiebe ich das Buch zu Luna, die sich inzwischen angeregt mit Said unterhält.

Sie mustert mich amüsiert. »Hast du etwa deinen Hang zum Okkulten entdeckt, oder warum streichst du deine Küche schwarz?«

Ich werfe Said einen vernichtenden Blick zu, doch der findet offenbar nichts dabei, mein Leben auf dem Kneipentisch auszubreiten.

»Er hat Sarahs Bild ubergemalt, this crazy guy. Aber es war richtig, weil dies Frau is nicht gut!«

Luna kräuselt spöttisch die Lippen und holt Luft, aber ich schneide ihr das Wort ab.

»Wo ist denn Rastaman geblieben?«

Sie deutet mit dem Daumen über ihre Schulter. »Da hinten irgendwo. Er hat einen Bekannten getroffen. Übrigens: Sein Name ist Eddie!«

»Ach ja, richtig! *Eddie the Womanizer.* Hieß so nicht dieser schmuddelige Underground-Comic, für den er mal als Vorbild gedient hat?«

Sie schnaubt. »Das musst gerade du sagen? Und überhaupt: Seit wann interessiert es dich, mit wem ich um die Häuser ziehe?«

»Stimmt – interessiert mich nicht und geht mich ja auch gar nichts an. Genauso wenig wie es dich etwas angeht, in welcher Farbe ich meine Küche streiche.«

»Genau!« Sie funkelt mich aus ihren dunklen Augen an, nickt Said noch einmal zu und drängelt sich an mir vorbei zu Rastaman, der sofort den Arm um ihre Schultern legt.

»Diese Frau geht mir dermaßen auf die Nerven!«, knurre ich und drehe ihr demonstrativ den Rücken zu.

Said schnalzt mit der Zunge. »Ich finde, sie is nett und hat so schone Augen!«

»Wenn sie überhaupt nett sein kann, dann jedenfalls nicht zu mir«, sage ich abwesend, während ich noch einmal die inzwischen randvolle Kneipe absuche.

Said stößt mich an. »Warum du gehst hier wirklich?«

»Wieso?«

»Du guckst fur jemand, die ganze Zeit!«

»Also gut: Mimi hat sich auch zu diesem Event angemeldet.«

Said reißt die Augen auf. »Warum hast du nicht gesagt?«

»Vielleicht weil ich geahnt habe, dass sie nicht kommen würde?«

»Kannst du auch einfach nicht finden bei so viel Leute hier«, meint Said, der es im Gedränge nie lange aushält und zunehmend angespannt wirkt. Als jemand gegen unseren Tisch rempelt, kippt sein Glas um, und der Inhalt ergießt sich auf seine Hose. »Shit!« Er springt auf.

»Sorry! Ich kauf dir ein neues«, meint der Rempler, doch Said winkt ab und schiebt sich an ihm vorbei. »Ich muss frisch Luft haben. Dringend.«

»Gute Idee«, sage ich und folge ihm.

Said dreht sich zu mir um und zeigt auf das WC-Schild an einer Tür neben dem Tresen. »Ich geh erst mein Hose sauber machen. Kannst du warten?«

Der Gang zur Toilette führt an der verwaisten Küche vorbei. Während ich auf Said warte, werfe ich einen Blick hinein. Blank geputzte Edelstahlflächen schimmern im Halbdunkeln, an einer Wand hängt eine Suppenkelle im XXL-Format. Gerade als ich mich frage, wie viel Eintopf da wohl hineinpasst, dringen Stimmen durch die halb offene Stahltür am Ende des Gangs. Ich höre das Scharren von Füßen, dann eine mir bekannte Frauenstimme, eigenartig gepresst. »Eddie, hör auf!«

Mit wenigen Schritten bin ich an der Tür, reiße sie auf und spähe von einer Treppe in den spärlich beleuchteten Hinterhof. Und tatsächlich: Zwischen Getränkekistenstapeln und Müllcontainern entdecke ich Luna und Rastaman.

»Komm schon!«, murmelt er und drängt sie an eine Mauer. Sie dreht den Kopf zur Seite, versucht ihn wegzuschieben, doch er packt sie nur noch fester.

»He!« Ich schwinge mich über das Treppengeländer und lande unsanft auf Beton. »Was soll das denn werden?«

Rastaman macht einen Schritt zurück, hebt beide Hände und sieht mich an, als hätte ich ihn gerade bei einem Foul erwischt. »Alles cool, Mann!« Sein Blick zuckt von mir zu einem Punkt hinter meinem Rücken.

»Ich glaube, ist besser, wann du gehst jetzt. Bevor es gibt Muggelsuppe«, ertönt Saids ruhige Stimme. Aus dem Augenwinkel sehe ich, wie er neben mich tritt und mit einem länglichen Gegenstand droht.

»Ganz ruhig, Bruder!« Rastaman tänzelt mit ausgestrecktem Arm um Said herum, der ihn nicht aus den Augen lässt, bis die Stahltür hinter ihm zugefallen ist.

Ich wende mich an Luna, die immer noch wie erstarrt an der Wand steht. Sacht berühre ich ihren Arm, auf dem sich bereits blaue Flecke abzeichnen. »Alles in Ordnung mit dir?«

Statt einer Antwort schlingt sie die Arme um mich und lässt ihren Kopf gegen meine Brust sinken. Ihre Haare kitzeln an meinem Kinn. Ich ertappe mich dabei, wie ich Miss Kastanie, die ihre Stacheln für den Moment abgestreift hat, beruhigend über den Rücken streiche. Und als sie sich noch näher an mich schmiegt, spüre ich ein eigenartiges Ziehen unter dem Rippenbogen. Hilfe suchend blicke ich zu Said. Der legt das Drohwerkzeug lässig mit dem dicken Ende auf seine Schulter und zwinkert mir zu. Erst jetzt erkenne ich das Ding wieder, und nachdem die Tür auch hinter ihm zugefallen ist, lache ich los. »Dieser Verrückte!«

Luna richtet sich auf. »Was?«

»Said!«, japse ich. »Er hat Rastaman mit einer Suppenkelle bedroht!«

Als wir in den Gastraum zurückkehren, ist Eddie nicht mehr zu sehen. »Er ist in ein Taxi weggefahren«, informiert uns

Said. Seinem Grinsen nach zu urteilen, hat er womöglich mithilfe der Kelle eine entsprechende Empfehlung ausgesprochen.

Luna verzieht das Gesicht. »Ich hätte ihn auch kaum wieder mit zurückgenommen.«

Ich sehe mich um. »Wo sind denn alle hin?«

»Die wollen das Cache suchen«, tut Said kund. Er legt einen Arm um Luna, die noch immer etwas blass um die Nase ist, und schwenkt den Zettel mit der Eventcache-Beschreibung. »Was is? Gehen wir auch suchen?«

»Ich glaube, das ist keine gute Idee …«, setze ich an.

Doch Luna schüttelt vehement den Kopf und zupft Said das Blatt aus der Hand.

»Eine Nachtwanderung ist genau das, was ich jetzt brauche!«

Draußen hat Nieselregen eingesetzt. Ich haste neben Said her und leuchte Luna an, die mit ausgreifenden Schritten voraus über den Waldweg stapft und dabei auf ihr GPS-Gerät starrt. »Musste das sein?«, zische ich Said zu. »Ich habe weiß Gott etwas Besseres vor, als hinter dieser stacheligen Kastanie herzulaufen.«

»Du wolltest doch mir zeigen wie Geocaching geht! Außerdem ich glaube nicht, dass dein Mimi kommt noch. Und wieso du sagst Kastanie?«

»Ach, vergiss es!«, seufze ich und konzentriere mich auf den matschigen, mit Wurzeln durchsetzten Weg, der steil bergan führt.

Nach etwa zehn Minuten erreichen wir eine Anhöhe und sehen Stirnlampen zwischen den Bäumen aufblitzen. Stimmen hallen durch den Wald. Wahrscheinlich die Gruppe, die kurz vor uns aufgebrochen ist. Luna beschleunigt und dreht sich im Gehen um. »Schnell, vielleicht holen wir die anderen ja noch ein.« Plötzlich sackt sie weg und verschwindet mit einem Schrei im Dunkeln.

Das darf nicht wahr sein! Unfähig, mich auch nur einen Schritt weiter zu bewegen, starre ich auf die Stelle, an der Luna eben noch gestanden hat. Mein Herz hämmert, in meinen Ohren ist nur noch ein Rauschen.

Erst als Said mir die Taschenlampe entwindet, merke ich, dass er mich wahrscheinlich schon zigmal angesprochen hat. »Was is los mit dir!« Kopfschüttelnd macht er ein paar Schritte und leuchtet in den Graben vor uns. Ein verdammter Graben! Als der Lichtstrahl Luna erfasst, beginne ich wieder zu atmen. Mit wenigen Schritten bin ich neben Said. »Ich mach das schon«, stoße ich hervor und lasse mich vorsichtig zu ihr herunter. Doch Luna ist längst wieder auf den Beinen und ergreift Saids ausgestreckte Hand. Während er sie herauszieht, schiebe ich von unten nach. Oben lässt sie sich auf den Boden sinken. »Ich glaube, mein Fuß ist verstaucht.«

»Na großartig!«, knurre ich und klettere ebenfalls aus dem Graben.

Luna blickt zu mir hoch und zieht einen Schmollmund. »Guck mich nicht so an, als könnte ich was dafür.«

Said bildet mit den Händen einen Trichter: »Hallo!«, ruft er. »Wir haben ein Verletzte!« Aber die anderen sind wie vom Erdboden verschluckt.

Wir nehmen Luna in die Mitte. Sie legt eine Hand auf Saids Schulter, umfasst mich etwa in Brusthöhe und knickt bei jedem Schritt ein.

»So kommen wir nie zum Forsthaus zurück.« Kurzerhand streife ich meinen Rucksack ab und gebe ihn an Said weiter. Dann drehe ich Luna den Rücken zu und gehe in die Hocke. »Steig auf!«

»Das ist nicht dein Ernst!«, schnaubt sie.

Ich wende mich zu ihr um. »Entweder du steigst auf,

oder ich lasse dich hier im Wald verrotten!« Trotzig starren wir einander an. Mein regennasses Shirt klebt mir am Körper, Wasser tropft mir aus den Haaren und rinnt mir in den Nacken. Hilfe suchend sehe ich zu Said, doch außer einem breiten Grinsen und einem Achselzucken hat er nichts dazu zu sagen. Seufzend schlage ich einen versöhnlichen Tonfall an. »Hör zu: Ich habe einfach keinen Bock, noch ewig im Regen rumzulaufen. Wenn ich dich trage, sind wir schneller.«

Luna streicht sich eine feuchte Strähne hinters Ohr, verzieht ihr vor Nässe glänzendes Gesicht und wirkt auf einmal wie ein Häufchen Elend. »Also gut.« Sie schlingt ihre Arme um meine Schultern, ich greife in ihre Kniekehlen und nehme sie huckepack.

Said leuchtet den Weg aus. Bergab kämpfe ich mehr als einmal mit dem Gleichgewicht, muss höllisch aufpassen, auf dem glitschigen Boden nicht auszurutschen, und merke, wie Luna sich fester an mich klammert. Aber sie sagt keinen Mucks. Endlich lassen wir den Abhang hinter uns. Ich atme auf.

»Wie heißt noch mal dieses krötenartige Ding aus *Star Wars*?«, schnaufe ich.

Said zieht sich seine Kapuze in die Stirn und hält sich die Taschenlampe unters Kinn. »Master Yoda, du meinst?«

Luna lockert ihren Griff und prustet los. »Danke, Jungs! Ich hab schon immer davon geträumt, mit einem verschrumpelten Weltraumgnom verglichen zu werden. Allerdings hätte ich nichts dagegen, von dem echten Luke Skywalker getragen zu werden.«

»Damit kann ich leider nicht dienen«, brumme ich und muss unwillkürlich lächeln. Die Frau entwickelt einen ungeahnten Humor.

Vor dem Alten Forsthaus haben sich mehrere Gruppen versammelt. Eine blonde Frau löst sich aus der Menge und überquert den Parkplatz. Aus der Entfernung kann ich ihr Gesicht zwar nicht erkennen, aber ich bin fast sicher, dass es Mimi ist, die gerade in einen roten Golf steigt.

»Halt!« Ich renne los, stolpere über eine Bordsteinkante, gerate ins Straucheln, merke, wie Luna mir entgleitet, und höre auch schon einen dumpfen Aufprall hinter mir. Shit! Erschrocken drehe ich mich um.

Luna liegt am Boden und blitzt mich wütend an. »Bist du bescheuert?«

»Sorry!« Ich will ihr aufhelfen, doch sie schlägt meine Hand weg.

»Lass mich!« Sie rappelt sich auf, zerrt den Autoschlüssel aus ihrer Jeans und humpelt zu ihrem Mini, der einige Meter entfernt unter den Bäumen parkt.

Als sie mit Vollgas an mir vorbeifährt, sehe ich, dass Tränen in ihren Augen glitzern. Plötzlich springt Said mit ausgebreiteten Armen auf die Straße, und Luna bringt das Auto mit quietschenden Bremsen zum Stehen. Er reißt die Beifahrertür auf und beugt sich in den Wagen.

Was macht der Kerl nur? Ich laufe auf Lunas Auto zu und stoppe gerade noch rechtzeitig, bevor mich der rote Golf erwischt. Die Frau am Steuer, eindeutig nicht Mimi, schaut mich erschrocken an. Ich winke entschuldigend und laufe weiter.

Said knallt die Tür des Mini zu, und als Luna anfährt, hebt er grüßend die Hand. Keuchend komme ich bei ihm an.

»Kannst du sagen mir, warum du benimmst wie Idiot?« Er hält mir einen Zettel vor die Nase. »Das is Lunas Mobilenumber. Du rufst an und sagst Entschuldigung!«

»What a night! Ich geh duschen und dann schlafe ich!« Said schließt seine Wohnungstür auf und dreht sich noch einmal zu mir um. »Du rufst an Luna, noch heute! Promise me!«

»Versprochen.«

Als ich meinen Flur betrete, kommt Schorse angelaufen. Ich gehe in die Hocke und kraule ihn. Schnurrend reibt er seinen Kopf an meinem Knie. »Es gibt Tage, mein Freund, die taugen nur noch zum Rückspulen«, seufze ich.

Nach einer ausgiebigen Dusche und einem Glas Wein im Stehen bin ich so weit. Ich streiche den Zettel auf meinem Küchentisch glatt und wähle Lunas Nummer. Besetzt. Seufzend lasse ich mich aufs Sofa sinken und schiebe dabei Alex' Rucksack mit den Klettersachen beiseite, den er zusammen mit den leeren Pizzakartons zurückgelassen hat. Bei Gelegenheit zurückgeben, notiere ich mir im Geiste.

Ein weiteres Glas Wein später wage ich noch einen Anlauf. Luna nimmt sofort ab: »Was denn noch, Eddie? Ich will jetzt nicht mehr reden!«

»Okay, dann mache ich's kurz«, sage ich.

»Oh! Jaro.«

»Es tut mir leid.«

»Dass du mich gerettet hast? Oder dass du mich fallen gelassen hast?«

»Na, was denkst du denn?«

»Ehrlich gesagt, weiß ich überhaupt nicht mehr, was ich denken soll.«

»Hat sich Eddie, the arshole, wenigstens entschuldigt?

»Er sei betrunken gewesen, sagt er, habe nicht mehr gewusst, was er tut, und so weiter. Wollte gar nicht mehr aufhören, sich zu entschuldigen.«

»Wie seid ihr überhaupt auf diesen Hof geraten?«

»Also, ich war auf der Toilette … und als ich rauskomme, steht Eddie an der Hintertür und raucht, erzählt mir, dass auf dem Hof ein Cache versteckt sein soll. Ich blöde Gans falle drauf rein und gehe mit ihm suchen …«

»So ein Arsch!«, sage ich.

Sie seufzt. »Können wir das Thema wechseln?«

»Klar. Was macht dein Fuß?«

»Wird gerade gekühlt.«

»Also, auf dem Parkplatz. Da war diese Blondine …«

»Ich weiß schon. Said hat mich aufgeklärt.«

»Aha …«, bringe ich verdutzt hervor.

Eine Weile herrscht Schweigen zwischen uns.

»Jaro?«

»Hm.«

»Wegen der Sache mit Eddie … Also: danke!«

»Schon gut – damit sind wir quitt!«, sage ich verlegen und lausche wieder einem längeren Schweigen.

»Ist das ein Waffenstillstand? Ich meine, wir könnten es ja mal versuchen, oder?«, meint sie irgendwann.

Damit habe ich nicht gerechnet.

»Natürlich nur wegen Alex«, schiebt sie hastig hinterher.

Moment mal: Zeichnungen vom halb nackten Alex in ihrer Mappe, und jetzt das. Da läuft doch was zwischen den beiden! Alex, dem ewigen Single, wäre es jedenfalls zu gönnen.

»Bist du noch dran?«

»Okay, Waffenstillstand.«

»Gut!« Sie klingt erleichtert. »Wir sehen uns – spätestens beim Kletterkurs.« Dann ist sie weg.

Nachdenklich lege ich auch auf. Ich sollte mich für Alex freuen, oder?

New York, N 40° 41.937 W 073° 48.783.

Jeff hält auf dem Seitenstreifen der Archer Avenue, die schnurgerade neben der Trasse der Airtrain zum John F. Kennedy Airport verläuft. Als er aus seinem Aston Martin steigt, sieht er auf die Uhr. Er muss sich beeilen. Bis zum Briefing für den Flug nach Amsterdam hat er nur noch eine Stunde. Mit dem GPS in der Hand marschiert er los. Er kommt an einem Grundstück vorbei, auf dem zwischen Trümmern und aufgehäuftem Schrott

Unkraut wuchert. Jeff beschleunigt seinen Schritt. Eine unheimliche Gegend. Besonders jetzt, am frühen Morgen, wenn es noch nicht ganz hell und kaum jemand unterwegs ist. Schnell die Dose aufspüren, den Travelbug einsammeln und dann nichts wie weg. Weiß der Himmel, was es mit dem Ding auf sich hat. Unter den ständigen Durchsagen im Terminal hat Jeff den deutschen Kollegen am Telefon nur undeutlich hören können. Es geht um einen Gefallen für seine Schwester, so viel hat er verstanden. Egal. In Amsterdam wird er den Travelbug an Maite weitergeben, wenn er sie für einen Quickie im Transferhotel trifft. Jeff seufzt. Er hätte die Affäre längst beenden sollen.

Das GPS piepst. Noch drei Meter. Er wischt die Gedanken beiseite und konzentriert sich auf die Suche. Zwischen wild wucherndem Gestrüpp findet er die Dose unter einem lockeren Mauerstein. Er signiert das Logbuch und steckt den Travelbug in die Tasche seiner Pilotenjacke.

10

Ich zeichne. Der Stift gleitet wie von selbst über das Papier, Raum und Zeit spielen keine Rolle. Bis sich der Geruch nach Angebranntem seinen Weg in mein Bewusstsein bahnt. Die Pfanne mit Bratkartoffeln! Ich stürze in die Küche.

Mit dem Shirt über Mund und Nase stolpere ich durch dichten Rauch zum Herd, schalte das Gas aus. Dann drücke ich das Dachfenster auf und schöpfe Luft.

Als ich die verkohlten Reste aus der Pfanne schabe, klingelt es Sturm. Said steht vor der Tür. »Da is Rauch aus dein Fenster! Brennt dein Wohnung?«

»Hab was auf dem Herd vergessen.«

Er folgt mir in die Küche und zeigt auf das offene Fenster. »Habe gesehen Schorse auf das Dach!«

Alarmiert suche ich die steile Dachfläche nach rot-weiß gestreiftem Fell ab. Der Kater balanciert haarscharf am Dachrand entlang und schwenkt seinen Schwanz wie ein Ruder hin und her. »Das hat er noch nie gemacht!«

»Wann Katze fallt, landet immer auf alle Fußen«, meint Said.

»Davon hat er aber nur noch drei. Und wir sind hier im vierten Stock!« Ich hole ein Leckerli und strecke es aus dem Fenster. »Schorse, komm!« Der Kater wendet sich kurz um, humpelt dann aber ungerührt weiter.

»Mistvieh«, murmle ich, als Schorse plötzlich abrutscht und mit seiner einzigen Hinterpfote in die marode Dachrinne tritt. Die gibt knirschend nach. So gut er kann, katapultiert er sich nach oben, findet auf den algenbewachsenen Schindeln aber kaum Halt. Fauchend schlittert er abwärts, krallt sich im letzten Moment in einer Fuge fest, so nah am Rand, dass sein Hinterbein immer wieder ins Leere tritt. »Verdammte Scheiße!« Ich wende mich zu Said um. »Gib mir den Rucksack, da auf dem Sofa!« Said wirft mir Alex' Kletterausrüstung zu.

Said knotet das Seil an meinem Küchensofa fest und stellt sich zum Festhalten parat. Ich verzurre das andere Ende vor meinem Bauch und rücke einen Stuhl unter das Fenster. »Lass bloß nicht los!«, rufe ich Said zu, dann klettere ich aufs Dach. Draußen klammere ich mich am Fensterrahmen fest. Über mir nichts als Himmel, unter mir lauert der Abgrund. Als die Leere im Rücken sich zum Achterbahngefühl auswächst, bin ich drauf und dran, wieder ins Zimmer zu klettern. Doch dann gibt Schorse einen Klagelaut von sich.

Said lässt langsam Seil nach, während ich mich, mit einer Hand auf der Dachschräge abstützend, vortaste. Unter den Gummisohlen meiner Turnschuhe knirschen die Dachschindeln, von denen sich einige gefährlich locker anfühlen. Wann saniert Kowalski endlich das Dach?

Als ich mich etwa einen Meter oberhalb von Schorse befinde und schon die Hand nach ihm ausstrecke, löst sich eine Pfanne, rutscht direkt auf ihn zu und reißt ihn mit sich.

»Nicht!« Ich kneife die Augen zu, höre, wie der Dachziegel unten im Hof zerplatzt, doch der dumpfe Aufprall von Schorses Körper bleibt aus. Vorsichtig öffne ich die Augen wieder. Der Kater hängt an der Dachrinne, seine Augen quellen hervor wie Murmeln. Ich kriege ihn am Nackenfell zu fassen. Als ich ihn hochziehe, schießen weitere Ziegel über die Kante. Schorse windet sich, zwickt mir in den Arm, reißt sich los und benutzt meinen Körper als Leiter. In einem Affenzahn rast er nach oben, und als ich mich umwende, sehe ich noch, wie er durch das Fenster zurück in die Wohnung springt.

Auf einmal schwankt das Dach unter mir. Der Himmel wird eng. Nebel steigt auf, der Innenhof verwandelt sich. Baumkronen wachsen mir entgegen, dazwischen tut sich eine Lücke auf und gibt den Blick frei auf knochenbleichen Fels. Und darauf liegt, dunkel und schwer, ein regloser Körper.

Mein Puls rast. Ich sollte da unten liegen. Wie gelähmt starre ich abwärts und spüre, wie die Schwerkraft an mir zerrt. Erst als Saids Brüllen zu mir durchdringt, kann ich mich lösen und kehre in die Wirklichkeit zurück. Mit einer Hand an dem straffen Seil, krabble ich das Dach hoch. Said zieht, und ich folge. Endlich erreiche ich das Fenster. Said packt mich am Hosenbund und hievt mich über die Kante. Der Stuhl kippt um, wir landen auf den Küchenfliesen.

Said keucht, Schweiß glänzt auf seinem Gesicht. »Crazy guy!«, wiederholt er immer wieder, und während wir uns aufrappeln, entlässt er eine afrikanische Schimpftirade.

Mit zitternden Händen löse ich das Seil und mache eine Bestandsaufnahme. Handballen und Ellbogen sind aufgeschürft, meine Jeans hat einen Riss am Knie und ist mit Dreck und Grünspan beschmiert. Aber ich lebe noch.

Mein Handy klingelt. Alex. Ich lasse ihn gar nicht erst zu Wort kommen. »Ich mache nicht mit!«, keuche ich.

»Wobei?«

»Der Kletterkurs! Gerade war ich auf dem Dach. Es geht nicht, hörst du?«

»Was machst du auf dem Dach?«

»Schorse retten«, sage ich, als es auch noch an der Tür läutet. Ich gebe das Handy an Said weiter. »Erklär du es ihm.«

»Sind Sie wahnsinnig? Ich wäre fast erschlagen worden!« Hausmeister Alfons Schrader, wie immer im Blaumann, tupft sich mit einem karierten Taschentuch Schweißperlen von der

Stirn. Seine Frettchenaugen unter dem Cordhut blitzen mich wütend an. Vorwurfsvoll hält er mir einen Ziegelsplitter entgegen. »Den Dachdecker zahlen Sie!«

Said taucht einen Schaumlöffel in den brodelnden Topf auf seinem Herd. »Hat Schrader gesagt, wie viel kostet Dach reparieren?«

Ich entkorke den mitgebrachten Wein und setze mich. »Keine Ahnung. Aber wenigstens lässt er Kowalski aus dem Spiel.«

»Das is gut.« Said fischt eine aufgequollene braunrote Schote aus dem Topf und legt sie auf einen Teller. »Dies heißt Jindungo und ist schärfste Chili in Afrika«, erklärt er. »Man muss rausnehmen, bevor es kaputtgeht. Sonst kann man es nicht mehr essen.«

Während ich die runzlige Schote beäuge, schneidet sich Said ein winziges Stück davon ab und steckt es demonstrativ in den Mund. Nach einer Weile gibt er einen zischenden Laut von sich und wischt sich mit einem Küchenhandtuch den Schweiß vom Gesicht. »Is scharf Essen in Sudamerika? Du bist doch gefahren nach Argentinia, oder?«

»Wie kommst du denn darauf?« Ich tippe die ausgelaugte Chili mit dem Zeigefinger an und berühre dann meine Zungenspitze, die sich augenblicklich anfühlt, als würde sie in Flammen aufgehen. Schnell greife ich nach der Weinflasche, schenke mir ein und trinke das Glas in einem Zug leer. Doch das macht es nur noch schlimmer. Meine Zunge fühlt sich auf einmal doppelt so dick an. Ich schnappe nach Luft und greife mir an den Hals, worauf mir Said mit breitem Grinsen ein Stück Fladenbrot reicht. Dankbar stopfe ich mir das weiche Innere in den Mund.

»Das Karte uber dein Bett an die Wand«, sagt er dann. »Du hast Nadeln gesteckt in Sudamerika.«

Endlich verstehe ich, was er meint. »Bloß die Route von einem Travelbug«, nuschle ich mit vollem Mund.

»Was is das, Travelbug? Ein Käfer?«

Ich spüle das Brot mit Wein herunter. »Das hat mit Geocaching zu tun. Man schickt einen Gegenstand auf die Reise. Er bekommt eine Erkennungsmarke und wird dann von Cache zu Cache transportiert.«

Said lacht und schüttelt den Kopf. »Aber woher weißt du, wohin es gebracht ist?«

»Der Travelbug wird im Internet registriert. Jeder Cacher, der ihn mitnimmt, trägt im Portal ein, dass er ihn aus einem Cache entnommen hat und wo er ihn wieder abgelegt hat. Und dann kann man auf der Karte nachsehen, wo er gewesen ist, wie viele Kilometer er schon zurückgelegt hat und so weiter.«

Said runzelt die Stirn. »Auf das Karte an dein Wand?«

»Nein, natürlich im Internet. Da kann man jeden einzelnen Cache nachvollziehen, den der Travelbug besucht hat.«

»Aber wozu dann das Wandkarte?«

»Nur so ...« Ich trinke einen Schluck. Langsam würde ich das Thema gerne beenden.

»Wie viel hast du von diese Travelbugs?«

»Insgesamt fünf.«

Said zieht die Augenbrauen hoch. »Und fur alle steckst du Nadeln?«

»Nur für Rodriguez«, rutscht es mir heraus. Verärgert über mich selbst schüttle ich den Kopf. Warum kann ich den Mund nicht halten?

Der Topfdeckel beginnt zu klappern, braune Soße zischt in die Gasflamme. Said zieht das Handtuch von seiner Schulter und wendet sich dem Essen zu. Ich kippe den Wein herunter und spüre, wie er sich warm und melancholisch den Weg bahnt. Dann schenke ich mir noch ein Glas ein.

Said wuchtet den Topf mit dem Curry auf den Tisch und

schaufelt Reis auf meinen Teller. Ehe ich protestieren kann, hat er eine dicke Kelle der Soße darüber verteilt. Dann bedient er sich selbst und setzt sich endlich. »Gutes Appetit!«

Zögernd lade ich ein paar Reiskörner auf meine Gabel, die nur mit wenig Soße benetzt sind, führe sie zum Mund und achte vorsorglich darauf, nur durch die Nase zu atmen. Doch die Soße schmeckt milder als erwartet. »Lecker!«

Said sieht mich lauernd an. »Wann es is zu scharf, kannst du mehr Reis haben.«

Mutig stecke ich eine größere Portion in den Mund.

Said nimmt den Gesprächsfaden wieder auf. »Dies Travelbug Rodriguez. Was is das?«

Ich merke, wie Zunge und Gaumen zu brennen beginnen. Offenbar war der erste Bissen nicht repräsentativ.

»Stofftier«, nuschle ich und versuche so zu schlucken, dass möglichst wenige Geschmacksnerven berührt werden, doch meine Kehle zieht sich bereits zusammen. Hustend greife ich nach meinem Glas und spüle mit Wein nach. Said klopft mir auf den Rücken. »Geht wieder?«

Ich nicke, wische mir die Tränen aus den Augen, trinke noch einmal. »Hast du …«, ich huste, »… dir mal gewünscht, etwas rückgängig zu machen?«

Said schaufelt mir Reis auf den Teller. »Das ist kein normales Travelbug, oder?«

Ich stoße einen tiefen Seufzer aus. »Rodriguez ist ein kleiner Pandabär. Miros Pandabär. Ich hab's ihm versprochen, damals, dass er …« Ich schlucke, stopfe mir das scharfe Essen in den Mund, weil ich sowieso nicht weitersprechen kann.

Es beginnt mit einem Rumpeln im Magen, das sich, einem Erdbeben gleich, in meine Eingeweide fortsetzt, die sich immer wieder schmerzhaft zusammenziehen. Hastig verabschiede ich mich von Said und schaffe es gerade noch bis in meine Wohnung. Von Krämpfen geschüttelt, knie ich vor der Kloschüssel und kotze mir die Seele aus dem Leib. Völlig ausgelaugt krieche ich ins Bett, finde mich im Traum auf dem Rasen vor unserem Haus wieder. Bin wieder zehn Jahre alt.

Kreuzbeinig sitze ich im Gras, balanciere einen Block auf den Knien und zeichne. Miro, der nie lange still sitzen kann, hämmert den Ball immer wieder in unser Fußballtor. Irgendwann lässt er sich außer Atem neben mich fallen und schaut zu, wie ich einen Vulkan hinter Rodriguez andeute. Ihm zuliebe hatte ich den Panda zum Comic-Helden auserkoren. Wahrscheinlich war Miro aus diesem Grund mein erster und vielleicht sogar größter Fan.

»Wie heißt die Geschichte?«, fragt er.

Ich muss nicht lange nachdenken. »Die Abenteuer von Rodriguez in Feuerland.«

Miro streckt die Beine von sich und stützt sich im Gras auf den Ellbogen ab. »Wenn ich sterbe, bevor ich es geschafft habe, dahin zu fahren …«, sagt er unvermittelt.

»Wohin?«, fragte ich abwesend.

»Nach Feuerland natürlich! Wenn ich sterbe und noch nicht da gewesen bin, versprichst du mir, dass Rodriguez für mich dahin fährt? Ich meine, nicht im Comic, sondern in echt. Weil ich es dann ja nicht mehr kann.«

»Wie bist du denn drauf?« Lachend schüttle ich den Kopf und skizziere einen Lavastrom. In unserer Vorstellung gehörte Lava zu Feuerland unbedingt dazu.

Miro lacht nicht mit. »Versprich es mir!«, wiederholt er. Ich sehe von meiner Zeichnung auf. Das Kinn auf der Brust, die wirren Haare im Gesicht, rupft Miro das Gras zwischen uns aus.

»Geht nicht. Wenn du stirbst, dann sterbe ich doch auch.«

Miros Kopf schnellt nach oben. »So'n Quatsch! Das tust du nicht!« Seine dunklen Augen sind riesengroß, fast kann ich mein Spiegelbild in ihnen sehen. »Und jetzt schwör's!«

»Ich schwöre«, sage ich und presse mir die Faust aufs Herz.

Sein halbes Grinsen kommt zum Vorschein. »Gut!« Wie zur Bekräftigung wirft er das Gras in die Luft und lässt es auf mich herabwehen.

Am Morgen steht Said mit zerknirschtem Gesicht vor meiner Tür und schwenkt eine Tüte mit undefinierbaren Wurzeln. »African Krautertee. Ich koche fur dich.«

Ich bin zu schwach, um ihm zu widersprechen, und will wieder in mein Bett kriechen, als mir einfällt, dass heute Redaktionsschluss bei *HannoKult* ist. »Mist!«, fluche ich. »Jetzt hätte ich fast den Abgabetermin für *Scripped* verschwitzt!«

»Is fertig? Kann ich sehen?«, fragt Said, während er Wasser in einen Topf laufen lässt.

Ich zeige auf den Wasserkocher. »Wäre der nicht besser?«

Ungeduldig winkt er ab. »Dies Tee man muss richtig kochen. Also, kann ich der Bild sehen jetzt?«

Seufzend schlurfe ich in mein Arbeitszimmer, schnappe mir die Reinzeichnungen und nehme sie mit in die Küche. »Ich muss sie nur noch einscannen, dann noch ein bisschen Finetuning am Bildschirm, und ab geht's.«

Said wirft nur einen flüchtigen Blick auf die Bilder. »Wie geht das an?« Immer wieder drückt er auf den Zündknopf am Herd, während die ganze Zeit Gas entweicht.

»Der Zündmechanismus ist kaputt. Du musst das Feuerzeug nehmen.« Ich lege die Zeichnungen neben den Herd, greife nach dem Anzünder, und dann geht alles rasend schnell: Mit einem Fauchen entflammt das Gas und setzt meine Küchenrolle in Brand. Said wirft ein Handtuch darüber, die Rolle kippt um, Funken stieben über die Arbeitsplatte. Dann reißt er den Topf vom Herd. »Nicht!«, rufe ich. Doch es ist bereits zu spät.

Erschöpft sitze ich am Telefon und starre auf das blinkende Display. Mir wollen einfach keine glaubwürdigen Argumente einfallen, warum ich den *Scripped*-Cartoon wieder nicht pünktlich liefern kann. Gequält seufze ich auf. Wenn mein Stammplatz bei *HannoKult* einmal anderweitig besetzt wird, werde ich niemals wieder einen Fuß in die Tür bekommen. Fieberhaft überlege ich, wie ich es doch noch schaffen kann. Soll ich einfach die Wahrheit erzählen? Doch die Story würde ich mir nicht einmal selbst glauben. Und wenn doch, darf ich mir wahrscheinlich wieder anhören, warum ich immer noch von Hand zeichne, wo es doch digitale Zeichentablets gibt. Wenn ich die Blätter wenigstens schon eingescannt hätte … Vielleicht kann mir Merle aus der Patsche helfen, die als Setzerin für das Layout zuständig ist!

Entschlossen stehe ich auf. Wie ein Boxer, der sich vor einem wichtigen Kampf aufwärmt, mache ich ein paar tänzelnde Schritte, rolle die Schultern nach hinten und räuspere mich. Dann scrolle ich im Telefonspeicher, bis ich die richtige Durchwahl gefunden habe, und drücke auf das grüne Symbol. Doch heute scheint sich alles gegen mich verschworen zu haben. Statt der gutmütigen Merle meldet sich ausgerechnet Caro!

»Merle hat Urlaub. Du musst also mit mir vorliebnehmen.« Ihre leicht rauchige Stimme klingt genauso wie vor ihrer Babypause. Nur der gehetzte Unterton ist neu. Sofort sehe ich ihr Gesicht vor mir, die großen Augen und die rot gefärbten Haare, die sie jetzt raspelkurz trägt. Als sie mich vor vier oder fünf Jahren, nach dieser Weihnachtsfeier, zu sich nach Hause mitgenommen hat, trug sie noch lange, seidige Locken. Sie fielen über ihre nackten Schultern, die vor Lachen bebten, als sie auf der Bettkante saß und ihre engen Stiefel nicht ausgezogen bekam. Es wurde eine unvergessliche Nacht, aber im nüchternen Morgenlicht war uns beiden sofort klar, dass es keine

Wiederholung geben würde. Trotz dieser stillschweigenden Übereinkunft, und obwohl sie bald danach ihren Mann kennenlernte, traktiert mich Caro seitdem mit spitzen Bemerkungen und giftigen Blicken.

Jetzt kann ich hören, wie sie die Luft einzieht, und mache mich darauf gefasst, dass sie einen ihrer Sprüche über Künstler und ihren Mangel an Zeitgefühl loslässt.

»Was macht der Nachwuchs?«, gehe ich in die Offensive und realisiere im selben Moment, dass ich nicht mehr weiß, ob ihr Sprössling ein Junge oder ein Mädchen ist. Doch zum Glück hat sie heute keinen Sinn für Small Talk und kommt direkt zur Sache.

»Wir warten schon seit heute Morgen auf deinen Input. Hast du die Bilder auf den Server gelegt?«

»Also, der Strip war eigentlich fertig, aber …«

»In welchen Ordner hast du die Daten denn gespeichert?«

»Ich habe noch nichts hochgeladen«, bringe ich heraus.

»Was?« Ich höre, wie sie mit der Maus klickt und auf ihrer Tastatur herumtippt, sehe sie an ihrem penibel aufgeräumten Schreibtisch vor mir. Caro, immer korrekt und durchorganisiert, hat bestimmt noch nie einen Termin versäumt.

»Leg die Daten unter *Scripped* ab. Danach rufst du am besten noch mal durch.«

Ich schlucke schwer. »Eigentlich wollte ich dich bitten, mir noch ein bisschen Aufschub zu geben.«

Am anderen Ende der Leitung herrscht plötzlich Totenstille.

»Hallo, bist du noch dran? Caro, du weißt doch, wie das ist: Der Entwurf steht, im Grunde ist alles fertig, aber die Reinzeichnung benötigt doch mehr Zeit als geplant …«

»Willst du mir allen Ernstes erzählen, dass du nicht liefern kannst?«

»Nein! Natürlich werde ich liefern. Eben nur nicht sofort.«

»Abgabetermin ist heute vierzehn Uhr! Du weißt genau, was das bedeutet: Redaktionsschluss! Finito! Nichts geht mehr!«

»Aber du könntest doch erst mal einen Platzhalter einsetzen. Bis heute Abend hast du alles – Ehrenwort! Es sind doch nur ein paar Stunden!«

»Jaromir, die Zeiten, in denen ich mich von dir habe einwickeln lassen und extra noch mal reingekommen bin, um deine dämlichen drei Bilder einzufügen, sind vorbei! Dafür habe ich definitiv keine Zeit mehr! Ich habe Familie, einen Sohn, den ich pünktlich aus der Kita holen muss. Wie stellst du dir das eigentlich vor?«

»Und morgen früh? Kannst du da nicht noch …«

»Am besten besprichst du das direkt mit Marion! Ich stelle dich gleich mal durch!«

»Warte!«, schreie ich verzweifelt und glaube schon den Wählton zu hören, der mich in die Höhle der Löwin katapultiert, als sich Caro wieder meldet: »Du hast genau zwei Minuten!«

»Also, diesmal kann ich wirklich nichts dafür, Ehrenwort!«

»Ich höre!«

Wenn mir nicht ganz schnell etwas Überzeugenderes als die Wahrheit einfällt, bin ich geliefert! Doch mein Gehirn ist wie leer geblasen. Ich beiße mir auf die Unterlippe. Also gut, dann eben die Mitleidstour. »Mensch, Caro, ich brauch das Geld! Ich bin eh schon mit der Miete im Rückstand. Wenn ich nicht zahlen kann, muss ich bald unter einer Brücke übernachten, wo es kalt und feucht ist.«

»Oh, du Armer! So schlimm?«

Ich hätte es wissen müssen! Jetzt hilft nur noch die Flucht nach vorn. »Okay, aber die Wahrheit wirst du mir sowieso nicht abnehmen.« Fieberhaft überlege ich, wie ich die Story glaubhaft rüberbringen kann.

»Eine Minute ist um!«

Nervös tigere ich im Zimmer auf und ab. Die Luft erscheint mir plötzlich zum Schneiden dick. »Es gab einen – äh – Kochunfall.« Meine verschwitzten Hände greifen den Hörer noch ein wenig fester. »Beziehungsweise hat es damit angefangen, dass mich mein Nachbar Said zum Essen eingeladen hat. Afrikanisch und höllisch scharf. Danach hatte ich Brechdurchfall. Said, fürsorglich, wie er ist, wollte alles wiedergutmachen. Er kommt also mit diesem Kräutertee an, irgendwelche afrikanischen Wurzeln, und will Wasser heiß machen. Aber mein alter Gasherd ist gar nicht so einfach anzuwerfen, und nachdem schon jede Menge Gas ausgeströmt ist, will ich ihm helfen und merke, dass ich die Zeichnungen in der Hand habe. Ich lege die Blätter also neben den Herd …«

»Komm endlich zum Punkt!«

»Es ist alles verbrannt! Das ist die reine Wahrheit!«

Caro lässt mich zappeln. Minutenlang presse ich den Hörer an mein Ohr, während ihr ersticktes Gelächter nur gedämpft durch den Lautsprecher sickert.

»Du glaubst mir nicht!«

»Jaro!«, japst sie mit hoher Stimme. »Das ist die bekloppteste Geschichte, die du mir je aufgetischt hast!«

Dann wird sie wieder von einer Lachsalve geschüttelt. Ich sehe meine Felle davonschwimmen. Offenbar hat es wenig Sinn, weiter zu versuchen, sie zu überzeugen. Als ich schon fast auflegen will, sagt sie plötzlich: »Kannst du eigentlich gut mit Kindern?«

11

Mein T-Shirt klebt mir am Körper, mein Nacken ist verkrampft, und ich zweifle schon an meinem Orientierungssinn, als endlich das richtige Straßenschild aus der Dunkelheit auftaucht. Erleichtert biege ich ab und finde mich auf einer halb fertigen Baustraße wieder. Während der Wagen durch Schlaglöcher rumpelt, irren meine Augen über unbeleuchtete Fassaden halb fertiger Häuser. Endlich entdecke ich die erlösende Hausnummer und halte in der ungepflasterten Einfahrt.

Caro wohnt in einem dieser Reihenhäuser mit Dächern, die wie Abschussrampen wirken, eine schmale dreistöckige Schachtel mit weiß getünchter Fassade, Edelstahlbriefkasten und Vorgarten in Badehandtuchgröße. Unfähig, meine Hände vom Lenkrad zu lösen, bleibe ich im Auto sitzen. Dem, was mich hinter der Haustür erwartet, fühle ich mich nicht einmal ansatzweise gewachsen. Seufzend taste ich nach dem USB-Stick in meiner Hosentasche und stoße die Autotür auf.

Ich habe Caros Mann nur einmal getroffen. Als ich vor zwei Jahren in der Redaktion zufällig in ihre Abschiedsfeier geplatzt bin, kam sie nicht umhin, mir Markus vorzustellen. Caro, die einen gewaltigen Babybauch vor sich her schob, war deutlich anzusehen, dass sie es nicht mochte, wie gut wir uns auf Anhieb verstanden. Während wir uns angeregt über das Geocaching unterhielten, warf sie uns immer wieder misstrauische Blicke zu. Wahrscheinlich fürchtete sie, meine Aura könnte auf den zukünftigen Kindsvater abfärben oder dass ich ihm brühwarm von unserem One-Night-Stand erzählen würde.

Als er mir jetzt die Haustür öffnet, erkenne ich ihn sofort wieder, auch wenn er Ringe unter den Augen hat und sein Hemd inzwischen von einem leichten Bauchansatz ausgewölbt wird. Er grinst mich kumpelhaft an, während er in seine Schuhe schlüpft. »Danke, Mann, dass du so kurzfristig einspringen konntest! Wir dachten schon, dass wir das Konzert ganz vergessen können.«

»Kein Problem«, antworte ich und frage mich, ob er über meine wahren Beweggründe Bescheid weiß.

»Ehrlich, ich dachte, ich flippe aus! Ausgerechnet heute hat die Babysitterin so ein Magen-Darm-Virus erwischt. Caros Eltern sind verreist, meine leben im Rheinland, und auf die Schnelle war sonst auch niemand mehr zu kriegen.«

»Wo soll's denn überhaupt hingehen?«, frage ich und trete in den kleinen Flur, von dem zwei Türen zur Küche und zum Wohnzimmer führen.

Markus klaubt die Konzertkarten von einer Kommode und wedelt damit vor meiner Nase herum. »Deep Purple, Alter! Wahrscheinlich die letzte Gelegenheit überhaupt, die noch mal live zu sehen!« Er beugt sich mit verschwörerischer Miene zu mir herüber und senkt die Stimme. »Es kommt ja schon selten genug vor, dass wir mal zu zweit unterwegs sind. Aber davon abgesehen, kann ich mich echt nicht mehr erinnern, wann ich das letzte Mal mit Caro über etwas anderes als Windeln, Brei und Schlafenszeiten gesprochen hab, geschweige denn … du weißt schon!«

Ich nicke betroffen und sehe über seiner Schulter, wie Caro langsam die Treppe herunterkommt. Ihre Füße stecken noch in ausgelatschten Ökotretern, aber sonst hat sie sich, ganz dem Anlass entsprechend, in eine scharfe Rockerbraut verwandelt. Nur der kleine Junge im Schlafanzug, den sie auf dem Arm trägt, will nicht zu ihrem Outfit passen. Das ist also Finn-Luca, der Knirps, dem ich zu verdanken habe, dass der *Scripped*-Cartoon morgen doch noch wie von Zauberhand in der Redaktion landen wird.

»Kannst du Finnie kurz nehmen?« Caro drückt Markus den Jungen gegen die Brust und begrüßt mich mit einem Stirnrunzeln. »Schön, dass du es doch noch geschafft hast!«

»Sorry, ich hab's nicht gleich gefunden«, murmle ich, ziehe den USB-Stick mit den Grafikdateien aus meiner Hosentasche und reiche ihr das kostbare Stück, welches sie wortlos in einer Kommodenschublade verschwinden lässt. »Scharfes Outfit«, raune ich ihr zu und lasse den Blick anerkennend über ihre schlanken Beine zu dem roten Ledermini wandern, während Markus seine Aufmerksamkeit ganz auf seinen Sprössling richtet. Er hebt den Kleinen hoch, vergräbt seine Nase zwischen den Fettpölsterchen, mit denen der Knabe gut ausgestattet ist, und bläst elefantös auf dessen Bauch, bis er ein helles Quieken von sich gibt. Dann lässt er seinen jauchzenden Sohn eine Runde durch den Flur fliegen und setzt ihn schließlich auf seiner Hüfte ab. »Das ist Finnie!«, verkündet er mit strahlendem Gesicht.

»Hallo, Kleiner!« Ich halte meine ausgestreckte Hand gegen Finn-Lucas schweißige Kinderhandfläche. »Gib mir fünf!« Doch meine Charmeoffensive scheint den Knirps nicht zu beeindrucken. Stattdessen versteckt er seine Hand schnell unter der Achsel, betrachtet mich abschätzig und beschließt, dass er mich nicht leiden kann. Seine Unterlippe beginnt zu beben, das Gesicht verzieht sich zu einer zerknautschten Grimasse, er holt tief Luft und läuft tomatenrot an.

»Oh nein! Schätzchen! Nicht weinen …« Caros Stimme hat einen beschwörenden Unterton, als sie Finn-Luca ihrem Mann entreißt und mit schnellen Schritten in der Küche verschwindet. Durch den Türspalt kann ich sehen, wie sie ihren Sohn in seinen Hochstuhl versenkt, wo er ob der Rasanz der Ereignisse zunächst vergisst, dass er ja brüllen wollte. Dann holt sie einen Plastikbehälter aus dem Kühlschrank, schiebt ihn in die Mikrowelle und redet beschwichtigend auf das Kleinkind ein. »Gleich gibt's lecker Happybrei!«

Hilfe suchend schaue ich Markus an und deute mit dem Kinn auf die Küchentür. »Soll ich hinterher …?«

Doch er scheint mich nicht gehört zu haben, sondern tippt nervös auf seinem Smartphone herum. »Wenn wir es noch rechtzeitig schaffen wollen, müssen wir langsam los!«, ruft er seiner Frau zu, die ihn so vernichtend anblitzt, dass er augenblicklich verstummt.

»Übernimmst du hier mal bitte? Du weißt doch: Wenn er mich nicht sieht, ist es einfacher!« Markus nickt ergeben und wirft mir einen vielsagenden Blick zu. Sie tauschen die Plätze. Deutlich angespannt rauscht Caro auf mich zu und bedeutet mir, ihr nach oben zu folgen. »Eigentlich war eine Stunde früher ausgemacht!«, zischt sie mir zu. »Dann hätte Finnie sich wenigstens ein bisschen an dich gewöhnen können!«

»Was kann ich denn dafür, dass ihr am Ende der Welt wohnt, in einer Straße, die noch nicht mal das Navi kennt!«

Sie holt tief Luft, und ich sehe, dass sie sich zusammenreißen muss, um nicht in Tränen auszubrechen.

»Und du hast wirklich schon oft auf deinen Neffen aufgepasst?«

Ich nicke. »Auf Leon, den Sohn von meiner Cousine. Dein Kleiner ist bei mir in besten Händen!« Forschend blickt sie mir in die Augen, und ich muss mich zwingen, nicht auf den Boden zu schauen.

»Damit das klar ist«, sagt sie leise, »ich mache das nur, weil Markus und ich dringend Zeit für uns brauchen!«

Ich schlucke. Die Wahrheit ist, dass ich den schlafenden Leon im Buggy durch den Park geschoben habe, während seine

Mutter beim Friseur war. »Du kannst dich auf mich verlassen!«, bringe ich heraus und denke fest an den USB-Stick in Caros Kommode.

»Wenn hier irgendetwas passiert, kriegst du bei *HannoKult* kein Bein mehr auf die Erde!«

Ich nicke ergeben.

»Gut. Dann gebe ich dir jetzt eine Kompakteinweisung.«

Bereits eine halbe Stunde später bin ich mit den Nerven am Ende! Mit zitternden Fingern stopfe ich mir Zellstoffschnipsel in die Ohren und durchforste Caros Infozettel vergeblich nach Hinweisen, wie ich Finn-Lucas Brüllen abstellen kann. Ich versuche, ihm mit dem aufgewärmten Brei den Mund zu stopfen, doch er dreht den Kopf weg und schlägt mir den Löffel aus der Hand. Die Bilderbücher pfeffert er auf den Boden, sein Stoffhase fliegt hinterher, und auch meine Versuche, ihn mit selbst gezeichneten Bildern abzulenken, schlagen fehl. Gerade als ich es geschafft habe, ihm einen Buntstiftstummel aus dem Mund zu operieren, bevor er ihn noch ganz verschluckt, klingelt es.

»Na großartig!«, murmle ich und will schon zur Tür gehen. Doch dann erinnere ich mich daran, dass Caro mir eingeschärft hat, ihren Sohn niemals unbeaufsichtigt in seinem Hochstuhl zu lassen. Ich versuche, den Knirps aus dem Sitz zu heben, aber seine Beine verfangen sich in dem Gestänge. Inzwischen klingelt es schon zum dritten Mal. In meiner Not trage ich den Stuhl mitsamt heulendem Kind zur Haustür.

»Hallo! Brüllattacke, oder was?« Der rotblonde Typ vor der Tür ist etwa in meinem Alter, sein sommersprossiges Gesicht mit der Nickelbrille kommt mir entfernt bekannt vor, nur weiß ich momentan nicht, wo ich ihn hinstecken soll. Er reckt den Hals. »Sind Caro und Markus nicht da?«, schreit er, um Finn-Luca zu übertönen.

»Deep-Purple-Konzert. Ich bin der Babysitter«, brülle ich zurück.

Er geht in die Hocke, sodass er auf Augenhöhe mit dem Jungen ist. »Finnie! Alter Kumpel – erkennst du mich wieder? Onkel Bernd – na, klingelt es?« Tatsächlich verstummt das Geschrei für einen Moment, und es gelingt ihm sogar, den Jungen aus dem Stuhl zu fädeln. Doch kaum hat er ihn auf dem Arm, schöpft der Knirps Luft und läutet eine neue Schreirunde ein.

Ich schließe die Tür und trage den Stuhl in die Küche. »Bist du Caros Bruder oder der von Markus?«

»Markus' Cousin«, informiert er mich. »Ich bin geschäftlich in der Gegend und wollte eigentlich nur kurz vorbeischauen.« Er lässt den sich windenden Finn-Luca auf den Boden. »Hey, Kumpel. Wenn du so weitermachst, fürchte ich, dass du bald platzt!«

»Ob es hilft, wenn ich ihn ins Bett lege?«, frage ich und beobachte matt, wie er mit vor Kummer verzerrtem Gesicht durch die Küche taumelt. Immer noch schreiend, zieht er sich das Schlafanzugoberteil über den Kopf und wirft es in eine Breilache. Als er Anstalten macht, sich auch noch die Windel auszuziehen, bin ich mit einem Satz bei ihm. »Oh nein, die bleibt an!« Doch er hat sie schon vom Hintern gerissen und schwenkt sie wie eine Fahne. Ich hebe die Hände, um mein Gesicht vor den braunen Sprenkeln zu schützen, die sich im Umkreis von zwei Metern verteilen.

In diesem Moment klingelt mein Handy auf dem Küchentisch.

»Ich geh ran!«, sagt Bernd eilig und verschwindet damit im Flur.

»Hör sofort auf!« Ich entwinde Finn-Luca die stinkende Windel, was ihn veranlasst, sein Wutgeheul noch zu steigern.

Bernd taucht im Türrahmen auf und winkt mit meinem Handy. »Deine Freundin war dran. Ich konnte sie überreden, herzukommen.«

»Welche Freundin?«

Er zuckt mit den Schultern. »Hab den Namen nicht genau verstanden. Mona, oder so?«

»Kenne ich nicht.«

Er winkt ab. »Egal – hier fehlt eindeutig eine weibliche Hand! Oder willst du Caro und Markus lieber aus dem Konzert holen?«

Ich denke an den USB-Stick und schüttle den Kopf.

Mit vereinten Kräften ziehen wir den kleinen Kerl wieder an, bringen ihn nach oben und verfrachten ihn in sein Gitterbett. Meine strapazierten Nerven sehnen sich nach Ruhe, aber daran ist nicht zu denken, solange Finn-Luca immer wieder dasselbe Mantra skandiert. »Will Mama!«

Ich knie vor dem Gitterbett und versuche, ihn mit Kasperletheater abzulenken, als es klingelt und Bernd wenig später mit der ominösen Mona im Schlepptau ins Zimmer platzt.

Auf der einen Hand den Kasper, auf der anderen das Krokodil, starre ich ungläubig in Lunas Gesicht. »Du?«

»Will Mama!«, kreischt Finn-Luca, inzwischen deutlich heiser. »Will Mama, Mama, Mama …«

Luna wirft erst Bernd und dann mir einen Blick zu, als seien wir für das gesamte Elend der Welt verantwortlich, und hebt den Kleinen aus dem Bett. »Raus mit euch!«, sagt sie.

Es dauert keine fünf Minuten, dann wird es still. Bernd und ich stehen vor der geschlossenen Zimmertür wie zwei Väter vor dem Kreißsaal und halten die Luft an. »Was singt sie da?«, raunt Bernd. Ich ziehe mir die Pfropfen aus den Ohren, und da höre ich es auch. Luna summt die Titelmelodie aus *Forrest Gump*.

Behutsam zieht Luna die Kinderzimmertür hinter sich zu. »Wie kommen zwei Typen wie ihr dazu, auf ein Kleinkind aufzupassen?«

Bernd hebt abwehrend die Hände. »Ich bin nur zufällig vorbeigekommen.«

Sie sieht mich an. »Jaro Alves als Babysitter? Wer macht denn so was?«

»Ich bin halt ein Mann für alle Lebenslagen«, sage ich leise, während wir zu dritt die Treppe herunterschleichen.

Sie schnaubt. »Nur dass jemand mit der empathischen Begabung eines Baseballschlägers offenbar besser dafür geeignet ist!«

»Eins zu null für dich«, murmle ich.

»Na, egal! Er schläft jetzt. Ich wünsche noch einen schönen Abend!« Sie schickt sich an zu gehen, doch Bernd hakt sie unter, bugsiert sie ins Wohnzimmer und drückt sie auf das Sofa.

»Du bist die Heldin des Abends – so schnell lassen wir dich nicht wieder weg!« Er zwinkert mir zu. »Ich weiß, wo Markus seinen geheimen Alkoholvorrat versteckt hat. Bin gleich wieder da!« Er verschwindet in der Küche.

»Warum hast du mich vorhin eigentlich angerufen?«, frage ich Luna, die sichtlich befangen auf dem Sofa hockt.

»Ach, nur so eine Idee – vergiss es einfach.«

»Sag's ruhig.«

Sie zuckt mit den Schultern. »Alex wollte mich zum Kletterkurs mitnehmen, weil mein Auto in der Werkstatt ist. Aber jetzt hat er in der Nähe einen Kundentermin, und da meinte er, dass ich vielleicht bei dir mitfahren kann.«

»Ich kann nicht!«, rutscht es mir heraus. »Ich … äh … hab Höhenangst. Hat Alex dir nicht Bescheid gesagt?«

»Oh! Verstehe.« Sie starrt auf ihre Füße. Wenn ich es nicht besser wüsste, könnte man meinen, sie sei enttäuscht.

Irritiert setze ich mich ihr gegenüber. Wo bleibt die spitze

Bemerkung? Überhaupt wirkt sie heute weicher, irgendwie weiblicher. Vielleicht weil sie statt ihres Militärlooks ein eng anliegendes Shirt und eine schmale Jeans trägt. Und als sie den Mittelfinger auf ihrer Nase nach oben schiebt, lässt sie ihre Hand wie ertappt sinken, weil da gar keine Brille ist. Ob sie Kontaktlinsen trägt?

Ich räuspere mich. »Was du eben gesummt hast, das war doch die Titelmelodie aus *Forrest Gump*, oder?«

Sie nickt und wird ein klein wenig rot.

»Finn-Luca steht wahrscheinlich auf Filmmusik.«

Bernd kommt ins Zimmer, stellt drei Gläser auf den Tisch und füllt sie mit Cola und Rum.

Luna hebt die Augenbrauen. »Der Kleine war völlig außer sich. Was habt ihr nur mit ihm angestellt?«

Bernd setzt sich neben sie. »Vielleicht haben ihn die hier erschreckt?« Er legt meine zerknitterten Zeichnungen aus der Küche auf den Tisch.

Luna greift danach. Um ihre Mundwinkel zuckt es. »Hoppelhasen! Das hätte ich dir gar nicht zugetraut.« Sie wendet sich an Bernd. »Normalerweise zeichnet er für Erwachsene. Irgendwas zwischen Hergé, Giraud und Underground.«

Überrascht sehe ich Luna an. Sie wirft mir einen verstohlenen Seitenblick zu.

Bernd beugt sich interessiert vor. »Sag bloß, du bist Comiczeichner! Kenne ich was von dir?«

»Zurzeit mache ich nur eine kleine Serie bei *HannoKult*.«

»*Scripped!* Ja, klar! Daher kennst du Caro also!«

Er legt den Arm auf die Sofalehne und rückt näher an Luna heran. »Und du bist ein Fan von ihm? Oder woher kennst du dich so gut aus?«

»Zufällig studiere ich dasselbe wie er. Und in der Uni ist er in der Hall of Fame verewigt, da kommt man kaum dran vorbei. Aber bevor ich ein Fan von ihm werde …«

»… würde wahrscheinlich die Hölle zufrieren«, vollende ich den Satz.

Bernd grinst. »Tatsächlich?«

Luna stellt abrupt ihr Glas ab. »Ich muss jetzt wirklich los!«

»Schade!« Bernd stemmt sich hoch, nestelt eine zerdrückte Visitenkarte aus seiner Gesäßtasche und reicht sie Luna. »Falls du mal nach Hamburg kommst, dann ruf mich an.«

Sie wirft einen Blick auf die Karte und reißt die Augen auf. »Klar! Ich meine: mal sehen …« Er drückt ihr einen Kuss auf jede Wange. Lunas Gesicht glüht.

»Ich bringe dich raus«, sage ich und springe auf. An der Haustür zögert sie. »Sag mal. Hast du wirklich Höhenangst oder einfach nur keine Lust auf den Kletterkurs?«

Ich zucke mit den Schultern. »Ehrlich gesagt … Also, das war ja auch eher Alex' Idee.« Sie nickt langsam, und als sie sich abwendet, habe ich kurz den Eindruck, dass sie noch etwas sagen will. Doch dann stapft sie ohne ein weiteres Wort zu ihrem Wagen.

»He! Manga-Mädchen!«, rufe ich ihr hinterher.

Sie dreht sich mit fragendem Blick um.

»Danke! Du hast was gut bei mir«, raune ich ihr zu.

Und da schenkt sie mir ein winziges Lächeln.

Den Rest des Abends verbringe ich damit, die Küche sauber zu machen, während Bernd mich über meine Zeichnerambitionen ausfragt und sich als Kenner der Comicszene outet.

»Meine Eltern hatten eine Buchhandlung mit Comic-Abteilung. Als Kind habe ich alles verschlungen, was ich in die Finger kriegen konnte.« Was er beruflich macht, verrät er mir allerdings nicht, und nachdem er Markus' Rumvorrat um die Hälfte dezimiert hat, nickt er auf dem Sofa ein.

»Alles gut gelaufen?«, fragt Caro und schlüpft sofort aus ihren Schuhen.

»Finn-Luca schläft tief und fest – alles in Ordnung«, sage ich. Sie wirft mir einen argwöhnischen Blick zu und eilt die Treppe hoch.

Markus sieht mich ungläubig an. »Finnie hat gar nicht geschrien?«

»Doch, aber das war schnell vorbei. Außerdem habe ich Verstärkung bekommen.« Ich deute auf das Sofa.

Er mustert den schlafenden Bernd. »Sieht so aus, als wollte er über Nacht bleiben.« Schnell greift er die halb leere Flasche vom Tisch. »Die lassen wir besser verschwinden, bevor Caro sie bemerkt«, sagt er und trägt das Corpus delicti in die Küche. »Das Konzert war übrigens der Hammer! Danke, Alter!«, ruft er mir zu.

»Da nicht für«, murmle ich und rüttle Bernd an der Schulter. »He – aufwachen!«

Er schlägt träge die Augen auf. »Sie sind zurück!«, raune ich ihm zu. »Hör zu: Dass Luna hier war, und die Sache mit der Windel …«

»Kein Wort über meine Lippen«, sagt er mit schwerer Zunge. Er wühlt in seiner Hosentasche und drückt mir eine zerknitterte Visitenkarte in die Hand. »Melde dich mal, wenn du was Besseres hast als Hoppelhasen.« Dann vergräbt er das Gesicht in einem Sofakissen.

Als ich einen Blick auf die Karte werfe, trifft mich die Erkenntnis wie ein Blitz. Vor mir liegt Bernd Pöschke, Herausgeber der *Hamburger Comicschmiede*, dessen Bild ich erst vor Kurzem in einem Artikel gesehen habe.

N 52° 18.391 E 004° 45.065, Amsterdam.

Maite zieht die Haarnadel zwischen den Lippen hervor und steckt eine Haarsträhne fest. Sie sieht auf die Uhr. Zehn Minu-

ten sind um. Genug Zeit für Jeff, das Hotel zu verlassen. Seufzend packt sie ihren Trolley und zieht die Tür hinter sich zu.

Im Aufzug schneidet sie ihrem Spiegelbild eine Grimasse. Sie hat die heimlichen Treffen so satt! Aber sie macht sich keine Illusionen. Er wird seine Frau und die beiden Kinder nicht verlassen. Müde streicht sie über ihre Augenschatten, als wollte sie sie wegwischen. Nur noch nach Hause und richtig ausschlafen. Sie hat ein paar freie Tage bis zum nächsten Flug. Aber vorher muss sie dieses Ding loswerden. Nachdenklich dreht sie den kleinen Pandabären zwischen den Fingern. Das Stofftier ist an eine blanke Erkennungsmarke gekettet, wie man sie vom Militär kennt.

»Ich hoffe, der hat keine Drogen im Bauch oder so was«, hat sie gescherzt, als Jeff ihn ihr gegeben hat.

»Keine Sorge, das ist bloß ein Travelbug«, hat er ihr lachend erklärt.

Seufzend steuert Maite den nächsten Coffeeshop an. Der deutsche Pilot, dem sie das Traveldings übergeben soll, landet erst in einer Stunde. Jeff hingegen sitzt inzwischen schon in der Maschine nach Seattle. »Was tut man nicht alles …«, erzählt sie dem kleinen Panda. Seine schwarzen Knopfaugen scheinen ihren Blick zu erwidern.

12

Die Mondfrau has sent you a friend request!, teilt mir *Geocaching.com* mit, und als ich die Freundschaftsanfrage lese, schlägt mein Herz augenblicklich schneller:

Lieber Jaro,
wer ist Die Mondfrau?
Hinweis 1: Du hast mich direkt vor Deiner Nase, aber Du hältst mich für etwas, das ich nicht bin.
Hinweis 2: Die Mondfrau ist meine zweite Identität.

Direkt vor der Nase – wie ein Cache, den jeder sieht, aber nicht als solchen erkennt. Weil er so getarnt ist, dass man ihn für etwas anderes hält. Das Mimikryprinzip. Ein Grinsen breitet sich auf meinem Gesicht aus. Sogar eine extra Mailadresse hat sie angelegt – eine, die wahrscheinlich nicht von Walter kontrolliert wird. Ob sie herausgefunden hat, dass er ihre E-Mails abfängt?

Triumphierend recke ich eine Faust in die Höhe. Dann bestätige ich die Freundschaftsanfrage und schicke gleich eine Nachricht hinterher.

Hallo Mondfrau
Wie kann ich den verpatzten Abend von neulich wiedergutmachen?

Nur wenige Sekunden später kommt die Antwort:

Indem du meinen ersten Klettercache mit mir machst. Ein bisschen Strafe muss schließlich sein …

Wüsste nicht, was ich lieber täte, tippe ich drauflos, doch dann stockt mein Schreibfluss. Unwillkürlich sehe ich Walter vor mir, wie er ihre Haustür aufdrückt, sehe noch einmal die Fenster ihrer Wohnung dunkel werden, und meine Euphorie löst sich in nichts auf. Was für eine Rolle spiele ich in diesem Spiel? Will sie austesten, wie weit ich für sie gehen würde? Und vor allem: Hat sie echtes Interesse an mir, oder benutzt sie mich nur, um Walter eins auszuwischen?

Energisch drücke ich die Löschtaste.

Was sagt der Spielverderber zu Deinem Doppelleben?, schreibe ich dann.

Minutenlang kommt keine Antwort. Meine Finger trommeln auf die Tischplatte. Was, wenn ich sie mit der Frage vergrault habe? Doch dann ertönt das erlösende »Pling«.

Machst Du nun mit? Oder bist Du jetzt der Spielverderber?

Natürlich nicht!

Bin dabei! Wann und wo?, hämmere ich in die Tasten und sende die Nachricht ab, bevor ich es mir anders überlege.

Super! Ich melde mich.

Verdammt! Worauf habe ich mich da bloß eingelassen? Nachdenklich stoße ich die Brötchenhälfte auf meinem Frühstücksteller an und lasse sie rotieren. Es führt kein Weg daran vorbei: Wenn ich diese Chance nicht vermasseln will, muss ich an meine Grenzen gehen und vielleicht noch ein bisschen darüber hinaus. Kurz entschlossen rufe ich Alex an.

»Hallo, Babysitter!«, begrüßt er mich und prustet los. »Einsatz an der Windelfront! Das sind ja ganz neue Seiten an dir!«

»Woher weißt du schon wieder alles?«

»Luna ist bei mir. Wir frühstücken gerade. Wenn du vorbeikommst, kannst du gerne noch einen Kaffee kriegen.«

Ich schließe die Augen, atme tief durch. Waffenstillstand. »Lass mal, ich will euch nicht stören. Hab auch schon gefrühstückt.«

»Wie du willst.«

»Sag mal – kann ich den Kletterkurs noch mitmachen?«

»Ach, auf einmal keine Höhenangst mehr?«

»Du sagst doch immer, dass man sich seinen Ängsten stellen soll.«

»Tut mir leid, Jaro. Aber jetzt hat Thomas schon zugesagt.«

»Spargeltarzan aus deinem Büro?«

»Jepp!«

»Na dann …«

»Warte!«, ruft Alex. Ich höre Stimmengemurmel, dann meldet er sich wieder. »Also, Luna hat für eine Freundin mitgebucht, aber die will jetzt plötzlich nicht mehr. Sie sagt, dass sie dir den Platz überlässt.«

»Nur, wenn ich mich nicht von ihr abseilen lassen muss.«

Alex lacht. »Das kann ich nicht versprechen!« Dann legt er auf.

»Na großartig«, knurre ich. Zwei-in-eins-Kletterkurs mit Alex und Manga-Mädchen – ich habe es ja nicht anders gewollt!

»Achter, Prusik, Mastwurf und Sackstich. Diese Knoten müsst ihr im Schlaf beherrschen. Ihr übt jeden mindestens zehn Mal.« Rons Stimme hallt von den kahlen Wänden der Industriehalle wider, in welcher der Kletterkurs für Geocacher stattfindet. Unser Trainer, ein drahtiger Mittvierziger mit wettergegerbten Zügen, strahlt eine felsenhafte Autorität aus, sodass sich die acht Teilnehmer fast schon eilfertig über das Material auf den bereitgestellten Tischen beugen.

Alex zieht seinen ersten Knoten fest, der prompt auseinandergleitet und sich in nichts auflöst. »Mist!« Er wirft mir einen Seitenblick zu. »Warum kriegst du so was immer sofort hin?«

»Bin halt ein Naturtalent!« Ich knote meine Schlinge wieder auf und lege das Seil neu zurecht. Die Sache beginnt mir Spaß zu machen.

Ich linse zu Luna hinüber, die sich zu Spargeltarzan an den Tisch gestellt hat, und sehe, wie Ron dicht hinter sie tritt.

»Sehr gut!«, lobt er und legt ihr kurz die Hand auf die Schulter, bevor er zu dem Cacher-Paar weiterzieht, das in der Vorstellungsrunde großspurig verkündet hat, sie hätten gemeinsam an die fünftausend Caches in drei Kontinenten geloggt. Wahrscheinlich sehen sie sich deswegen so ähnlich.

Links neben uns mühen sich zwei Typen mit den Knoten ab, die ich nicht so recht einschätzen kann. Robert, ein sehniger Marathonläufer mit holländischem Akzent, wirkt neben seinem breitschultrigen Partner eher mickrig. Der sonnenbankgebräunte Muskelprotz, der sich von Kopf bis Fuß in Markenfunktionsklamotten gezwängt hat, bemerkt meinen Blick und zwinkert mir zu. Ich senke den Kopf und konzentriere mich wieder auf mein Seil.

Alex knufft mich grinsend an. »Na, Kontakt zur anderen Seite aufgenommen?«

Nachdem uns Ron unterschiedliche Seilarten, Karabiner, Abseilgeräte und Steigklemmen erklärt und uns gezeigt hat, wie man sie einbaut, verteilt er Ausdrucke einer Karte. »Zeit, ins Gelände zu gehen. Parken könnt ihr bei den Koordinaten auf dem Zettel.«

Schon wieder knallt der Wurfsack weit unter dem angepeilten Ast gegen den Baumstamm und stürzt ab. Die gesamte Klettergruppe stöhnt auf. Enttäuscht lasse ich den Arm sinken und wische mir den Schweiß von der Stirn. Seit zwanzig Minuten stehen wir nun schon im Wald und versuchen abwechselnd, die Wurfschnur über den dicksten Ast einer Eiche zu katapultieren, um damit das Kletterseil einzubauen. Ron zerrt die Schnur aus einem Gebüsch und hält uns den mit Stahlkugeln gefüllten kleinen Stoffbeutel entgegen. »Wer will noch mal?«

»Ich!«, meldet sich Luna. Sie bindet sich ein zum Streifen gefaltetes Tuch um den Kopf und strafft die Schultern. Zur unvermeidlichen Kakihose trägt sie heute ein enges schwarzes Tanktop und wirkt wie eine Figur aus einem Ninja-Anime. Konzentriert wiegt sie den Beutel in der Hand, nimmt Anlauf und holt aus. In einer perfekten Parabel sirrt der Sack über den Ast. »Anfängerglück«, murmle ich.

»Sauber!«, brüllt Ron. Luna reckt triumphierend die Arme und verschwindet in seiner bärigen Umarmung. Die anderen jubeln und machen sich daran, das Seil hochzuziehen. Nur ich bleibe stehen und sehe zu, wie Ron mit seinen muskelbepackten Armen Luna vom Boden anhebt. Als er sie endlich freigibt, zieht sie verlegen das hochgerutschte Top wieder an die richtige Stelle. Unsere Blicke treffen sich, Lunas Gesicht flammt auf. Ehe ich mich weiter über den Igel in meinem Bauch wundern kann, winkt Ron uns zu sich. Er zeigt uns, wie wir das Seil richtig einbauen und sichern. Dann geht es ans Eingemachte: »Aufsteigen mit Trittschlinge, umbauen und wieder abseilen«, verkündet er.

Nervös ziehe ich die Beinschlaufen an meinem Klettergurt nach und werfe einen verstohlenen Blick auf Luna, die zum zigsten Mal das Gummiband an ihrem Pferdeschwanz kontrolliert und sich ihre imaginäre Brille hochschiebt.

»Trägt Luna jetzt Kontaktlinsen?«, frage ich Alex.

Er grinst. »Nö, in der Brille war nur Fensterglas.«

»Wieso das denn?«

Alex zuckt bloß mit den Schultern. »Sie ist dran«, sagt er und nickt Luna aufmunternd zu.

»Na, das kann ja was werden«, murmle ich. Doch zu meiner Überraschung seilt sie sich so behände auf, als hätte sie nie etwas anderes gemacht. Oben angekommen, hebt sie triumphierend eine Faust und strahlt Alex und mich über ihre Schulter hinweg an. Manga-Mädchen in Brokeback-Pose! Ich kann mir ein Grinsen nicht verkneifen.

»Sehr gut, Luna!«, lobt Ron. »Jetzt baust du die Steigklemme aus und seilst dich ab.«

Beim Umbau wirkt Luna um einiges nervöser. Als sie die Klemme an ihrem Gürtel verstauen will, entgleitet sie ihr und knallt auf den Boden. Der dumpfe Aufprall geht mir durch Mark und Bein. Mir wird noch mulmiger zumute als ohnehin schon. Was, wenn ich einen Fehler mache oder die Technik versagt? Ich kann das nicht!

Langsam weiche ich zurück und drehe mich um. Zwischen den Bäumen kann ich den Parkplatz und ein Stück von meinem Alfa sehen. Mimi kommt mir in den Sinn. Ich zögere. Wenn ich jetzt kneife, wird sie ihren ersten T5er ohne mich loggen müssen. Doch dass ich mir hier das Genick breche, kann sie ja auch nicht wollen! Gerade will ich mich in Bewegung setzen, als sich eine Hand auf meine Schulter legt. Zu spät! »Du bist der Nächste«, sagt Ron.

Als ich es endlich geschafft habe, Steigklemme und Trittschlinge am Seil zu befestigen, bin ich bereits schweißgebadet.

»Immer mit der Ruhe.« Ron kontrolliert meinen Aufbau. Er nickt mir zu. »Du kannst loslegen.«

Noch einmal sehe ich mich zu den anderen um. Luna und Alex halten grinsend die Daumen hoch. Da gebe ich mir einen Ruck. Wenn Manga-Mädchen das hinkriegt, werde ich mir ganz sicher keine Blöße geben!

Ich schiebe die Steigklemme ein Stück nach oben, setze den Fuß in die Schlinge und drücke mich hoch. Im Nu schwebe ich über dem Boden, blende alles um mich herum aus und konzentriere mich ganz auf den Bewegungsablauf: Klemme mit Trittschlinge hochschieben, aufrichten, Schlappseil stramm ziehen, das Ganze von vorn. Irgendwann baumle ich in schwindelerregender Höhe unter dem Ast.

»Umbauen und fertig machen fürs Abseilen!«, ruft Ron. Doch mein Hirn ist auf einmal wie leer gefegt. Ich kann die Hand nicht vom Griff der Steigklemme lösen. Was kommt als Nächstes? Hilfe suchend sehe ich nach unten, was sich als Fehler erweist. Schwindel erfasst mich, mein Puls beschleunigt sich, Übelkeit keimt auf.

»Alles okay?«, fragt Ron.

Ich nicke. Ruhig atmen, nach oben sehen …

Plötzlich drängt sich ein vertrauter Klingelton in mein Bewusstsein.

Ich reagiere wie auf Autopilot. Mit einer Hand klammere ich mich an der Steigklemme fest, mit der anderen ziehe ich das Handy aus der Hosentasche und gehe ran.

»Das glaube ich jetzt nicht!«, donnert Rons Stimme durch den Wald.

»Jaro?« Said klingt so nah, als würde er direkt neben mir im Seil hängen. »Bist du bei das climbing-course?«

»Mhm …«

»Ich habe gewusst, du traust dich!«

Prompt wallt Gelächter zu mir hoch, und erst jetzt merke ich, dass ich aus Versehen den Lautsprecher eingeschaltet habe. Ich keuche auf.

»Und, lauft gut?«, fragt Said.

»Bestens!«, stoße ich hervor.

Er schnalzt mit der Zunge. »Guck! Wann du kriegst Angst, du musst atmen. Und finden ein Fixpoint uber dir, okay?«

»Okay …«

»Chaka! Du kannst schaffen!«, meint er noch, dann ist er weg.

Trotz aller Peinlichkeit ist es, als hätte Said in meinem Hirn einen Schalter umgelegt. Nachdem ich das Handy wieder eingesteckt habe, führen meine Hände wie von selbst aus, was ich am Boden geübt habe.

Als ich mich im Schneckentempo abseile, wage ich einen Blick nach unten. Breitbeinig, die Hände an die Hüften gestemmt, steht Ron wie ein grimmiger Fels und wartet auf mich. Kaum spüre ich festen Boden unter den Füßen, hebe ich entschuldigend die Hände. »Sorry, das war …«

Sein Gesicht färbt sich noch dunkler als ohnehin schon, die Ader an seinem Hals schwillt an. »Was war das denn? Telefonseelsorge?«, blafft er mich an. Kopfschüttelnd wendet er sich ab.

Schnell hänge ich mich aus und geselle mich zu den anderen. Alex hält sich ein imaginäres Handy ans Ohr: »Hallo, ist da Saids Telefonseelsorge? Ich hätte da ein Problem …« Der Marathonmann prustet los, und im Nu biegen sich alle vor Lachen.

»Es ist gut jetzt! Weiter geht's!«, meint Ron, aber auch er kann sich das Lachen nicht verkneifen. Als sich die Aufmerksamkeit auf den nächsten Kletterer richtet, setze ich mich etwas abseits auf einen Baumstumpf. Jetzt erst realisiere ich, dass ich es geschafft habe! Und für den Moment fühlt es sich tatsächlich so an, als könnte ich meine Angst dauerhaft überwinden. Doch nach der Mittagspause wird es erst richtig ernst: Abseiltraining am Rand eines Steinbruchs.

Ron wirft das Kletterseil in den Abgrund. »Wo es über die Kante läuft, bringe ich einen Schutzschlauch an, damit das Seil nicht aufgescheuert wird«, erklärt er. Die anderen treten neugierig näher, aber ich halte mich lieber im Hintergrund. Sich todesmutig ins Nichts abzulassen ist doch etwas anderes, als einen Baum hoch- und wieder runterzusteigen.

»Auf halber Strecke habe ich einen Cache in der Wand befestigt. Ihr stoppt zum Loggen und seilt euch dann weiter bis zum Grund ab«, sagt Ron.

Irgendwann sind alle am Fuß der Felswand gelandet. Alle außer mir. Ich atme tief ein und taste mich langsam an die Kante heran. Ron tritt neben mich. »Bereit?«

Ich werfe einen Blick in den Steinbruch, wo die anderen sich langweilen. Nur Luna beschattet ihre Augen mit der flachen Hand und starrt zu mir hoch. Dann hebt sie beide Daumen und nickt mir aufmunternd zu. Ich entlasse die angehaltene Luft und rücke den Helm zurecht. »Bereit!«

Die Schwerkraft zerrt an mir, und fast wäre mir der Cache in Form einer kurzen Metallröhre aus den schweißnassen Fingern geglitten. Ich atme stoßweise, versuche mein wild klopfendes Herz zu beruhigen und hefte meinen Blick auf das straff gespannte Seil, an dem ich hänge. »Seid vorsichtig mit Messern«, hat uns Ron vorhin erklärt. »Wenn das Seil unter Spannung steht, braucht man die Klinge im Grunde nur dranzuhalten, und schon ist es durch.« Besser nicht an so was denken! Ich verschließe den Cache und verstaue ihn wieder an seinem Platz. Den Blick strikt nach oben gerichtet, seile ich mich weiter ab, bis ich mit dem Hintern aufsetze. »Nie wieder!«, keuche ich. Doch Ron hat andere Pläne.

»Wenn euer Partner einmal in Not gerät, solltet ihr wissen, wie ihr ihn sicher nach unten bringt.« Er demonstriert uns das sogenannte Rendezvousverfahren mit Spargeltarzan.

»Ich teile euch jetzt in Zweiergruppen auf. Dann dürft ihr euch gegenseitig retten«, sagt er dann.

Spargeltarzan winkt ab. »Ich hab genug für heute.« Die Frau aus dem Vielcachergespann schließt sich an, sodass wir nur noch drei Gruppen bilden müssen.

»Damit es nicht langweilig wird, losen wir aus.« Ron schreibt unsere Namen auf kleine Zettel und steckt diese in seine Mütze. Muskelprotz zieht prompt seinen eigenen Namen. Beim zweiten Versuch erwischt er den Vielcacher.

Marathonmann greift in die Mütze. »Alex«, liest er vor.

»Na, da bleibt für dich ja nur noch die Lady«, sagt Ron und zwinkert mir zu.

Ich schlucke, bin kurz davor zu kneifen. Doch dann sehe ich, wie Luna mich spöttisch mustert. »Großartig!«, sage ich und erwidere ihren Blick.

Bereit, gerettet zu werden, hängt Luna auf halber Höhe in der Wand. »Du seilst dich bis auf einen halben Meter über die hilflose Person ab«, höre ich Ron sagen. Ich löse die Selbstsicherung und lasse mich langsam ab, als meine Füße plötzlich in der Luft zappeln. Ich drehe mich um meine Achse, pralle seitlich an die Wand. In Panik versuche ich, eine Felsnase über mir zu fassen, als ich auf einmal schneller als gewollt abwärts sacke.

»Bremshand zumachen!«, brüllt Ron.

Ich tue, was er sagt, stoppe mit einem Ruck und merke, wie ich verkrampfe. Ich bin und bleibe ein Unglücksrabe!

»Wir brechen ab«, höre ich Ron wie aus weiter Ferne. »Sieh zu, dass du sicher wieder runterkommst.«

Doch ich kann mich nicht rühren.

»Jaro, hast du gehört?«

»Ich kann nicht!«, presse ich hervor.

Plötzlich ist Luna neben mir. »Sieh mich an, Jaro!« Ihre Stimme dringt leise durch das Rauschen in meinen Ohren. Ich hefte den Blick auf ihr Gesicht, ihre Augen halten mich fest. »Stell dir vor, wir sind Comicfiguren. Alles um uns herum ist nur eine Illusion, die der Zeichner geschaffen hat. Wenn wir abstürzen, kann uns gar nichts passieren, weil wir bloß über das Papier rutschen«, sagt sie leise.

Und auf einmal fühlt sich der Abgrund tatsächlich nicht mehr bedrohlich an. Ich kann wieder atmen, wieder denken, mich bewegen. Mein Herzschlag beruhigt sich. Luna gibt mir leise Anweisungen, seilt sich im selben Tempo neben mir ab.

Als ich endlich sicheren Boden unter den Füßen spüre, geben meine Beine nach.

Ich liege auf dem Rücken und betrachte den strahlend blauen Himmel über mir, vor den sich Lunas besorgtes Gesicht schiebt.

»Hey, Manga-Mädchen. Eigentlich sollte ich dich doch retten«, murmle ich.

Sie lächelt schief. »Ausgleichende Gerechtigkeit – oder?«

Mit bebenden Händen löse ich den Karabiner von meinem Gurt und hänge mich aus. »Das war's! Ich hab ein für alle Mal genug!«

Ich lehne an einem Baum und beobachte, wie Alex von dem Marathonmann gerettet wird. Die beiden albern dermaßen herum, dass Ron sie mehr als einmal an den Ernst der Lage erinnern muss. Auf einmal juckt es mir in den Fingern, und ich krame Stift und Papier aus meinem Rucksack. Während ich das Kletterpanoptikum aus der inspirationsgeschwängerten Luft fische, formt sich langsam eine Idee in meinem Kopf. Ein Comic für Geocacher! Wie elektrisiert kritzle ich meine wirren Gedanken auf das Papier, bis ich merke, dass Luna vor mir steht.

»Geht es wieder?« Sie setzt sich neben mich, hebt einen Ast auf und stochert damit auf dem Boden herum. »Wenn ich gewusst hätte, dass du tatsächlich Höhenangst hast, dann hätte ich nicht… Ich meine, wolltest du damit irgendwas beweisen?«

Ich klappe den Notizblock zu und stemme mich hoch. »Wahrscheinlich wollte ich bloß mal von dir gerettet werden.«

Sie grinst und lässt sich von mir auf die Füße ziehen. »Du meinst wohl schon wieder. Oder gilt das Einschläfern von Kleinkindern nicht?«

Alex winkt uns zu. »Wir wollen noch zusammen was trinken gehen – zum Abschluss.«

Aber der Cacher-Comic lässt mir keine Ruhe. »Ich fahre nach Hause«, sage ich bestimmt.

Als ich den Alfa anlasse, klopft Luna an die Scheibe. »Nimmst du mich mit?« Ohne eine Antwort abzuwarten, rutscht sie auch schon auf den Beifahrersitz und schnallt sich an. »Ich wäre ja noch mitgegangen, aber ich bin total erledigt.«

Sie winkt Alex zu, der sich gerade mit den anderen auf den Weg in die nächste Kneipe macht. »Du glaubst übrigens nicht, wer sich hinter dem unscheinbaren Robert verbirgt!«

»Muskelmanns Kompagnon?«

Sie nickt. »Sagt dir Bobby de Beukelaar etwas?«

»Nee, oder?«

»Doch! Ich konnte es gar nicht fassen! Und er scheint sogar richtig nett zu sein!«

Ich nicke, höre nur mit halbem Ohr hin, bin zu sehr damit beschäftigt, die Bilder des Cacher-Comics in meinem Kopf zu sortieren. Und dass Alex ausgerechnet auf seinen First-to-find-Konkurrenten getroffen ist, beflügelt meine Fantasie noch mehr.

»So ausgelassen wie heute habe ich Alex lange nicht erlebt«, plappert Luna weiter.

»Hm«, mache ich gedankenverloren und kann es kaum erwarten, allein zu sein, um in Ruhe meinen Plot zu entwickeln.

Endlich halte ich vor dem Studentenheim, in dem Luna wohnt, doch sie macht keine Anstalten, auszusteigen. »Ist alles okay? Du bist so einsilbig.«

»Alles bestens.«

Vielleicht fange ich gleich mit den Skizzen der Charaktere an.

»Die Sache mit der Höhenangst – warum hast du wirklich mitgemacht?«

»Hatten wir das nicht schon?«

Sie starrt auf ihren Schoß. »Es hat was mit dieser Mimi zu tun, oder?«

Als ich nicht antworte, steigt sie aus und beugt sich noch einmal ins Wageninnere. »Hoffentlich weiß deine Traumfrau es zu schätzen, was du für sie auf dich nimmst.« Damit knallt sie die Tür zu.

Düsseldorf, N 51° 16.781 E 006° 46.295.

Das erste blasse Morgenrot zeigt sich am Horizont, als Mario mit seinem Koffer den Terminal verlässt. Er ist hundemüde, will so schnell wie möglich nach Hause, aber er hat es seiner Schwester versprochen. Seiner kleinen Schwester. Verdammt begabt ist sie, aber auch impulsiv und immer einen Tick anders. Die Sache mit der Brille zum Beispiel. »Warum machst du dich absichtlich hässlich?«, hat er sie gefragt. Sie habe es nicht nötig, auf ihr Äußeres reduziert zu werden, erwiderte sie. Seufzend reibt er sich die müden Augen. Ganz schön stur die Kleine. Schon früher hat sie meistens bekommen, was sie sich in den Kopf gesetzt hat. Und wenn es darum geht, ein Stofftier aus New York nach Hannover zu holen, spannt sie eben ihren Bruder ein!

Mario lässt sein GPS-Gerät in der Tasche, denn an dem Cache direkt auf dem Weg zum Parkhaus ist er schon oft vorbeigegangen. Um diese Zeit ist nicht viel los auf dem Flughafengelände, dennoch sieht er sich nach allen Seiten um, bevor er die Dose aus ihrem Versteck holt und den Panda mit den Knopfaugen auf das Logbuch legt. Dank seiner Kollegen hat es nur wenige Tage gedauert, bis ihm der Travelbug in Amsterdam übergeben wurde. Nachdem er die Dose wieder verstaut und getarnt hat, packt er seinen Koffer und setzt seinen Weg fort. Im Gehen schreibt er eine Nachricht an Jenny. Die Stewardess wird, wie er weiß, den Flug um 8.45 Uhr nach Hannover nehmen.

13

Dass mich ein Projekt so sehr mitreißt, habe ich schon ewig nicht mehr erlebt. Ich pinne die Skizzen, die ich in der Nacht wie in Trance gemacht habe, an die Magnetleisten an der Wand und trete einen Schritt zurück. Es sind alle dabei: das Cacher-Pärchen, Muskelmann, der Marathonläufer, Klettertrainer Ron, wenn auch in stark abgewandelter Form. Nur die Frau im engen Tanktop sieht Luna so ähnlich, dass ich die Zeichnung herunternehme und beiseitelege.

Gerade als ich einen groben Entwurf für eine erste Szene scribble, rumpelt es heftig. Die Fensterscheiben erzittern, einer der Magneten löst sich und poltert auf den Fußboden, die Zeichnung segelt hinterher. Ich stürze zum Fenster. Auf dem Hof steht ein Lkw, von dem gerade Gerüstteile abgeladen werden. Metallstreben donnern aneinander, Holzplanken werden darübergeschoben und rasten mit einem Knall ein. Die Wände des Innenhofs wirken wie ein Kamin und verstärken die Geräuschkulisse um ein Vielfaches. Genervt ziehe ich mich in mein Schlafzimmer zurück, zeichne auf dem Bett sitzend weiter, doch auch hier werde ich nicht verschont und merke, dass sich mein Kreativschub durch den Lärm aufzulösen droht.

Schließlich hocke ich unter der Bettdecke und rufe in gedämpfter Atmosphäre meine E-Mails ab.

Die Mondfrau contacting Jaromiro from Geocaching.com.
Hallo Jaro,
bevor wir zum T5-Abenteuer starten, solltest Du wissen, auf wen Du Dich einlässt. Wie wäre es also zunächst mit einem Rätsel?

Das Schicksal meint es ausnahmsweise gut mit mir! Als ich auf den Link zu dem Rätselcache klicke, stelle ich mir vor, dass mich die entschlüsselten Koordinaten zu einem romantischen Treffpunkt führen. Doch die Cache-Beschreibung ist alles andere als hilfreich:

Owner: Die Mondfrau
Schwierigkeit: drei Sterne
Terrainwertung: ein Stern
Beschreibung: Such das Ziel der Reise bei RG, Album 15, und rechne die Koordinaten anhand der Formeln aus.
Hinweis: italienisch

Ich lese den Text mindestens zwanzig Mal, ohne das Geringste zu kapieren. Schließlich werfe ich die Bettdecke ab und rufe Alex an. Doch ich lande auf der Mailbox. Was ist mit Alex los? Seit Tagen habe ich ihn nicht gesprochen und frage mich, was ihn so sehr beschäftigt, dass sein Anschluss entweder besetzt oder nicht erreichbar ist. Ich ziehe mir die Decke wieder über den Kopf und versuche, den Worten ihren Sinn zu entlocken, stelle Buchstaben um, verwandle sie in Zahlen, aber auch nach einer Stunde bin ich so ratlos wie zuvor. Ich brauche jemanden, der sich auskennt. Einen, der nicht lockerlässt, bis er das Rätsel geknackt hat. Ich brauche Ben! Kurz entschlossen drucke ich die Cache-Beschreibung aus und verlasse die Baustelle.

»Die Lage ist nicht gerade ideal, aber dafür zahle ich keine Miete, weder für den Laden noch für die Wohnung im ersten Stock«, hat mir Ben seinen Entschluss erklärt, in einem der Häuser seines Vaters einen Comicbuchladen zu eröffnen. Wider Erwarten hat sich Bens Domizil hinter der unscheinbaren Fassade seitdem zu einem Geheimtipp unter den Comicfreaks gemausert.

Ich stoße die mit Plakaten zugekleisterte Tür auf und trete zu den Klängen von Batmans Ouvertüre in Benjamin Kossietzkys Universum ein. Der Duft nach frisch Gedrucktem vermischt sich mit dem Verwesungsgeruch der antiquarischen Comicecke. Ein Eldorado für Sammler von alten Ausgaben der Sechziger- und Siebzigerjahre. Weiß der Teufel, aus welchen geheimen Quellen Ben diesen Fundus organisiert hat. Ich lasse die lebensgroße Superman-Statue links liegen und schlängle mich an Tischen mit Merchandisingprodukten vorbei zum Verkaufstresen. »Hey, Ben!«

Er blickt auf und streicht eine blonde Strähne zurück, die sich aus seinem Zopf gelöst hat. »Hallo, Fremder.« Dann fährt er ungerührt fort, neu gelieferte Hefte aus Kartons zu packen und auf dem Tresen zu stapeln.

Ich lasse den Blick über die vollgestopften Regale schweifen und nicke anerkennend. »Hat sich ja ganz schön was getan, seit ich das letzte Mal hier war.«

»Ja, die Weihnachtsdeko ist weg.« Er nimmt einen Stapel Hefte und zwängt sich mit gesenktem Kopf an mir vorbei.

»Komm schon, Ben! Wir kennen uns, seit du mir im Sandkasten die Schaufel auf den Kopf gehauen hast. Was sind da schon ein paar Monate?«

»Sechsundzwanzig«, knurrt er. »Wir kennen uns genau sechsundzwanzig Jahre! Jedenfalls seit vorletzter Woche Dienstag, falls dir das was sagt!«

Mist! Unser erster Kindergartentag fällt mir ein: Ben, der eine Papierkrone mit goldener Vier trägt, auf dem mit Federn geschmückten Thron vor seiner Geburtstagstafel. Es ist eine der Erinnerungen, von denen man nicht weiß, ob sie von einem selbst stammen oder ob sie so präsent sind, weil später immer wieder davon berichtet wurde. Hand in Hand stehen wir auf der Schwelle zum Gruppenraum, alle Augen richten sich auf uns, und Ben, damals noch das blasseste und schmächtigste Kind von allen, kräht: »Welcher von euch ist geklont?«

»Der Klon bin ich, wenn nicht sogar eine schlechte Kopie.« Fast hätte ich es laut gesagt, reiße mich aber im letzten Moment zusammen. »Sorry, Mann. An Geburtstage zu denken war immer Miros Part...«, murmle ich stattdessen.

Ben bleibt abrupt stehen. »Verdammte Scheiße! Hörst du dir selber eigentlich zu?« Er dreht sich um und blitzt mich wütend an. »Was ist mit deinem eigenen Geburtstag? Wirst du ihn verbringen wie immer? Oder sollte ich besser sagen, ihn hinter dich bringen? Mensch, Alter, fang endlich an, dein eigenes Leben zu leben!«

Ich schlucke. »Tut mir leid«, würge ich hervor und versuche nicht, mich zu rechtfertigen. Es stimmt ja, was er sagt. Aber nicht einmal Ben wird es je wirklich verstehen, wie es ist, nur noch ein halber Mensch zu sein. »Wenn dir der rechte Arm amputiert worden wäre, oder meinetwegen ein Teil deines Gehirns, dann würde das auch nicht wieder nachwachsen.« So habe ich es einmal zu erklären versucht. Fakt ist, dass ein Teil von mir fehlt, unwiderruflich und für immer.

Ben mustert mich prüfend, und ich weiß, dass er mal wieder ahnt, was in mir abläuft. »Ich vermisse ihn auch.« Er atmet tief durch. »Aber das musste einfach mal gesagt werden!« Damit legt er die Magazine ab und reißt mich in seine Arme. »Ich glaub's einfach nicht. Ein Hundeblick von dir, und du hast mich so weit, dass ich dich bemitleide, obwohl ich allen Grund habe, sauer auf dich zu sein.«

Ich klopfe ihm auf den Rücken. »Alter, dass ich ausgerechnet deinen Dreißigsten vergessen habe, ist echt unverzeihlich. Es ist nur so, dass Sarah und ich …«

Er schiebt mich von sich, hält aber meine Oberarme umklammert. »Lass mich raten: Sarah hat dich endlich so weit, dass du bei ihrem Onkel anfängst, und demnächst baut ihr eine Doppelhaushälfte.« Er deutet mit dem Kinn auf eine signierte Zeichnung von mir, die eingerahmt hinter dem Tresen an der Wand hängt. »Oder suchst du etwa nach deiner verschütteten Existenz?«

»Sarah und ich sind nicht mehr zusammen.«

Ben verzieht das Gesicht. »Shit! Fettnapf, oder?«

Ich zucke mit den Schultern. »Schnee von gestern.«

Endlich lässt er mich los. »Aber für die Werbefuzzis arbeitest du noch, oder hast du auf den rechten Weg zurückgefunden?«

»Mit irgendetwas muss ich schließlich Geld verdienen.«

Er grinst. »Du weißt, dass ich es nicht ernst meine. Außer das mit dem rechten Weg natürlich. Solltest du irgendwann etwas Größeres als diese lächerliche *Scripped*-Reihe zustande kriegen, organisiere ich gerne eine Signierstunde.«

»Wenn es so weit ist, bist du der Erste, der es erfährt. Aber heute bin ich wegen einer anderen Sache hier.« Ich hole die Cache-Beschreibung aus meiner Tasche und breite sie auf dem Verkaufstresen aus. »Kannst du damit was anfangen?«

Ben beugt sich über das Blatt. »Ein Mystery?«

»Ich bin normalerweise nicht schwer von Begriff, aber das hier erschließt sich mir nicht einmal ansatzweise.«

Er fährt mit dem Finger über das Rätsel, das ich inzwischen auswendig kann. Dann schüttelt er langsam den Kopf. »Kannst du mir das hierlassen? Zum Einweichen?«

»Klaro!«, sage ich und kann mir ein Grinsen nicht verkneifen. Seit jeher behauptet Ben, man müsse das Gehirn nur lange genug in ein Problem einweichen, bis es quasi ein Teil davon geworden ist. Dann würde sich die Lösung ganz natürlich einstellen. Bei Ben scheint das zu funktionieren, denn bisher hat er noch jedes Rätsel geknackt.

Ben faltet den Zettel zusammen und schiebt ihn in die Gesäßtasche seiner Jeans. »Sobald ich was habe, rufe ich dich an.«

»Du bist der Beste!« Erleichtert atme ich aus und stütze die Hände auf dem Tresen ab, als mir die Gegenstände auffallen, die in der Schublade unter der Glasplatte liegen. »Seit wann hast du Geocaching-Zubehör im Sortiment?«

»Die Travelbugs? Seit ein paar Wochen. Brauchst du einen?« Ben nimmt eine der Metallmarken heraus, hängt die schmale Kugelkette über seinen Daumen und lässt das Aluminiumplättchen baumeln. In Größe und Form ähnelt es einer Militärerkennungsmarke. Wenn das aufgedruckte Geocaching-Logo und das Käfersymbol nicht wären. »So bin ich schon einige von diesen kleinen Comicfiguren aus Plüsch oder Gummi losgeworden. Einfach 'ne Marke dran, und zack – fertig ist der Travelbug!«

Lachend schüttle ich den Kopf.

Plötzlich wieder ernst, legt Ben den Travelbug zurück. »Rodriguez ist noch unterwegs, oder?«

Ich nicke, und ein vielsagendes Schweigen breitet sich zwischen uns aus.

Er lacht auf. »Schon komisch, dass zwei erwachsene Typen sich Sorgen machen, wo ein kleines Plüschtier aus ihrer Kindheit abgeblieben ist, oder? Das klingt, als wären wir immer noch nicht über das Sandkastenalter hinaus.«

Ich zucke mit den Schultern. Ben ist der Einzige, dem ich von dem Versprechen erzählt habe. Stimmt nicht ganz, korrigiere ich mich. Seit Kurzem weiß ja auch Said Bescheid. Bei Ben und Said kann ich sicher sein, dass sie mich nicht für bekloppt erklären, weil ich den Talisman meines toten Bruders durch die Welt schicke. Nicht einmal meine Mutter weiß davon. Sie würde sowieso nicht verstehen, warum das so wichtig für mich ist.

Ich weiche einem Laster aus, der sich langsam durch die enge Einfahrt schiebt, und beobachte, wie er im Hof ein rostiges Containerungetüm ablädt. Mein Blick wandert über die nahezu komplett eingerüstete Fassade zum Dach, auf dem bereits drei Handwerker herumturnen. Als die ersten Dachziegel in den Container knallen, halte ich einen der Arbeiter an. »Ich dachte, es sollten nur ein paar kaputte Ziegel ersetzt werden!«

Er schüttelt den Kopf. »Komplettsanierung. Hier kommt alles runter, wird neu gedämmt und eingedeckt.«

Ich spüre Panik in mir aufsteigen. »Wer hat Sie denn beauftragt? Herr Schrader?«

»Keine Ahnung. Da müssen Sie den Chef fragen.« Er deutet auf einen Mann in brauner Latzhose, der gerade jemandem die Hand schüttelt, dem ich lieber nicht über den Weg laufen möchte: Kowalski. Doch ehe ich den Rückzug antreten kann, hat mein Vermieter mich entdeckt.

»Da sind Sie ja! Ich habe vorhin schon bei Ihnen geklingelt!« Sein Doppelkinn unter dem Schnauzbart zittert vor Erregung, mit großen Schritten stürmt er über den Hof. Reflexartig drücke ich die Haustür auf und spurte, zwei Stufen auf einmal nehmend, die Treppe hoch. Als ich den dritten Stock erreiche, renne ich in Luna, die sich gerade mit ihrer Zeichenmappe aus Saids Wohnungstür schiebt. Wir prallen so heftig zusammen, dass sie gegen die Wand geschleudert wird und die Mappe auf den Boden klatscht.

»Verdammt, was machst du denn hier?«, keuche ich, bücke mich nach der Mappe und sehe im nächsten Moment Sterne. »Kannst du nicht aufpassen?« Luna reibt sich die Stirn und boxt mir gegen die Schulter, als Kowalski auch schon die Treppe hochgeschnauft kommt.

»Jetzt warten Sie doch!« Er tupft sich mit einem Taschentuch den Schweiß von der Stirn. »Wenn ich gewusst hätte, dass Sie sich gleich vom Dach stürzen würden ...« Kowalski fasst mich vertraulich am Ellbogen und senkt die Stimme: »Herr Schrader hat mich ins Bild gesetzt. Ihr Nachbar hat ihm erzählt, dass er Sie gerade noch in die Wohnung zurückholen konnte. Also, wenn es um die Miete geht – man kann doch über alles reden! Schließlich bin ich kein Unmensch!«

»Oh, ähm ...« Ich werfe einen Blick über seine Schulter auf Luna, die mich mit weit aufgerissenen Augen anstarrt.

»Ich geh dann mal!« Sie klemmt sich die Mappe unter den Arm und poltert abwärts.

Ich lade Kowalski auf ein Glas Wasser ein, und nachdem sich sein Blutdruck normalisiert hat, erklärt er mir, dass er das Dach sowieso hätte erneuern lassen, nimmt mir das Versprechen ab, mich nicht in den Tod zu stürzen, und sichert mir sogar einen weiteren Monat Mietaufschub zu. »Ein Kerl wie Sie kriegt das doch in den Griff!«, meint er, als ich ihn zur Tür bringe. Im Treppenhaus dreht er sich noch einmal zu mir um. »Die Dachziegel muss ich Ihnen allerdings in Rechnung stellen, das verstehen Sie sicher.« Das Lächeln in meinem Gesicht schrumpft zusammen. Naiv, zu glauben, dass jemand wie Kowalski sich plötzlich in einen Wohltäter verwandelt.

Nachdem die Haustür hinter meinem Vermieter ins Schloss gefallen ist, drücke ich so lange auf Saids Klingel, bis er öffnet. »Was hast du Schrader erzählt?«

Said setzt eine unschuldige Miene auf. »Warum?«

»Kowalski war hier. Schrader hat ihm gesagt, ich wollte mich umbringen!«

Er zuckt mit den Schultern. »Kann ich dafur, wann er

falsch versteht?« Dann zeigt er auf meine Stirn. »Ist das ein Beule?«

»Ich bin mit Luna zusammengestoßen. Sie kam aus deiner Wohnung! Was wollte sie denn bei dir?«

Er grinst. »Sie is mein spezielle Freundin, you know?«

»Du weißt schon, dass sie mit Alex zusammen ist?«

»Das ist nicht, was du denkst!«

»Ja klar – sie hat ja auch nur ›so schone Augen‹!«

Er schnaubt. »Sie hat mich gefragt, ob ich ein Job haben will.«

»Einen Job?«

»Aber ich muss daruber denken erst. Okay?« Er gähnt. »Und jetzt ich muss noch schlafen ein bisschen, bevor ich geh zu Arbeit. Tschuss!« Damit schließt er die Tür und lässt mich ratlos im Treppenhaus zurück. Warum werde ich das Gefühl nicht los, dass Said etwas im Schilde führt?

14

»Jaro, amico mio. Dein Cappuccino.« Cosmo stellt die Tasse vor mir ab und wischt über die Tischplatte. Er wirkt irgendwie abwesend und linst immer wieder nervös auf die Uhr.

Ich sehe von meinen Skizzen auf. »Was ist los?«

»Luna wollte mich vertreten, während ich beim Arzt bin, aber sie kommt einfach nicht!«

»Ruf sie doch an.«

»Hab ich schon. Mehrmals sogar. Aber sie geht nicht ran. Langsam mache ich mir echte Sorgen um sie.«

»Wahrscheinlich hat sie es nur vergessen.«

Er schüttelt den Kopf. »Gegen Mittag war sie erst hier und hat noch mal gesagt, dass die Sache klargeht. Sorgen macht mir eher der T5-Cache, den sie unbedingt aufspüren wollte. Ich meine, nicht dass da was passiert ist.«

Ich runzle die Stirn. »War sie allein?«

»Keine Ahnung. Vorhin hatte sie nur Ossi dabei.«

»Na, der scheint ja öfters mit ihr Cachen zu gehen.«

Cosmo sammelt Gläser vom Nachbartisch ein und zuckt mit den Schultern. »Wer ist schon gerne allein im Wald unterwegs?« Er hebt das Tablett an und räumt den nächsten Tisch ab.

»Wann wart ihr denn verabredet?«, rufe ich ihm hinterher.

»Sie wollte schon vor einer Stunde hier sein, so um drei, damit ich sie einweisen kann.«

Ein mulmiges Gefühl beschleicht mich, das sich verstärkt, als ich sie anrufe, aber nur ihre Stimme auf der Mailbox höre.

Ich folge Cosmo zur Theke. »Hat sie dir gesagt, welchen Cache sie machen wollte?«

Er hält ein Glas unter den Zapfhahn. »Irgendwo im Deister, glaube ich. Der Cache heißt Drachenfelsen, Drachenburg oder so ähnlich.«

»Geht es vielleicht etwas genauer?« Ich wundere mich selbst über den genervten Unterton. Und über das dringliche Gefühl, das mich antreibt.

Cosmo zieht einen Papierkorb unter der Kasse hervor und wühlt darin herum. »Sie hat einen Ausdruck vom Cache weggeworfen, weil sie die Beschreibung ja auf dem GPS hat. Ich kann hier nicht weg, aber wenn du sie suchen würdest, wäre mir etwas wohler. Da ist er!« Vorsichtig zieht er einen zerknüllten Papierball auseinander und streicht ihn glatt. »Drachenstein«, lese ich. Ein T5er in einer Felswand.

»Hier!« Cosmo schiebt mir sein GPS-Gerät über den Tresen. Noch während ich die Koordinaten eingebe, rufe ich Alex an, aber wie so oft in letzter Zeit geht er nicht ran. Verärgert lege ich auf, ohne eine Nachricht zu hinterlassen. Dann mache ich mich eben allein auf die Suche.

Nach einer halben Stunde Fahrt biege ich in einen schmalen Forstweg ein und finde nach weiteren drei Kilometern Lunas Mini, der vor einem Schlagbaum parkt. Ich steige aus und lege die Hand kurz auf die kalte Motorhaube ihres Wagens. Das mulmige Gefühl verstärkt sich. Wenn sie schon mittags aufgebrochen ist, muss der Mini seit Stunden hier stehen!

Ich stopfe mein Handy in die Hosentasche und schnappe mir das GPS. Als ich in Pfeilrichtung durch den Wald stapfe, überkommen mich plötzlich Zweifel. Was, wenn sie Cosmo doch vergessen hat und seelenruhig nach dem Cache sucht, während ich wie ein Idiot hinter ihr herlaufe? Aber das wäre gar nicht Lunas Art!

Ich wische alle Bedenken beiseite und eile weiter.

Der Weg wird schmaler und führt in einer scharfen Rechtskurve steil bergauf. Nach kurzem Anstieg lichtet sich der Wald, und ich erreiche eine Hügelkuppe, auf der ein riesiger Findling aus dem Boden ragt. *Drachenstein.* Noch achtzehn Meter. Der Pfeil auf dem Display führt mich an eine Reihe struppiger Weißdornbüsche. Irgendwo dahinter muss es sein. Zwei Meter weiter sehe ich eine verdächtige Schneise, die von abenteuerwilligen Hardcorecachern stammen könnte. Ich biege die dornigen Zweige vorsichtig zur Seite und zwänge mich durch die Lücke. Mein Instinkt hat mich nicht getäuscht: Nach wenigen Schritten stolpere ich fast über das Seil.

Lunas rotes Kunststoffseil ist am Stamm einer einzelnen Buche festgemacht, wahrscheinlich die höchste Erhebung auf diesem gottverlassenen Hügel. Von dort aus spannt es sich bis zu der Kante einer Schlucht und verschwindet im Nirgendwo.

»Luna?«, krächze ich mit trockenem Mund und taste mich näher an die Bruchkante heran, wo sich die Vegetation tückisch über den Abgrund geschoben hat. Ein unbedachter Schritt, und es geht abwärts. Der kalte Schweiß bricht mir aus. Auf einmal fühle ich mich, als würde der Boden schwanken, meine Knie geben nach, und ich sacke zu Boden.

Keinen Zentimeter kann ich weiter. Ich weiß, was mich da unten erwartet. Ein Felsen. Und darauf ein regloser Körper. Ich weiß es.

Ein Windstoß fährt durch die Baumwipfel, treibt einzelne Wolken vor sich her und verursacht ein hohles Pfeifen an der Felswand. Ansonsten ist es unheimlich still. Genauso wie damals.

Doch dann ein Geräusch, ein Scharren. Das Echo eines Schluchzers schallt zu mir nach oben. Auf allen vieren krieche ich zu der Stelle, wo das Seil zwischen zwei Gesteinsbrocken nach unten führt. Himmel, sie wird sich doch nicht ohne Partner abgeseilt haben? Wo ist dieser Ossi? Ich werfe einen Blick in die Schlucht und zucke zurück. Es ist wie befürchtet. Dicht belaubte Bäume unter mir versperren den Blick auf den Grund. Und da unten liegt … Verdammt noch mal! Reiß dich zusammen!

»Luna!«, rufe ich, nun etwas lauter. Angst schnürt mir die Kehle zu. Warum zum Teufel antwortet sie nicht?

Als ich mich bäuchlings über die Kante schiebe, eine schweißnasse Hand an dem stramm gespannten Seil, lösen sich kleine Gesteins- und Erdbrocken und prasseln in die Tiefe. Unwillkürlich ziehe ich den Kopf ein. Schwindel macht sich unter meiner Schädeldecke breit, schwarze Punkte tanzen in meinem Blickfeld. Ich schließe die Augen, atme ein paarmal tief durch, um die aufkeimende Übelkeit niederzudrücken. Mein Herz hämmert, mein Atem geht stoßweise, aber ich schiebe mich noch ein paar Zentimeter vor und zwinge mich, nach unten zu sehen. Dann entdecke ich sie, und der Schreck durchfährt mich bis in die Zehenspitzen.

Etwa acht Meter unter mir sehe ich Lunas weißen Helm aufblitzen. Sie hängt wie leblos in der Wand, ihre Hände umklammern das Seil so fest, dass die Knöchel bleich hervortreten. »Luna!«, schreie ich und suche hektisch die glatte Felswand unter ihr ab. Von ihrem Partner keine Spur. Ist sie überhaupt bei Bewusstsein? Warum bewegt sie sich nicht?

Doch dann tasten ihre Füße fahrig nach Halt, finden aber nur glatten Fels. »Luna, antworte, verdammt noch mal!«, brülle ich so laut, dass ich mich selbst vor dem Echo erschrecke.

Endlich hebt sie mir ihr schweißglänzendes Gesicht entgegen, die Augen dunkel vor Angst und Erschöpfung. »Jaro?«, lese ich von ihren rissigen Lippen. Himmel, wie lange hängt sie schon so da?

Dann ein verzweifelter Schrei. »Jaro! Hilf mir!« Stöhnend bäumt sich Luna auf, stemmt die Beine gegen den Fels und versucht, sich nach oben zu katapultieren, aber ihre Füße rutschen von der glatten Wand ab.

»Was ist passiert?«, frage ich mit zittriger Stimme. »Wo ist dein Partner?«

Sie schüttelt den Kopf. »Ich bin allein. Das Seil ist verklemmt, ich komme nicht vor und nicht zurück! Diese Sicherungsleine, du weißt schon …«, sagt sie gepresst.

»Die Prusikschnur?«

Ich sehe den Helm nicken. »Ist im Achter stecken geblieben.«

Sofort habe ich wieder Rons Stimme im Ohr. »Du knüpfst deinen Kurzprusik um beide Seilstränge und hängst sie mit dem Karabiner in eine der Beinschlingen ein. Wenn du abseilst, führst du mit der Bremshand den Prusikknoten mit. Sobald du den Knoten loslässt, blockiert dieser das Seil. Ganz wichtig: Eure Prusikschlinge muss so bemessen sein, dass sie nicht in das Abseilgerät laufen kann, sonst habt ihr ein Problem!«

Heilige Scheiße!, denke ich, während Luna verzweifelt versucht, sich an der Felswand nach oben zu stemmen, und gleichzeitig an der Schnur zerrt, die sich im Abseilgerät festgefahren hat. Sie ist in ihrer eigenen Sicherung gefangen!

»Kannst du den Knoten irgendwie entlasten?«

»Was glaubst du, was ich die ganze Zeit versuche?«, keucht sie.

»Und wenn du mit der Handsteigklemme ein Stück wieder aufsteigst …«

»Hab nur leider keine dabei«, unterbricht sie mich.

Unwillkürlich entweicht mir ein Stöhnen.

»Schön blöd, ich weiß«, gibt sie kleinlaut zu.

Ich überlege fieberhaft. Gibt es irgendeine andere Möglichkeit, wie sie sich befreien kann? »Denk nach!«, ermahne ich mich. Ich ignoriere das Rauschen in meinen Ohren, als ich meine Arme über den Abgrund strecke und nach dem Seil greife, das wie eine Nabelschnur die einzige Verbindung zwischen Stillstand und Absturz darstellt. In meiner Verzweiflung schiebe ich die Finger unter das stramme Seil und zerre daran. Vielleicht kann ich sie ja hochziehen? Aber dafür fehlt mir jeglicher Halt, irgendetwas, an dem ich die Füße abstützen kann. Langsam schiebe ich mich zurück und lehne mich schwer atmend an den Baumstamm.

»Jaro – bist du noch da?« Sie klingt weinerlich, wie ein kleines Kind, das seine Eltern auf dem Rummelplatz verloren hat. »Ich kann nicht mehr!«

Erst jetzt fällt mir mein Handy wieder ein. Entschlossen ziehe ich es aus der Tasche, schiebe mich erneut zum Felsrand und schwenke erleichtert das Gerät wie eine Fahne. »Ich rufe die Feuerwehr!«, teile ich Luna mit. Doch dann starre ich ungläubig auf das Display. Kein Empfang – auch das noch! Benommen rapple ich mich auf, halte das Handy über meinen Kopf, drehe mich hektisch im Kreis. Ich renne zu dem Findling und stemme mich auf den rauen Fels, doch auch hier, wo der freie Himmel über mir schwebt und kaum Bäume um mich herum stehen, tut sich nichts. Das darf nicht wahr sein! »Verdammtes Funkloch!«, höre ich mich schreien und muss mich zurückhalten, um das Handy nicht wütend von mir zu schleudern. Resigniert kehre ich zu Luna zurück. Ich schlucke schwer, bevor ich ihr die Lage schildere.

»Und mein Handy liegt irgendwo da unten, ist mir aus der Hand gerutscht, das blöde Ding«, antwortet sie mit einem schrillen Lachen.

Mit zitternden Händen fahre ich mir übers Gesicht. »Hör zu, Luna. Ich gehe Hilfe holen. Du musst einfach nur durchhalten, ja?«

»Lass mich bloß nicht allein – Jaro, hörst du!« Ihre Stimme kippt und gleitet in einen panischen Schluchzer über.

So habe ich sie noch nie erlebt. Im selben Moment höre ich es in der Ferne grollen. Wind kommt auf, und ich sehe, dass sich von Osten eine Gewitterfront nähert. Nicht mehr lange, und hier bricht die Hölle los. Meine Gedanken überschlagen sich. Wie lange brauche ich zum Auto? Wie weit müsste ich fahren, um Handyempfang zu haben? Wie lange würde es dann dauern, bis die Feuerwehr endlich eintrifft? Wo genau befindet sich dieser verdammte Hügel überhaupt? Und schließlich: Wie lange kann Luna noch durchhalten?

Gequält stöhne ich auf. Denk nach, Jaromir!

Plötzlich schiebt sich ein Bild vor mein inneres Auge: die Kofferraumklappe meines Autos, wie sie sich öffnet und den Blick auf Alex' Kletterausrüstung freigibt. Siedend heiß fällt es mir ein: Ich habe vergessen, sie ihm zurückzugeben! In meinem Kopf dreht sich alles. Ich kann doch unmöglich … Wo mir doch schon beim Herunterschauen übel wird!

Erneutes Donnergrollen durchbricht meine Gedanken. Ich höre Luna schluchzen, höre das schabende Geräusch ihrer Füße, die am Fels abrutschen, und loses Gestein, das in die Tiefe stürzt. Da fasse ich einen Entschluss.

Ich räuspere mich und versuche, meiner Stimme einen festen, zuversichtlichen Klang zu verleihen: »Luna, hörst du? Ich hole nur ein Seil aus dem Auto! Dann komme ich zurück und bringe dich nach unten!«

Als ich zu meinem Wagen haste, hallen die Worte in meinem Kopf nach. Habe ich das eben wirklich gesagt? »Verdammt, Jaro, du bist doch kein Held!«, murmle ich und ziehe im Laufen mein Handy aus der Tasche. Kein Netz. Lächerlich! Warum sollte es in dieser Senke zwischen den Bäumen einen besseren Empfang geben als auf dem Hügel! Ich stecke das Handy ein und laufe weiter. Die ganze Zeit muss ich an Luna denken, wie sie hilflos in der Wand hängt. Ich sehe ihr bleiches Gesicht vor mir, ihre großen dunklen Augen, als mich blitzartig das Wort überfällt: Hängetrauma! Was, wenn Luna in diesen lebensbedrohlichen Schockzustand gerät? Sie ist nicht ohnmächtig, beruhige ich mich. Sie bewegt sich! Trotzdem habe ich auf einmal das Gefühl, nur in Zeitlupe voranzukommen, obwohl ich den abschüssigen Weg regelrecht herunterfliege.

Am Auto angekommen, reiße ich sofort den Kofferraum auf und zerre mit zitternden Händen den Rucksack mit der Kletterausrüstung heraus. Was noch? Instinktiv greife ich nach meinem Taschenmesser, falls ich die verklemmte Schnur kappen muss. Im Handschuhfach finde ich noch zwei Powerriegel und stecke sie ein. Dann werfe ich mir den Rucksack über die Schultern und haste zurück auf den Hügel.

Das Flattern in der Magengrube verzehnfacht sich, als ich wieder am Klippenrand ankomme. Die bleigraue Wolkenwand ist näher gerückt, in der Ferne zucken schon einzelne Blitze. Während ich in den Klettergurt steige und den Helm aufsetze, mahne ich mich zur Ruhe und versuche, mich an das Manöver »Rettung am Seil« zu erinnern, das ich letzte Woche im Kurs gelernt habe.

»Jaro?« Lunas angstvolle Stimme reißt mich aus den Gedanken.

»Ich bin hier!«, brülle ich gegen den Wind an. »Ich komme gleich runter und hole dich!« Dann schließe ich die Augen, atme tief ein und aus und versuche, mich zu konzentrieren. Schritt für Schritt beschwöre ich die Bilder aus dem Kletterkurs herauf und male sie auf meine geschlossenen Lider. Bis dieser Tunnelblick einsetzt, der immer entsteht, wenn ich fieberhaft zeichne, wenn ich völlig drin bin in einer Story. Er hüllt mich ein und suggeriert mir, dass ich mich auf sicherem Terrain bewege. Und plötzlich werde ich ganz ruhig. Ich öffne die Augen und lege Seile, Karabiner und alles, was ich sonst noch brauche, fein säuberlich vor mir auf dem Boden ab, wie ich es oft mit meinen Zeichenstiften tue.

Da der Baum, an dem Luna hängt, als einziger Fixpunkt zur Verfügung steht, befestige ich mein Kletterseil ebenfalls dort. Nachdem ich es in das Abseilgerät eingelegt habe, hänge ich das Seil mit einem Karabiner in den Klettergurt ein. Das alles gelingt mir besser als erwartet, und nun bin ich dankbar, dass Ron uns die Knoten und Handgriffe bis zum Erbrechen wiederholen ließ. Schließlich werfe ich das Seil nach unten und bete, dass ich alles richtig gemacht habe.

Als ich noch in der Selbstsicherung hänge und einen Blick in die Tiefe riskiere, muss ich wieder gegen Schwindelgefühle ankämpfen. Das kann ich mir jetzt nicht leisten! Besser nur nach oben schauen! »Konzentrier dich, Jaro!«, zische ich mir durch die Zähne zu. Lunas Leben hängt davon ab, ob ich das hier schaffe – von meinem eigenen ganz zu schweigen. Überdeutlich spüre ich, wie das Blut in meinen Schläfen pocht, ich unterdrücke das Zittern in den Händen und packe das Seil noch ein bisschen fester. Wäre ich Spiderman, dann könnte ich mich einfach in den Abgrund stürzen und Luna in mein Netz spinnen. Aber ich bin nur ein Normalsterblicher. Dessen war ich mir noch nie so bewusst wie in diesem Augenblick!

Als ich endlich am Fuß der Felswand lande, sacke ich auf die Knie. Sobald ich Luna aus ihrer misslichen Lage befreit hatte, konnte sie sich selbst weiter abseilen. Nun hockt sie wie ein Häufchen Elend neben mir auf dem Boden.

»Was, zum Henker, hast du dir dabei gedacht? Was, wenn ich dich nicht gefunden hätte?«, blaffe ich sie an.

»Stopp!« Sie hebt die Hand, als wollte sie einen Bus zum Halten zwingen. »Du hast ja recht, aber anstatt mich anzuschreien …« Sie schluckt schwer. »Kannst du mich einfach mal in den Arm nehmen?« Schwankend versucht sie aufzustehen, doch ihre Beine knicken weg. Ehe sie fällt, habe ich sie gepackt und an mich gezogen.

Der schmutzige Helm fühlt sich unter meinem Kinn wie Sandpapier an, doch ich drücke sie ganz fest, bis das Zittern nachlässt. Ein Blitz zischt über den bleigrauen Himmel, der Donner folgt einen Sekundenbruchteil später. Dann öffnet der Himmel seine Schleusen, Regen rauscht auf uns nieder. Im Nu sind wir klatschnass. Und dann prasseln Hagelkörner wie scharfe Nadeln auf unsere Haut, springen von unseren Helmen.

»Da hinein!«, brülle ich gegen das Trommeln an. Wir kriechen unter einen Felsvorsprung, drücken uns in eine schmale Höhlung in der Wand. Zwischen Geröll, schwarzer Erde und Baumwurzeln hocken wir eng nebeneinander wie verlorene Kinder.

Lunas Kopf sinkt schwer auf meine Schulter. Ihr Helm kratzt an meiner Wange, die Nässe sickert durch meinen Hosenboden, meine Glieder schmerzen, aber gleichzeitig breitet sich eine zufriedene Mattigkeit in mir aus. Und auf einmal weiß ich, dass es dieses Gefühl sein muss, wonach Helden streben. Wenn die Anspannung abfällt und man realisiert, dass man es geschafft hat.

Irgendwann hört es auf zu hageln. Nur der Regen rauscht unvermindert vom Himmel, rinnt in Sturzbächen an unseren Füßen vorbei. Aber der Felsen über uns schützt uns, und die Nische ist windabgewandt. Ich nestle die Powerriegel aus meiner Tasche und reiche einen an Luna weiter. »Sobald es weniger wird, machen wir uns auf den Weg.«

Luna streckt den Arm aus, fängt Regenwasser in der hohlen Hand und trinkt. Sie verzieht das Gesicht. »Schätze, du hast mir das Leben gerettet.«

Ich knuffe sie an den Arm. »Hey, Manga-Mädchen, mit dir wie der Hase in der Grube zu sitzen, allein dafür hat es sich gelohnt!«

»Im Ernst: Wenn ich mir vorstelle, jetzt immer noch da oben zu hängen …« Sie schaudert. »Ich war ziemlich blöd, oder?«

»Ziemlich«, gebe ich ihr recht.

»Manchmal wären Superkräfte gar nicht schlecht«, sinniert sie. »Wie Spiderwoman mühelos an Wänden hochkrabbeln und sich an Spinnenfäden abseilen. Einfach unsterblich sein, wie alle Comicfiguren.«

»Unsterblich sind nur die wenigsten«, murmle ich.

Sie hebt den Kopf von meiner Schulter. »Doch, das sind sie! Und dazu noch alterslos. Tim und Struppi zum Beispiel haben Hergé längst überlebt. Die Superhelden aus den Vierzigerjahren werden immer wieder neu erfunden, auch wenn ihre Schöpfer längst tot sind.«

»Oder sie leben in ihren Figuren weiter.«

»Ist es das, was du willst? Unsterblich sein?«, fragt Luna.

»Wozu mühen wir uns sonst ab?«, schnaube ich, »und werden nicht einfach Buchhalter, Schuhverkäufer oder Taxifahrer, anstatt uns von den kleinen Biestern terrorisieren zu lassen? Und dann überleben sie uns auch noch. Das ist doch irre!«

»Und doch wünscht du dir nichts sehnlicher. Oder?«

Ich zucke mit den Achseln und weiß doch, dass sie recht hat.

»Der Regen hat aufgehört«, sagt Luna. Es klingt fast so, als würde sie es bedauern.

Ich schäle mich aus der Umklammerung der Felsnische und ziehe sie hoch. »Wirkt der Powerriegel? Oder soll ich dich tragen?«

Lächelnd schüttelt sie sich die Beine aus. »Lass mal! Nachher begegnen wir noch einer blonden Waldfee, und ich lande wieder auf dem Boden.«

Wir umrunden den Hügel ein Stück und steigen einige Meter neben der Wand durch den Wald wieder nach oben. Unsere Füße versinken im Matsch, als wir uns den Hang hinaufkämpfen. Immer wieder droht Luna abzurutschen, und als wir endlich oben ankommen, lässt sie sich auf den Boden fallen. »Nur einen Moment«, keucht sie.

Ohne auf ihre Proteste einzugehen, hieve ich sie mir auf den Rücken und trage sie den Rest des Weges. Als wir endlich die Autos erreichen, ist es bereits stockdunkel. Luna ist so erschöpft, dass sie nicht widerspricht, als ich sie einfach in den Alfa verfrachte. Wie eine nasse Katze rollt sie sich auf dem Sitz zusammen und dämmert sofort weg.

Vor dem Wohnheim rüttle ich sie wach. »Da wären wir.«

Luna reibt sich die Augen und sieht sich verwirrt um.

»Du bist eingeschlafen, und da dachte ich mir, ich bringe dich erst mal nach Hause.«

Hektisch durchsucht Luna ihre Taschen, findet aber nur ihren Autoschlüssel. »Na großartig«, stöhnt sie. »Mein Hausschlüssel liegt im Auto. Und dieses Wochenende sind mal wieder alle meine Mitbewohner ausgeflogen.« Zitternd verschränkt sie die Arme. »Und ich hab mich so auf eine heiße Dusche gefreut!«

Ohne nachzudenken, lege ich den ersten Gang ein. »Duschen kannst du auch bei mir. Und um den Rest kümmern wir uns morgen.«

Das Sofa ist unbequem und eigentlich zu kurz für mich. Ich werfe die Wolldecke ab und richte mich auf. Um schlafen zu können, bin ich sowieso viel zu aufgekratzt. Wenn ich die Augen schließe, sehe ich nur wieder Luna regungslos in der Wand hängen, durchlebe noch einmal den Augenblick am Rande des Abgrunds.

So leise es geht, schleiche ich zum Schlafzimmer und werfe einen Blick durch den Türspalt. Luna schläft. Es fühlt sich gut an, sie in Sicherheit zu wissen.

Im Arbeitszimmer knipse ich die Schreibtischlampe an und nehme mir noch einmal die Geocaching-Charaktere vor. Doch Lunas Gesicht, ihre erschöpften dunklen Augen, die mir unter dem Helm entgegenblicken, lässt mich nicht los. Ich greife mir ein neues Blatt und halte die Szene in der Felswand darauf fest, doch irgendetwas an ihrem Gesicht ist noch nicht stimmig.

Leise stehle ich mich als Gast in mein Schlafzimmer. Lunas Haar ist noch feucht vom Duschen und glänzt im Mondlicht wie eine frisch geschlüpfte Kastanie.

Ich lasse mich auf den Fußboden sinken, lege den Zeichenblock auf die Knie und skizziere ihr entspanntes Gesicht, die hohen Wangenknochen, die halb geöffneten Lippen, die feinen Schatten unter ihren Wimpern.

Schorse streift an mir vorbei, federt lautlos auf die Matratze und rollt sich am Fußende zusammen. Luna seufzt und dreht sich auf den Rücken. Das T-Shirt, das ich ihr geliehen habe, rutscht über ihre Schulter. Ich schlage eine neue Seite auf. Mein Stift fliegt über das Papier, fängt den Augenblick ein. Dermaßen versunken, merke ich erst nicht, dass sie mich ansieht.

»Jetzt verstehe ich«, murmelt sie. »Du bist ein Waldläufer, ständig auf der Suche nach Geocacherinnen in misslicher Lage. Du rettest sie und lockst sie in deine Höhle, um deiner Besessenheit nachzugehen. Wo ist das Zimmer mit den heimlichen Porträts schlafender Schönheiten?«

Ich sollte mich ertappt fühlen, aber erstaunlicherweise bin ich ganz ruhig. »Den Gang runter und dann rechts«, murmle ich und mache ein paar letzte Striche.

»Darf ich mal sehen?«

Statt einer Antwort klappe ich den Block zu.

Sie zieht die Beine unter der Decke an und richtet sich auf. Ihr Magen gibt ein Grollen von sich, und mir fällt ein, dass der Powerriegel an der Felswand ihre und auch meine letzte Mahlzeit gewesen ist.

Ich klemme mir den Zeichenblock unter den Arm und stemme mich hoch. »Wie wär's mit Spiegelei?«

»Klingt mehr als verlockend.« Sie schwingt die Beine aus

dem Bett und wickelt sich die Decke um die Hüften. »Hast du auch was zum Anziehen für … unten herum?«

Ich nehme eine Jogginghose aus meinem Schrank. Als ich sie ihr reiche, zieht sie mir den Block mit einem Ruck unter der Achsel weg.

Mit gemischten Gefühlen beobachte ich, wie sie sich zurück aufs Bett sinken lässt und die Skizzen begutachtet.

Der Kater steht auf und stakst über das Bett. »Schorse, komm!«, locke ich ihn. Doch das Biest dreht ab und reibt seinen Kopf an Lunas Ellbogen.

»Verräter«, murmle ich und verschwinde in die Küche, damit ich nicht länger auf Lunas gebeugten Nacken starre.

Ich hätte Alex anrufen sollen, damit er sie abholt. Warum bin ich nicht auf die Idee gekommen, sie gleich zu ihm zu bringen?

Barfuß, die Hosenbeine mehrfach umgekrempelt, tappt Luna in die Küche, setzt sich auf einen Hocker an die Arbeitsplatte und sieht mir zu, wie ich die Eier brutzle. »Ich bin so hungrig, dass ich ein halbes Schwein verputzen könnte«, sagt sie.

Ich belege zwei Brote mit Kochschinken und lasse die Eier daraufgleiten. »Guten Appetit.«

Das lässt sie sich nicht zweimal sagen, und ich beobachte grinsend, wie sie sich ein dickes Stück abschneidet und genüsslich in den Mund stopft. Kauend sieht sie sich in der Küche um und zeigt mit der Gabel auf die schwarze Wand. »Das ist wirklich krass! Ich dachte erst, Said wollte mich veräppeln. Wie kommst du nur auf solche … verwegenen Ideen?«

Ich zucke mit den Achseln. »Längst nicht so verwegen wie, sich alleine in einer gottverlassenen Gegend abzuseilen.«

»Dank Cosmo und dir ist es ja noch mal gut gegangen«, nuschelt sie und senkt den Blick.

»Ich kapier immer noch nicht, was dich geritten hat. Aber davon abgesehen: Hast du wenigstens den Cache geloggt?«

»Nein. Und eigentlich habe ich es auch nur gemacht, weil …«

Ich sehe sie forschend an.

»Ach, vergiss es! Können wir das Thema wechseln?«

Sie hebt herausfordernd das Kinn, und ich kann die gewohnten Stacheln förmlich wachsen sehen. »Wie läuft es denn zum Beispiel mit eurer Wette? Kriegt Alex das Auto, oder hast du noch Chancen, zu gewinnen?«

Gut. Bewegen wir uns also auf gewohntem Terrain.

»Das Treffen mit Mimi war etwas unglücklich, wie du weißt. Aber irgendwie scheine ich sie trotzdem beeindruckt zu haben.«

»Beeindruckt – soso!« Sie säbelt auf ihrem Teller herum. »Woran machst du das fest?«

»Sie hat mich über *Geocaching.com* kontaktiert. Unter einem anderen Cacher-Namen, den ihr Macker offenbar nicht kennt.«

Luna verschluckt sich. »Tatsächlich?«, krächzt sie.

»Bestimmt hat sie es satt, von ihrem Machoverlobten kontrolliert zu werden.«

»Aber heiraten will sie ihn trotzdem.«

»Zuletzt hörte sie sich nicht so an, als sei sie hundertprozentig von dieser Hochzeit überzeugt. Außerdem hat es ziemlich zwischen uns geknistert, und dann hat sie auch noch einen Rätselcache für mich versteckt. Das würde sie doch nicht machen, wenn sie kein Interesse hätte.«

Luna schnaubt. »Das hört sich für mich eher so an, als wollte sie dich auf Abstand halten.«

»Oder es ist ihre Art, sich mir zu nähern!«

Luna sieht mich nachdenklich an. »Und weshalb denkst du …« Sie wischt sich über die Stirn. »Ich kapier's nicht. Warum gehst du nicht einfach zu ihr und offenbarst ihr deine Gefühle? Was hält dich ab?«

»Weil ich nicht mit der Tür ins Haus fallen möchte! Immerhin hat sie mir ihre Adresse nicht freiwillig gegeben.«

Kopfschüttelnd trägt sie ihren Teller zur Spüle. »Du traust dich bloß nicht, und ich weiß auch, warum.«

»Na, da bin ich aber gespannt.« Ich lehne mich mit dem Hintern an die Arbeitsplatte und verschränke die Arme.

Sie dreht sich zu mir um und blitzt mich herausfordernd an. »Frauen wie Mimi, intelligent, selbstbewusst und gut ausgebildet – sie ist doch Ärztin, oder? –, solche Frauen machen den meisten Männern Angst!«

Ich schnaube. »Klar, ordne mich ruhig in deine Machoschublade ein. Es gibt auch Männer, die ihr Ego nicht daran festmachen, dass die Frau ihnen unterlegen ist. Davon abgesehen, glaube ich nicht, dass du beurteilen kannst, wie ich ticke!«

Das sitzt, und für eine Weile verschlägt es ihr die Sprache.

»Stimmt, dafür kenne ich dich eigentlich nicht gut genug«, sagt sie schließlich.

»War das gerade ein Zugeständnis oder bloß ein Versehen?«, spotte ich.

»Waffenstillstand – schon vergessen?« Sie gähnt in ihre hohle Hand und stößt sich von der Arbeitsplatte ab. »Außerdem hast du noch Retterbonus, und ich bin zu müde, um mich weiter mit dir zu streiten. Ich leg mich wieder hin.«

Auf der Türschwelle stoppt sie und dreht sich zögernd zu mir um. »Hör mal: Wenn ich dich schon so belagere … Da ist eigentlich genug Platz in deinem Kingsizebett. Mir macht es nichts aus, wenn du dich danebenlegst.« Verlegen rückt sie das T-Shirt zurecht, das schon wieder über ihre Schulter gerutscht ist.

Ich muss grinsen, weil mir auffällt, dass sie das gleiche Shirt anhat wie ich. »Wenn wir schon mal Partnerlook tragen …« Mit der Wolldecke vom Sofa folge ich ihr ins Schlafzimmer. Als sie sich die Jogginghose abstreift und unter die Decke schlüpft, erhasche ich einen Blick auf ihre schlanken Beine. Warum zeigt sie eigentlich nie, was sie zu bieten hat?

Neben Luna zu liegen fühlt sich an, als wäre ich in meinem eigenen Bett gestrandet. Etwas steif strecke ich mich unter der Wolldecke aus und versuche, mich nicht zu weit auszubreiten.

Obwohl ich hundemüde bin, will der Schlaf nicht kommen. Im Dunkeln kann ich ihre Silhouette erahnen. Sie liegt auf der Seite und präsentiert mir ihre Rückansicht. Ich halte die Luft an, lausche auf ihren Atem und frage mich, ob sie schon eingeschlafen ist, als sie sich abrupt auf den Rücken rollt.

»Jaro?«

»Mhm.«

»Was fasziniert dich wirklich an dieser Mimi? Ich meine, über sie weißt du doch auch nicht viel mehr als … beispielsweise über mich.«

»Sie ist attraktiv, schlagfertig, sportlich, intelligent … sie ist Geocacherin …«, zähle ich auf. Und verdammt sexy, füge ich in Gedanken hinzu.

»Hm …« Luna dreht sich wieder weg.

Ich räuspere mich. »Warum trägst du eigentlich immer diese schlabberigen Tarnklamotten? Du hast doch nichts zu verstecken.«

»Tue ich ja gar nicht! Jedenfalls nicht immer.«

»Aber ziemlich oft.«

»Vielleicht gefällt mir das einfach!«, sagt sie mit trotzigem Unterton.

»Glaube ich nicht.«

Seufzend dreht sie sich wieder zu mir. »Ich hab einfach keinen Bock, ständig angebaggert zu werden, besonders in der Uni. Es nervt mich, dass man immer erst über sein Äußeres definiert wird und nicht darüber, was für Fähigkeiten man hat. Außerdem mag ich bequeme Sachen! Man muss nicht ständig darüber nachdenken, wie man sich bewegt und ob da vielleicht gerade was verrutscht ist! Zufrieden?«

»Trägst du deshalb diese Nerdbrille? Um dich dahinter zu verstecken?«

Sie zuckt mit den Schultern. »Was wird das hier? Sag die Wahrheit, die Quizshow vor dem Einschlafen?«

»Warum nicht? Wir wechseln uns ab. Los, frag mich was!«

Sie richtet sich halb auf und stützt sich auf den Unterarm. Ich schiebe mir eine Hand unter den Kopf und warte.

»Was bedeuten die Stecknadeln auf der Karte über uns?«

Damit habe ich nicht gerechnet. »Nichts Besonderes. Nur die Route von einem Travelbug.«

»Rodriguez?«, fragt sie leise.

Ich schlucke. »Woher …«

»Ich hab in deinem Profil gestöbert«, unterbricht sie mich. »Echt unglaublich, dass er es bis nach Feuerland geschafft hat, ohne verloren zu gehen. Gibt es einen bestimmten Grund, warum er ausgerechnet dahin reisen sollte?«

»Ich hab's jemandem versprochen«, antworte ich und bin froh darüber, dass der Vollmond von Wolken verdeckt wird, sodass sie mein Gesicht wahrscheinlich nur schemenhaft sieht. »Ich bin dran«, sage ich schnell und schiebe die erste Frage hinterher, die mir in den Sinn kommt. »Wann hast du das Bild gezeichnet, das ich in deiner Mappe gesehen habe? Und warum?«

Sie zögert. »Das Porträt?«

»Verdammt, Luna, ich dachte, ich sehe in den Spiegel! Das kannst du unmöglich aus dem Gedächtnis gezeichnet haben.«

»Nein, im Cosmix, wo sonst?«, gibt sie zu. »Wenn du arbeitest, würdest du nicht einmal merken, wenn sie das Haus um dich herum abreißen. Einmal hast du mich allerdings fast erwischt. Das war an diesem Tag, als es wie aus Eimern geschüttet hat …«

»Wir waren allein im Cosmix«, unterbreche ich sie und erinnere mich auf einmal deutlich an Luna, die mit dem Zeichenblock auf den Knien an einem der Tische saß und immer wieder verstohlen zu mir herüberlinste. Und dann war da dieser Moment, als die Wolkendecke aufriss, die Sonne durch das regennasse Fenster schien und Tropfenschatten auf Lunas Gesicht warf. Für ein paar Sekunden nur sahen wir uns in stummer Einträchtigkeit an, bis sie den Kopf senkte und eine neue Seite aufschlug.

»Genau! Wir waren die einzigen Gäste«, sagt sie. »Bis Alex gekommen ist und fürchterlich getropft hat, weil er in den Regen geraten war, und Cosmo ist ständig mit einem Wischmopp hinter ihm her.«

»*Stronzo!* Was rennst du auch draußen herum, wenn es regnet wie verrückt, *eh*?«, ahme ich Cosmo nach.

Sie kichert. »Alex hat gleich einen ganzen Packen Servietten aus dem Spender gerissen, um sich damit trocken zu tupfen, und sich lautstark beschwert, dass die Dinger nichts taugen.«

Ich grinse. »Und das, wo er normalerweise immer perfekt ausgestattet ist.«

»Wir wollten an dem Abend eigentlich Essen gehen. Aber weil er aus den nassen Klamotten rauswollte, ist daraus eine Tiefkühlpizza bei ihm zu Hause geworden«, sagt sie versonnen lächelnd. »Bei der Gelegenheit sind übrigens die Studien von ihm entstanden, die du gesehen hast.«

Ich schlucke. Alex mit nacktem Oberkörper und verstrubbelten Haaren. Ich kann mir gut vorstellen, was sonst noch zwischen den beiden abgelaufen ist. Meine Fantasie beginnt zu galoppieren, und dass Luna nur Zentimeter entfernt neben mir liegt und nach Pfirsichshampoo riecht, macht die Sache nicht besser. Dass ich seit Wochen keinen Sex hatte, erst recht nicht. »Alex und du – ihr seid ziemlich viel zusammen in letzter Zeit.«

Sie lacht. »Ich weiß auch nicht, wie es gekommen ist. Ich

liebe den Kerl wie verrückt, er ist einfach großartig. Er ist der Erste, der mich voll und ganz nimmt, wie ich bin. Egal, was ich mache, ich weiß, dass er immer für mich da sein wird.«

»Ja, so ist er«, murmle ich und fühle einen seltsamen Stich. Was ist nur los mit mir? Ich spähe zu ihr hinüber.

Sie hat das Kinn in ihre Hand gestützt und sieht mich an. »Ich bin dran«, sagt sie. »Lass mich überlegen … Wie alt bist du eigentlich?«

»In ein paar Tagen werde ich dreißig.«

»Echt jetzt?«

»Jep.«

»Meinen Dreißigsten werde ich am Meer verbringen – jedenfalls weit weg von dem ganzen Willkommen-im-Klub-Krampf, und du?«

Ich zucke mit den Schultern. »Am liebsten auf einer einsamen Insel, wo es keine italienischen Restaurants gibt.«

»Wieso das?«

»Lange Geschichte«, murmle ich. Draußen geben die Wolken den Mond frei, und Lunas Gesicht erscheint in einem weichen Licht. Ihre dunklen Augen sind forschend auf mich geheftet.

Ich bräuchte nur die Hand auszustrecken, um ihre Schulter zu berühren, von der das Shirt schon wieder heruntergerutscht ist.

Bevor ich es wirklich tue, rolle ich mich auf die Seite. »Gute Nacht!«

»Jaro?«

»Ich bin jetzt echt müde.«

»Mimis neuer Cacher-Name …«

»Mhm?«

»Wie hat sie sich noch mal genannt?«

»Die Mondfrau.«

Sie lacht leise auf.

»Was ist daran komisch?«

»Gar nichts. Ich frage mich bloß, warum sie diesen Namen gewählt hat.«

»Meinst du, er hat eine bestimmte Bedeutung?« Ich luge über meine Schulter, begegne ihrem unverwandt auf mich gerichteten Blick und habe kurz das Gefühl, dass sie mir noch etwas sagen will. Aber dann lässt sie sich auf die Matratze sinken und zieht die Decke über sich. »Das musst du schon selbst herausfinden.«

Als ich am Morgen ein Auge öffne, haben sich die Wolken verzogen, und das Dachfenster über mir zeigt nichts als strahlend blauen Himmel. Mir ist heiß, und zwar nicht nur, weil die Sonne das Zimmer bereits aufgeheizt hat, sondern auch, weil Luna sich eng an mich schmiegt. Ihr Kopf ruht an meiner Schulter, ihre zerzausten Haare kitzeln an meinem Kinn, und als ich den Kopf hebe und abwärts linse, sehe ich bestätigt, dass Luna ihr angewinkeltes Bein über meine Hüfte geschoben hat.

Ich lasse den Kopf wieder sinken und versuche, mich zu erinnern, was nach unserem Gespräch passiert ist, aber da war nichts. Vermutlich haben wir uns bloß im Schlaf ineinander verkeilt. Ich spüre ihren gleichmäßigen Atem an meinem Hals und ertappe mich dabei, wie meine Finger sich verselbstständigen und Kringel auf die samtige Haut an ihrem Oberschenkel malen. Worauf mir noch heißer wird. Ich muss dringend raus hier!

Vorsichtig, um sie nicht zu wecken, schiebe ich mich unter Luna weg. Als sie sich seufzend auf den Rücken rollt, rutscht das Shirt hoch und entblößt ihre geschwungene Taille und den Bauchnabel. Ihr rosa Slip ist leicht durchsichtig. Mir bricht der Schweiß aus, und ich weiß, dass ich besser das Bett verlassen sollte, aber ich kann mich nicht losreißen. Langsam beuge ich mich über sie. Sie hat die Lippen leicht geöffnet, und eine

Haarsträhne klebt an ihrer verschwitzten Wange. Als ich sie ihr aus dem Gesicht streiche, blinzelt sie mich plötzlich verschlafen an.

Ich räuspere mich. »Guten Morgen.«

Verwirrung schleicht sich auf ihr Gesicht. Dann setzt sie sich ruckartig auf und rammt mir ihren Kopf gegen das Kinn.

»Verdammt!« Ich lasse mich auf das Kissen fallen. »Musst du mich jetzt schon am frühen Morgen k.o. schlagen?« Vorsichtig bewege ich den Unterkiefer hin und her.

»Sorry!« Auf allen vieren krabbelt sie von mir weg zum Bettrand. Während sie nach irgendetwas auf dem Fußboden angelt, bietet sie mir einen einmaligen Blick auf ihren Hintern. Ich brauche dringend eine kalte Dusche! Stöhnend rolle ich mich aus dem Bett und stakse über den Flur ins Badezimmer.

Zusammengesunken hocke ich auf dem Rand der Badewanne und versuche mich zusammenzureißen, als Luna hereintapst. »Tut es sehr weh?«

Schon mal was von Privatsphäre gehört? Ich stütze die Ellbogen auf meine Oberschenkel und vergrabe das Gesicht in den Händen. Durch das Gitter meiner Finger sehe ich ihre nackten Beine näher kommen, der ausgefranste Saum des Shirts bedeckt ihren Slip gerade so.

Sie beugt sich vor, um mir ins Gesicht zu sehen, wobei ich einen tiefen Blick in ihren Ausschnitt werfen kann. »Du blutest doch nicht wieder – oder?«, fragt sie mit wackliger Stimme. Als sie sich wieder aufrichtet, greifen meine Hände wie von selbst nach ihren Hüften. Ich ziehe sie zu mir und lehne meine Stirn an ihren Bauch. »Du machst mich echt fertig«, murmle ich mit geschlossenen Augen. Ihr schlafwarmer Körper riecht nach Waschmittel und Pfirsich. Sie schiebt ihre Finger in meine Haare und beginnt, sanft meine Kopfhaut zu massieren. Warum macht sie das? Prompt bekomme ich eine Gänsehaut. Über die Schulter werfen und zum Bett tragen!, befiehlt der

Höhlenmensch in mir. Schon packe ich sie fester, doch bevor ich sie wirklich anhebe, glimmt im hintersten Winkel meines Hirns doch noch ein Funken Verstand auf. Energisch schiebe ich sie von mir und springe auf. »Ich hab nichts!« Das klingt schroffer als beabsichtigt. Schnell drehe ich ihr den Rücken zu. Geh endlich …

Sie berührt mich am Arm. »Sorry, ich wollte wirklich nicht …«

»Verdammt, Luna, kannst du mich nicht einfach in Ruhe lassen?« Schnell raffe ich meine Jogginghose vom Fußboden und bin schon an der Tür. »Ich hol uns was zum Frühstück!«

Im Flur steige ich hastig in Hose und Schuhe, schnappe mir Geld und Schlüsselbund und bin erleichtert, als die Haustür hinter mir ins Schloss fällt.

Um Dampf abzulassen und einen einigermaßen klaren Kopf zu bekommen, jogge ich auf einem großen Umweg zum Bäcker. Warum, so frage ich mich erneut, habe ich die Kratzbürste gestern nicht einfach zu Alex gebracht? »Du hättest auf dem Sofa bleiben sollen, du Idiot!«, schimpfe ich mich selbst aus. Dann würden meine Gefühle jetzt nicht Achterbahn fahren. Andererseits: Welcher Mann würde nicht schwach werden, wenn sich eine – zugegeben nicht ganz unansehnliche – Frau halb nackt in seinem Bett rekelt? Dass mein Testosteronspiegel bei dem Anblick sprunghaft angestiegen ist, hat mit Gefühlen überhaupt nichts zu tun! Außerdem ist Luna die erste Frau seit Langem, für die Alex sich begeistern konnte. Und sie erwidert seine Gefühle, das ist mir seit gestern Nacht sonnenklar. Solange das so ist, ist Luna für mich tabu!

Als ich mit Brötchen und guten Vorsätzen bewaffnet in die Wohnung zurückkehre, habe ich mich wieder voll im Griff. Beim Frühstück weiche ich Lunas Blicken aus und achte peinlich auf Abstand. Als ich sie danach zu ihrem Auto fahre, ist sie genauso einsilbig wie ich. Während der Alfa über den Waldweg im Deister rumpelt, klammert sie sich am Sitz fest und starrt aus dem Fenster.

Ich halte neben ihrem Mini und stelle den Motor ab. Die plötzliche Stille ist ohrenbetäubend.

»Ich habe nachgedacht«, sage ich. »Du hast recht: Ich sollte Mimi besuchen und ihr sagen, was ich empfinde.«

»Jaro …« Sie atmet tief durch. «Tu es nicht… weil ich es gesagt habe. Hör einfach auf dein Bauchgefühl«, sagt sie und steigt aus. Bevor sie die Tür schließt, beugt sie sich noch einmal in den Wagen. »Danke noch mal – für alles.«

Ich ringe mir ein Lächeln ab. »Hey, Manga-Mädchen. Alex zu erklären, dass seine Freundin zerschmettert an der Felswand liegt, das hätte ich einfach nicht bringen können«, sage ich betont lässig.

Nachdem die Tür zugefallen ist, lasse ich den Motor an und wende. Im Rückspiegel sehe ich noch, wie Luna vor der offenen Tür ihres Autos steht und hinter mir her sieht. Ich hebe die Hand zum Gruß. Dann gebe ich Gas.

15

Ehe ich aus dem Alfa steige, vergewissere ich mich, dass Walters Audi nicht vor der Tür steht. Acht Schritte bis zur Haustür, ich hebe meine Hand an die Klingel, lasse sie aber vorerst wieder sinken.

Was, wenn Mimi mich mit dem Rätselcache tatsächlich auf Abstand halten will und sich von mir bedrängt fühlt, wenn ich unvermutet hier auftauche? Ich rufe Ben an. »Hast du schon was rausgefunden?«

»Bin dran, aber es ist echt eine harte Nuss. Hast du irgendeinen Hinweis für mich? Egal was!«

»Sie ist Ärztin. Vielleicht ist es was Medizinisches.«

»Das wäre eine Spur. Ich melde mich.«

Nachdenklich lege ich auf und blicke an der Hausfassade hoch. Über mir stellt jemand ein Fenster auf Kipp. Mimi? Entschlossen drücke ich auf die Klingel. Ich will nicht mehr warten!

Als ich die Treppe hinaufsteige, lehnt sie in der halb geöffneten Tür und sieht in T-Shirt, Shorts und mit offenen Haaren umwerfend aus. Überraschung zeigt sich auf ihrem Gesicht. Kein Lächeln.

Ich ziehe meine Brieftasche hervor, klappe die Klarsichthülle mit dem Ausweis auf und halte sie hoch. »Secret Service. Wir hätten da ein paar wichtige Fragen. Darf ich reinkommen?«

Endlich! Die Grübchen in ihren Wangen kommen zum

Vorschein. »Sieh an, der Mann, auf den Strandkörbe einschläfernd wirken. Woher hast du meine Adresse?«

Ich zwinkere ihr zu. »Wir haben unsere Kontakte …«

Sie blickt nervös auf die Uhr, dann verschränkt sie die Arme vor der Brust. Widerstrebende Gefühle zeichnen sich auf ihrem Gesicht ab.

Ich stoppe auf der letzten Stufe und lächle unsicher. »Wenn es dir gerade nicht passt …«

Sie lässt die Arme sinken. »Nein, komm rein, ich wollte sowieso gerade Pause machen. Wie wär's mit Kaffee?«

»Klingt fantastisch!«

Sie führt mich durch einen offenen Wohn- und Arbeitsbereich, der aus einem Hochglanzmagazin entsprungen sein könnte, in die Küche.

Ich setze mich auf einen Hocker an die hypermoderne Kochinsel, weiß nicht, wohin mit meinen Händen, und komme mir zwischen all dem glänzenden Granit etwas fehl am Platz vor. »Tolle Wohnung.«

»Sie gehört meinen Eltern. Ich wohne bloß übergangsweise hier.«

Ich deute auf einen mit Büchern und Skripten übersäten Schreibtisch, den ich hinter der Durchreiche sehen kann. »Das sieht nach Arbeit aus.«

»Ich stecke mitten in meiner Doktorarbeit. Cappuccino, Milchkaffee oder Espresso?«

»Cappuccino.«

Während sie an ihrem Kaffeeautomaten hantiert, kann ich den Blick kaum von ihren nackten Füßen in den Flipflops wenden, die hier ebenso deplatziert wirken wie ich. Und auf einmal weiß ich nicht mehr so recht, wie ich beginnen soll. Die Fragen schlagen in meinem Kopf Purzelbaum. Von den Gefühlen in meinem Bauch ganz zu schweigen. Soll ich sie unverblümt fragen, was sie mit dem Rätsel bezweckt? Doch dann beschließe ich, einfach da anzuknüpfen, wo wir das letzte Mal aufgehört haben.

»Ich hoffe, du bist nicht nur mit in die Strandbar gekommen, um deinen Akku wiederzukriegen.«

Sie nimmt mir gegenüber Platz und stellt die Tassen ab.

»Am Anfang war ich schon ein wenig sauer, wie dreist du die Situation ausgenutzt hast. Aber dann fand ich das Ganze irgendwie … amüsant.«

»Sorry, dass ich eingeschlafen bin.«

Sie lacht. »Du sahst so süß aus! Es hat nur noch gefehlt, dass du anfängst zu schnarchen!«

Verlegen nippe ich an meinem Cappuccino, verbrenne mir prompt den Mund und stelle die Tasse abrupt ab. »Ich habe darüber nachgedacht, was du da oben zu mir gesagt hast. Du … solltest nicht heiraten, wenn du Zweifel hast. Erst recht nicht, wenn du dafür einen Traum begraben musst. Irgendwann sind alle Züge abgefahren, und du bereust es womöglich.«

Sie sieht mir direkt in die Augen, und auf einmal ist das Knistern wieder da. »Okay …«

Ich schlucke. »Said, mein afrikanischer Nachbar, sagt immer: Du musst machen, nicht bloß traumen.«

Sie nippt an ihrer Tasse. »Oh, ein weiser schwarzer Nachbar?«

»Sozusagen …«

An ihrem Haar hangelt sich eine winzige Spinne empor. Ich stütze mich auf dem Herd ab und beuge mich zu ihr herüber. »Da ist was in deinem …«

»Vorsicht!« Hektisch tippt sie auf der glänzenden Fläche herum. »Du hast das Ceranfeld eingeschaltet.«

Reflexartig ziehe ich die Hand zurück und fege dabei meine Tasse um. Die heiße Brühe schwappt mir entgegen und dringt durch Shirt und Hose. Brüllend springe ich auf.

»Klamotten runter!« Mimi dreht den Wasserhahn auf und hält ein Handtuch unter den Strahl. Ich reiße mir das T-Shirt vom Leib, lasse die Hose herunter, als sie auch schon vor mir kniet und das nasse Handtuch auf meinen krebsroten Bauch drückt.

»Was ist hier denn los?« Plötzlich steht Walter in der Tür.

Mimi richtet sich auf. »Er hat sich Kaffee …«

»Du schon wieder!« Wie ein Stier auf das rote Tuch stürmt er auf mich zu und donnert mir ohne Vorwarnung seine Faust ins Gesicht. Schmerz explodiert unter meinem linken Auge, ich stolpere rückwärts, kann mich aber gerade noch fangen, als er erneut zuschlägt. Diesmal tauche ich weg und verpasse ihm einen Hieb in die Seite.

»Aufhören!« Mimi drängt sich zwischen uns.

Walter zeigt anklagend auf mich. »Der Typ stellt dir doch schon seit Wochen nach! Schreibt dir E-Mails, spioniert dir hinterher, und jetzt steht er auch noch halb nackt in deiner Küche! Was, denkst du, soll ich davon halten?«

»Du liest also meine Mails? Das ist ja interessant! Weißt du was, Walter? Deine Eifersucht geht mir langsam auf die Nerven. Was kommt erst, wenn wir verheiratet sind? Sperrst du mich dann ein?«

»Mimi …« Walter streckt die Hand nach ihr aus, doch sie schlägt sie weg.

»Hau ab!« Sie dreht sich zu mir um. »Und du auch! Lasst mich doch alle in Ruhe!« Sie wirft mir mein kaffeegetränktes T-Shirt zu.

Während ich es mir hastig überstreife und die Hose schließe, marschiert Walter mit hochrotem Gesicht zur Tür.

»Den Schlüssel kannst du gleich hierlassen.«

Abrupt bleibt er stehen, nestelt selbigen aus seiner Gesäßtasche, knallt ihn auf die Arbeitsplatte und stürmt aus der Wohnung.

Mimi lässt sich auf einen Hocker sinken. »Brandsalbe draufmachen und das Auge kühlen«, sagt die Ärztin zu mir.

Ich mache einen Schritt auf sie zu, doch der Ausdruck, mit dem sie immer noch auf die Tür starrt, lässt mich innehalten. »Tut mir leid!«, murmle ich. Sie reicht mir das nasse Küchenhandtuch. »Kannst du behalten!«

Mit dem Handtuchknäuel an meinem Auge trete ich auf die Straße und sehe gerade noch, wie Walters Audi mit quietschenden Reifen davonrast.

Verdammt! Seit zehn Minuten stehe ich vor meiner Haustür und suche vergeblich nach meinem Schlüssel. Nacheinander klingle ich Sturm bei Schrader und Said, doch keiner von beiden öffnet. Seufzend zücke ich mein Handy.

»Jaro, was is?« Der Nachhall in Saids Stimme hört sich fremd an, im Hintergrund wallt Gelächter auf.

»Wo bist du? Bei der Arbeit?«

»Warum?«

»Hab meinen Schlüssel verloren. Kann ich vorbeikommen? Du hast doch immer einen Ersatz an deinem Schlüsselbund.«

»Das geht nicht jetzt!«

»Du kannst mir schon mal ein paar Knödel warm machen. In fünf Minuten bin ich da.«

»Ich bin nicht in Knodl-House. Und jetzt ich kann nicht.« Damit legt er auf.

»Was soll das denn?«, murmle ich und wähle erneut seine Nummer. Diesmal wird schneller abgenommen. »Said ist gerade beschäftigt. Kann ich etwas ausrichten?«

»Luna?« Warum geht Luna an Saids Handy? »Wo steckt ihr? Ich brauche meinen Schlüssel!«

»Moment«, sagt sie, dann höre ich sie flüstern. Gedämpftes Gelächter, das Scharren von Stühlen, ein Räuspern, und Luna ist wieder dran. »Wir sind in der Uni. Im großen Zeichensaal.«

»Bin in zehn Minuten da!«, sage ich und lege auf. Dass Said mit Luna in der Uni ist, muss mit dem ominösen Job zusammenhängen, von dem neulich die Rede war. Nur kann ich mir gerade nicht so recht vorstellen, worum es sich dabei handeln könnte.

Auf dem Weg durch die vertrauten Uniflure laufe ich Professor Doktor Hans-Joachim Gepardou in die Arme. Mein Mentor aus Studienzeiten steckt noch im selben rotbraunen Cordjackett wie damals, und sein Gesicht unter dem weißen Haar, das ihm wie Zuckerwatte in die Stirn fällt, wirkt so entrückt wie eh und je. »Jaro Alves! Welche Überraschung!« Er strahlt mich an und schüttelt mir so heftig die Hand, als wollte er durch einen Rütteltest feststellen, dass ich tatsächlich aus Fleisch und Blut bin. »Was macht die Kunst? Zeichnest du immer noch für diesen Comicverlag?«

Ich schüttle den Kopf. »Leider gibt es den nicht mehr.«

»Oh, wie bedauerlich. Aber du hast sicher etwas Neues am Start, oder? Nicht umsonst warst du einer meiner vielversprechendsten Studenten.«

»Na ja, wie man's nimmt …«

Endlich lässt er meine Hand los. »Was führt dich heute hierher?«

»Ich bin verabredet, im großen Saal.«

Er sieht mich verwirrt an. »Den Gang runter und dann rechts.«

»Ich weiß schon noch, wo das ist. Trotzdem danke.« Ich hebe die Hand zum Gruß und mache, dass ich weiterkomme.

Gerade als ich um die Ecke biege, ruft er mich noch einmal zurück. Nachdenklich zupft er sich an den buschigen Augenbrauen. »Wir suchen da jemanden …« Er kaut auf seiner Unterlippe und mustert mein Gesicht, als würde er das blaue Auge gerade erst bemerken. »Du bist doch nicht mit dem Gesetz in Konflikt geraten – oder?«

»Nein, natürlich nicht. Ich hatte bloß … einen kleinen Unfall.«

Nervös linst er auf seine Uhr und räuspert sich. »Komm doch bei Gelegenheit in mein Büro. Ich möchte dir einen Vorschlag machen …« Damit klopft er mir kumpelhaft auf die Schulter und setzt seinen Weg fort. Nachdenklich sehe ich ihm nach, bis er hinter einer Flurbiegung verschwindet. Wahrscheinlich sucht er einen freiwilligen Idioten für eins seiner Studienprojekte – natürlich unbezahlt.

Die Tür springt mit einem Knacken auf. Ich schiebe mich in den großen Zeichensaal und drücke sie leise wieder zu. Eine mir wohlbekannte Atmosphäre umfängt mich, und noch bevor ich Said entdeckt habe, ahne ich bereits, wofür Luna ihn angeheuert hat.

Umringt von Studenten hinter Staffeleien, steht Said in der Mitte des Raums auf einem runden Sockel, den wir zu meiner Zeit Präsentierteller genannt haben. Er trägt nichts als ein Tuch um die Hüften, das nur das Nötigste verhüllt, und wirkt wie eine griechische Götterskulptur in Schwarz. Ich kneife die Augen zusammen und mustere verstohlen seine definierten Muskeln – irre ich mich, oder hat er sich sogar eingeölt?

Die Studenten werfen schnelle Blicke von ihren Leinwänden auf Said und wieder zurück, messen Proportionen, stricheln, schraffieren, skizzieren, modellieren. Es herrscht eine konzentrierte Ruhe, nur manchmal schwirrt ein gedämpftes Husten durch den Saal. Wortlos nicke ich Said zu, doch der starrt auf einen imaginären Fleck an der gegenüberliegenden Wand und rührt sich nicht. Ich bin mir nicht sicher, ob er mich tatsächlich nicht wahrnimmt oder ob er es nicht will.

Luna kommt auf mich zu, wischt sich die Hände an ihrem schlabberigen kakifarbenen Shirt ab und starrt mich erschrocken an. »Was ist passiert?« Sie zieht mich in einen Nebenraum, in dem diverse Requisiten, Staffeleien, Tische und Stühle gestapelt sind.

»Nichts!« Ich weiche ihr aus, als sie versucht, die geschwollene Stelle unter meinem Auge zu berühren.

»Das sieht übel aus. Du solltest es kühlen, sonst hast du morgen ein richtiges Veilchen.« Ich klaube das Schlüsselbund aus Saids Jackentasche, die hinter seinem sauber gefalteten Kleiderhaufen über einer Stuhllehne hängt, setze mich auf einen der Tische und durchforste ihn nach meinem Wohnungsschlüssel.

Luna stemmt die Hände in die Hüften. »Lass mich raten: Du bist mit dem Gesicht in den Toaster gestürzt und hattest dabei dummerweise Kaffee in der Hand.«

Ich zucke mit den Schultern und konzentriere mich ganz darauf, den Schlüssel vom Ring zu lösen.

»Komme gleich wieder«, sagt Luna und verschwindet wieder nach nebenan.

Als ich den Schlüssel endlich abmontiert habe, klappt sie einen Erste-Hilfe-Kasten neben mir auf.

»Still halten!« Sie stellt sich zwischen meine Beine, was sich unglaublich intim anfühlt, und tupft vorsichtig Salbe auf mein pochendes Jochbein. »Raus mit der Sprache: Was ist passiert?«

Meine Hände umklammern die Tischplatte. »Ich hab auf ein gewisses Manga-Mädchen gehört und mich in die Höhle der Löwin gewagt.« Unsere Gesichter sind auf gleicher Höhe, und ich kann kleine goldene Tupfer in ihren Augen ausmachen, die ganz auf mich fokussiert sind.

Sie zieht die Augenbrauen hoch. »Du warst bei Mimi zu Hause?«

»Jep! Aber leider kam der Alphalöwe dazwischen.«

Die Tür geht auf, und Said kommt ins Zimmer. »Oh, wann ich store ich geh wieder.«

Luna macht einen Schritt zurück und streicht sich eine verirrte Strähne hinters Ohr. »Nein, komm rein.« Sie weicht meinem Blick aus und hantiert an dem Erste-Hilfe-Kasten herum.

Hastig steigt Said in seine Unterhose, bevor er sich uns zuwendet. Seine Augen weiten sich. »Was hast du gemacht, Jaro?«

Ich berichte in knappen Worten, was in Mimis Wohnung geschehen ist.

Said pfeift durch die Zähne. »Sie hat das Walter rausgeschmissen?« Er streift sich sein Shirt über und zieht seine Hose an.

Ich reiche Said sein Schlüsselbund. »Und jetzt liegt mein Schlüssel vermutlich irgendwo in Mimis Küche.«

Said schüttelt grinsend den Kopf. »What a desaster!«

Das ist mein Stichwort. Ich zücke mein Handy und tippe eine Nachricht an Mimi: *Sorry für das Desaster! Habe ich meinen Schlüssel bei Dir verloren?*

Während ich schreibe, setzt sich Luna neben mich und linst auf mein Display. »Was!« Ich werfe ihr einen fragenden Blick zu, worauf sie errötet. Mit gesenktem Kopf knallt sie den Verbandskasten neben sich zu. Dann steht sie auf und schiebt sich an mir vorbei. Ich halte sie am Arm fest. »Sag mal, was ist eigentlich mit Alex los? Er hat sich seit Tagen nicht gemeldet und ist so gut wie nie erreichbar.«

»Im Moment ist es … also die Dinge haben sich so entwickelt, dass er …« Sie beißt sich auf die Unterlippe und sieht mich an, als würde sie abwägen, ob sie mir ein mysteriöses Geheimnis anvertrauen kann. »Nachher bin ich mit ihm verabredet, ich sag ihm, dass er dich anrufen soll, ja?«

»Okay …« Verwundert sehe ich ihr nach und frage mich, was das Ziehen in meiner Brust zu bedeuten hat. »Seit wann redet Luna um den heißen Brei herum?«, sage ich mehr zu mir als zu Said, der sich gerade die Schuhe zubindet.

Er antwortet nicht, sondern richtet sich ruckartig auf.

»Jaro, ich weiß, wie du kannst dein Traumfrau kriegen!« Er tippt mir mit dem Zeigefinger an die Brust und sieht mich triumphierend an. »Du musst eifersuchtig machen! Du musst sie zeigen, dass ein anderes Frau dich haben will!«

Ich schüttle den Kopf. »Unsinn, das funktioniert nur in Filmen!«

Mein Handy vibriert.

Woher hast Du meine Nummer?

Deine Visitenkarte im Maschkönig, tippe ich.

Es dauert eine Weile, bis sie antwortet: *Schlüssel nicht gefunden.*

»Mist!«, fluche ich.

Punkt siebzehn Uhr packen die Dachdecker ihr Werkzeug ein, und es wird endlich ruhig vor meinem Fenster. Mit nacktem Oberkörper, die verbrühten Stellen brandsalbenglänzend, sitze ich auf meinem Bett, presse einen Eisbeutel gegen mein Auge und checke meine E-Mails, als eine neue Nachricht eintrifft.

Die Mondfrau contacting Jaromiro from Geocaching.com
Cacher-Event im Tanzpalast, Samstag 20 Uhr. Treffen wir uns zur Schlüsselübergabe?

»Na also!«, murmle ich erleichtert. Offenbar hat sie meinen Hausschlüssel doch noch gefunden! *Super – werde da sein,* schreibe ich zurück. Dann schwinge ich mich aus dem Bett und statte meinem Nachbarn einen Besuch ab.

»Und, wie hast du dir das vorgestellt?«, frage ich, kaum dass Said die Tür geöffnet hat.

»Was?«

»Diese Eifersuchtsmasche. Wie hast du dir das gedacht?«

Grinsend lässt er mich passieren. »Du brauchst also ein Frau, ja?«

16

»Ah – la bella Luna!« Cosmo deutet mit dem Kinn nach draußen.

Ich drehe mich auf dem Barhocker um und werfe einen Blick auf die Frau, die auf das Cosmix zusteuert. »Das ist nicht Luna.«

Cosmo schießt hinter seinem Tresen hervor und schnaubt. »Natürlich ist sie es!« Er reißt die Tür auf und schnalzt anerkennend, als das unbekannte Wesen mit schwingenden Hüften an ihm vorbeistolziert. Statt des üblichen Tarnoutfits trägt sie einen Hauch von Kleid, ein Fähnchen aus grünem Stoff, das nur von zwei Bändchen an den Schultern gehalten wird und tiefen Dekolleteeeinblick gewährt.

Ich umklammere mein Glas und sage erst mal gar nichts. Dafür wirft sich Cosmo mächtig ins Zeug. »*Accidenti!* Ich wusste ja gar nicht, dass du überhaupt Beine hast!«

Luna schiebt sich neben mich auf den Hocker und hat offensichtlich Mühe, dieselben zu platzieren, ohne den Blick auf ihre Unterwäsche freizugeben. Nervös klemmt sie sich eine Haarsträhne hinters Ohr und wirft ihre roten Locken zurück, die sich wie eine Kaskade über ihren Rücken ergießen. »Hallo, Jaro.«

Ich deute auf ihre Riemchensandalen. »Hast du Ersatzschuhe dabei? Schließlich fahren wir nicht in die Oper.«

»Für das, was du vorhast, finde ich mich durchaus passend angezogen! Außerdem findet das Event in einer Disco statt!«

»Auf dem Land, wo die Bauern mit dem Traktor vorfahren. Da schert sich keiner darum, wenn Luna aus Hannover beim Eventcache mit ihren Absätzen im Matsch versinkt!«

»Mimi eifersüchtig zu machen wird wohl kaum funktionieren, wenn ich mich wie eine Landpomeranze präsentiere!«, zischt Luna mir zu und lässt sich vom Hocker gleiten. »Können wir jetzt los?«

»He!«, ruft Cosmo uns hinterher. »Wenn ihr als Paar überzeugen wollt, solltet ihr nicht zwei Meter Abstand zueinander halten, *eh*?«

Der Tanzpalast leuchtet uns schon von Weitem entgegen. »Ich hoffe, der Name ist nicht Programm«, murmle ich, lenke den Alfa in eine Parklücke und warte, bis Luna sich mit zusammengepressten Knien aus dem Wagen gefädelt und das Kleid zurechtgezupft hat. »Können wir?«

Sie nickt. »Übrigens: Alex kommt auch noch. Das will er sich nicht entgehen lassen, hat er gesagt.«

»So, hat er das?« Ich spüre Ärger in mir aufsteigen. Will er sich ein Bild von meinen Chancen machen, die Wette zu gewinnen? Oder will er seine Freundin überwachen? Davon abgesehen erscheint mir die ganze Aktion sowieso immer lächerlicher. Was erwarte ich? Dass Mimi mir auf einmal um den Hals fällt, nur weil ich mit der aufgebrezelten Luna hier aufkreuze? Und dann ertappe ich mich auch noch dabei, dass ich wieder auf ihre Beine starre. Mit weit ausgreifenden Schritten ziehe ich an Luna vorbei.

»Jetzt renn doch nicht so!«, beschwert sie sich prompt.

Im Gehen drehe ich mich um. Während ich rückwärts weiterschlendere, kann ich mir gerade noch einen Kommentar darüber verkneifen, wie sie mit vogelartig ausgebreiteten Armen durch den Kies stöckelt. »Soll ich dich tragen?«

Sie antwortet nicht, doch mit dem Blick, den sie mir zuwirft, könnte sie vermutlich Glas gravieren.

Ich zucke mit den Schultern und drehe mich wieder um. »Okay, dann warte ich am Eingang.«

Als sie endlich dort ankommt, stützt sie sich an meiner Schulter ab und pult, auf einem Bein stehend, die kleinen Steinchen aus den Sandalen. »Du bist so ein …« Zischend atmet sie aus. »Vergiss nicht, dass ich es bin, die dir einen Gefallen tut! Und für die Schuhe müsste ich eigentlich einen Extrabonus kriegen.«

Nachdem wir einen Anstecker mit unseren Cacher-Namen erhalten haben, betreten wir eine Bar in verblasstem Neunzigerjahreflair. Über der leeren Tanzfläche dreht sich eine Discokugel und streut Leuchtflecken in den dämmrigen Raum, der nach kaltem Rauch riecht.

Noch ist das Publikum übersichtlich, und Luna zieht alle Blicke auf sich. Ich lege einen Arm um ihre Schultern und bugsiere sie zu dem einzigen freien Platz an der Bar. »Ist Mimi schon da?«, raunt sie mir zu, als sie mit einiger Mühe auf den Hocker klettert.

Ich lehne mich an den Tresen, lasse den Blick über die Leute schweifen und schüttle den Kopf.

»Da ist Bobby de Beukelaar.« Luna winkt einem Typen in schwarzer Lederhose und weißem Hemd zu, in dem ich den Marathonmann vom Kletterkurs kaum wiedererkenne. Er winkt zurück und zwinkert ihr zu, bevor er sich wieder seinem Gesprächspartner widmet.

»Das gibt's nicht!«, ertönt es hinter mir. Eine schaufelgroße Hand kracht auf meine Schulter. »Jaro Alves! Du hast dich gar nicht verändert!«

Als ich mich umdrehe, grinst mir ein feister Typ mit schütterem Haar entgegen, dessen Gesicht mir vage bekannt vorkommt.

»Die Karikatur, die du damals in der Schule von uns gemacht hast, habe ich immer noch!« Er stößt den Rothaarigen hinter sich an. »Harry, sieh mal, wer da ist!«

Glupschäugig, das spitze Kinn wie eh und je an die Brust gedrückt, schiebt sich sein Freund neben ihn, und ich weiß schlagartig, wer da vor mir steht.

»Laurel und Harry!« Mit Bierplauze und Geheimratsecken verkörpern die beiden ihre Spitznamen mehr denn je.

Laurel, paradoxerweise der große Dicke des Gespanns, schlägt seinem Kumpel auf den Rücken. »Stell dir vor: Harry hat inzwischen drei Kinder! Und wenn er wie heute mal Ausgang kriegt, dann lassen wir es richtig krachen!«

Was er darunter versteht, erfahre ich Sekunden später, als er lautstark drei Klare ordert. »Auf die alten Zeiten!« Wir kippen den Schnaps runter.

Harry wiegt den Kopf hin und her. »Also, so sicher wie Laurel bin ich eigentlich nicht, ob du nicht vielleicht doch Miro bist.« Er reckt den Hals. »Ist dein Bruder auch hier? Wenn ich ehrlich bin, kann ich euch nur unterscheiden, wenn ihr direkt nebeneinander… aua!« Erbost rückt er von Laurels Ellbogen ab. »Was ist denn …?«

»Schon vergessen, dass Miro …?«, zischt er.

Harry reißt die Augen auf. »Ich Idiot! Sorry, ich wollte nicht …«

Laurel legt mir die feiste Hand auf den Arm. »Tragische Sache – wir konnten es gar nicht glauben!« Er lacht unsicher, so wie sie es alle tun, wenn sie nicht wissen, wie sie die Kurve kriegen sollen.

Den nächsten unvermeidlichen Satz nehme ich ihm ab. »Tja, es ist nun schon eine ganze Weile her, und das Leben geht weiter«, sage ich. »Verpisst euch!«, denke ich. Als Laurel seine Hand zurückzieht und dem Barkeeper ein Zeichen gibt, habe ich das dringende Bedürfnis, mir Luna zu schnappen und schleunigst von hier zu verschwinden. Doch ihr Hocker ist leer. Während mein Blick auf der Suche nach ihr über die Leute wandert, vibriert mein Handy.

Habe Deinen Schlüssel! Bist Du auf dem Event?
Mimi

Hat die Frau Gedächtnisschwund? *Bin da*, tippe ich, und als ich die Nachricht abschicke, entdecke ich endlich auch Luna.

Mit wiegenden Hüften, die Arme lasziv in die Höhe gestreckt, dreht sie sich kaum zwei Meter von mir entfernt auf der Tanzfläche. Der schmächtige Möchtegern-Elvis, mit dem sie tanzt, trägt zu viel Gel im Haar und verschlingt sie mit hungrigen Blicken.

Laurel tippt mir auf die Schulter. »Auf Miro!«

Ich nehme den Schnaps, den er mir hinhält, und stürze ihn herunter.

»Noch 'ne Runde«, sage ich zum Barkeeper.

Während Laurel und Harry ihre Lebensgeschichten und danach sämtliche Geocaching-Erlebnisse vor mir ausbreiten, beobachte ich, wie Lunas Tanzpartner näher rückt. Geistesabwesend stoße ich mit Harry an, kippe noch einen Schnaps, lache über einen seiner Witze und versuche, nicht ständig auf die Tanzfläche zu starren.

Als ich das nächste Mal hinsehe, spielt der DJ ein langsames Stück. Elvis hält Luna im Arm und flüstert ihr etwas ins Ohr. Sie schüttelt lachend den Kopf, schiebt ihn von sich, doch er grinst nur, greift erneut nach ihr. Als seine Hand auf ihrem Po abwärts wandert, hält es mich nicht mehr an der Theke.

»Verzeihung.« Ich lasse meine Hand auf seine Schulter fallen. Erschrocken fährt er herum und stößt fast mit seiner Tolle gegen meine Brust. »Ablösung!«, sage ich grimmig.

»Puh, das wurde aber auch Zeit!« Lunas Hände liegen

locker auf meiner Brust. Ich dagegen weiß überhaupt nicht, wo ich sie anfassen soll.

»Dumm, dass ich nicht tanzen kann«, stammle ich und wundere mich, wie fremd meine Stimme klingt.

Sie stellt sich auf die Zehenspitzen und raunt in mein Ohr: »Vergessen, weshalb wir hier sind? Vielleicht sieht uns Mimi ja gerade zu.«

Mimi. Die Wette. Das alles ergibt immer weniger Sinn. Ich spüre Lunas samtige Haut unter meinen Händen. Wir bewegen uns langsam zur Musik. Meine Lippen streifen über ihr Haar. Mein Kopf füllt sich mit Nebel. Ist es ihre Nähe oder der Alkohol, der den Boden schwanken lässt?

Luna sagt etwas, aber ich erfasse den Sinn ihrer Worte nicht. Die Welt um uns herum bewegt sich in Zeitlupe. Sie hebt mir ihr Gesicht entgegen, und ich kann meinen Blick nicht von ihren Lippen lösen, die sich tonlos bewegen. Auf einmal möchte ich nur noch eins: sie an mich pressen und ihr die Seele aus dem Leib küssen.

»Jetzt hör doch zu!« Lunas Faust landet auf meinem Brustkorb und setzt die Welt wieder in Gang. »Die Blonde da hinten. Ist das Mimi?«

Ich werfe einen Blick über meine Schulter, und da steht sie, nippt an einer Cola und winkt mir zaghaft zu.

»Na, dann können wir ja loslegen.« Die Worte rollen schwer von meiner Zunge. Ich ziehe Luna an mich, doch sie stemmt sich dagegen.

Plötzlich stehen Tränen in ihren Augen. »Hör auf!« Sie hämmert gegen meine Brust, bis ich loslasse, dreht sich abrupt um und drängt sich durch die Tanzenden von mir weg.

Die Musik wechselt. Bässe wummern aus den Boxen, und mit einem Mal ist die Tanzfläche brechend voll. Wo ist sie hin? Ich dränge mich durch die Leute und pralle prompt gegen Mimi.

»Hi! Ich habe dich gesucht. Dein Schlüssel …«

Ich schneide ihr das Wort ab. »Warte hier. Rühr dich nicht vom Fleck!« Kaum fünf Meter entfernt sehe ich Lunas rotes Haar aufleuchten.

Eilig dränge ich mich weiter, aber nun scheint sie wie vom Erdboden verschluckt zu sein. Doch dann, als ich fast schon umkehren will, sehe ich sie.

Ihr Kopf liegt an seiner Schulter. Er streichelt ihr zärtlich den Rücken, küsst sie aufs Haar. Alex!

Mein Magen zieht sich zusammen, ich drehe ab und stolpere Richtung Ausgang. Mir wird übel. Warum habe ich diese verdammten Schnäpse getrunken?

Draußen sauge ich die Luft ein, versuche mein rasendes Herz zu beruhigen, würge hinter die Mülltonnen. Benebelt wanke ich zu den Toiletten, spüle mir den Mund aus, trinke Wasser aus dem Hahn. »Idiot!«, schleudere ich dem Mann im Spiegel entgegen. »Als wenn du es nicht gewusst hättest.«

Dann laufe ich einfach los. Weg von diesem dämlichen Event, weg von Alex und Luna, von hirnverbrannten Wetten, unerreichbaren Traumfrauen und Täuschungsmanövern.

Die Landstraße vor dem Tanzpalast führt mich auf eine von Laternen beleuchtete Brücke. Ich stütze mich auf das Geländer, starre ins dunkle Wasser und versuche vergeblich auf die Reihe zu kriegen, was da eben abgelaufen ist. Nichts ist mehr so, wie es war. Mein innerer Schutzwall, den ich mir selbst errichtet hatte, ist gebrochen. Von wegen keine Gefühle!

Plötzlich sehe ich einen Plastikbehälter, der träge auf dem Wasser treibt. Doch anstatt wegzuschwimmen, schaukelt das Ding auch Minuten später noch am selben Fleck. Seinen Tanz zu verfolgen übt eine beruhigende Wirkung auf mich aus, und gerade ist mir alles recht, was Ablenkung bedeutet. Nach einer

Weile bemerke ich, dass der Behälter an einer dünnen Schnur zappelt. Das ist doch nicht etwa …? Ich gehe an der Brüstung entlang, bis ich die Stelle erreiche, an der das Seil unter der Brücke verschwindet. Wo es genau festgemacht ist, kann ich im Dunkeln nicht ausmachen, aber von hier oben sieht es so aus, als wäre es leicht, danach zu greifen und die Dose aus dem Wasser zu ziehen. Ich muss nur etwas näher ran. Einem Impuls folgend, steige ich über die Brüstung, klammere mich mit einer Hand fest, gehe langsam in die Hocke.

In der Hoffnung, die Schnur zu erwischen, strecke ich einen Arm nach unten, doch der Abstand ist größer als erwartet. Außerdem schlingert das Wasser unter mir. Oder schwingt die Brücke? Ich blinzle, aber es wird nicht besser.

Plötzlich höre ich Schritte. Mimi taucht atemlos am Geländer auf. »Spinnst du jetzt komplett? Komm sofort wieder rüber!«

Ihre ausgestreckten Hände schweben über mir, sie scheint mehr als zwei zu besitzen … und als ich nach einer davon greife, fasse ich ins Nichts und falle.

Um mich herum gurgelt das Wasser, meine Hände versinken im schlammigen Grund. Irgendwie komme ich auf die Füße, stehe triefend in dem knietiefen Bach und bin auf einmal stocknüchtern. Etwas schlägt gegen mein Bein. Mechanisch greife ich danach und starre auf die Dose in meiner Hand. Auf dem Deckel klebt der unverkennbare Hinweis mit dem Geocaching-Logo: *Herzlichen Glückwunsch, du hast es gefunden. Beabsichtigt oder nicht …*

»Endet das Cachen bei dir immer in Katastrophen?« Mimi setzt sich neben mich auf die Uferböschung.

»Nur wenn du dabei bist.«

Nachdem wir uns im leicht feuchten Logbuch verewigt haben, werfe ich die Dose ins Wasser zurück.

Dann stemme ich mich hoch, ziehe das klatschnasse Shirt über den Kopf und wringe es aus.

»Du hast Glück, dass wir zur Abwechslung mal einen heißen Sommer haben«, meint Mimi.

Wir erklimmen die Böschung und steigen über eine Leitplanke zurück auf die Straße.

»Sorry, dass ich dich vorhin habe warten lassen. Ehrlich gesagt, bin ich heute ziemlich durch den Wind.« Wir gehen nebeneinander her, bis Mimi stehen bleibt und sich an das Brückengeländer lehnt. »Dein Leben scheint gerade ähnlich kompliziert zu sein wie meins. Hab ich recht?«

Du hast ja keine Vorstellung. Ich schiebe mich neben sie, starre auf meine Füße, um die sich langsam eine Wasserlache bildet. »Wie geht es Walter?«

»Keine Ahnung. Zurzeit herrscht Funkstille zwischen uns.«

»Da hab ich ganz schön was angestellt – oder?«

Sie schüttelt den Kopf. »Nein, es ist … überhaupt schwierig mit ihm. Oder auch mit mir.« Sie seufzt. »Ich meine: Warum erzähle ich dir von meinen Träumen, und ihm gegenüber traue ich mich nicht einmal, das Thema anzuschneiden? Und dann diese ständige Eifersucht. Warum kann er mir nicht einfach vertrauen?«

»Das musst du ihn fragen.« Ich wende mich ihr zu, streiche ihr eine verirrte Haarsträhne hinters Ohr, und als sie mich ansieht, weiß ich, dass dies meine Gelegenheit ist. Und obwohl ich im Grunde meines Herzens spüre, dass es falsch ist, küsse ich sie. Ihre Lippen öffnen sich zaghaft, ich spüre ihre Hände in meinem Nacken, drücke sie an mich und versuche zu vergessen, was im Tanzpalast geschehen ist. Aber es gelingt mir nicht.

Unsere Lippen lösen sich voneinander. Mimi lacht nervös auf. »Das hat sich angefühlt, als hätte ich einen Frosch geküsst, so nass, wie du bist!«

Aus dem Augenwinkel sehe ich, wie ein silberner Wagen vorbeifährt, erahne Lunas Gesicht hinter der Scheibe, blass, mit großen Augen. Ich schiebe Mimi zur Seite und starre Alex' BMW hinterher bis die Rücklichter von der Nacht verschluckt werden.

Mimi berührt meinen Arm. »Alles in Ordnung?«

»Abgesehen davon, dass mein bester Freund gerade mit … meiner besten Freundin abgedampft ist, ich pudelnass bin und wie ein Frosch küsse, außerdem so viel getrunken habe, dass ich nicht mehr fahren kann, geht es mir blendend!«

»Das klingt, als sollte ich dich nach Hause bringen«, meint Mimi.

Mimis Polo riecht innen so neu, als käme er direkt aus dem Autohaus. Ich setze mich vorsichtig auf die Plastiktüte, die sie auf den Beifahrersitz gelegt hat, damit das Polster nicht nass wird. Als sie losfährt, lehne ich mich zurück und schließe die Augen. Auf einmal bin ich unglaublich müde.

Mimi rüttelt an meiner Schulter. »Hey, nicht einschlafen. Du musst mir sagen, wohin ich fahren soll.«

Ich setze mich gerade hin. »Sorry, Motorengeräusche wirken schon immer einschläfernd auf mich. Wenn wir früher in den Ferien zu Verwandten nach Portugal gefahren sind, bin ich spätestens auf der Autobahn eingenickt.«

»Ich dachte, deine Eltern kommen aus Polen.«

»Meine Mutter. Mein Vater kommt aus einem kleinen Dorf im Alentejo. Wir sind quasi multikulti aufgewachsen.«

»Wie viele Geschwister hast du denn?«

»Einen Bruder.«

»Älter oder jünger als du?«

Ich schlucke. »Er ist … er war etwas älter als ich.« Fünf Minuten, füge ich in Gedanken hinzu.

Sie wirft mir einen Seitenblick zu. »War?«

Unruhig rutsche ich auf dem Sitz herum. Die Tüte knistert. »Fahr da hinten rechts.«

Mimi biegt schweigend ab, und ich dirigiere sie durch Linden. Als sie vor meiner Haustür hält, stellt sie den Motor aus. »Da wären wir also.«

Ich räuspere mich. »Willst du auf einen Kaffee mit raufkommen?«

Sie lächelt. »Du bist ein lieber Kerl, aber …«

»Ich meine tatsächlich Kaffee und nichts weiter.«

»Keine Hintergedanken?«

Seufzend drücke ich die Tür auf und steige aus. »Du bist nicht die Einzige, die heute einen Frosch geküsst hat.«

Vor der Haustür steht sie plötzlich neben mir. »Warte! Das hätte ich fast vergessen.« Sie drückt mir meinen Schlüssel in die Hand. »Er war unter den Mülleimer gerutscht.« Sekundenlang sieht sie mir forschend in die Augen. Dann streckt sie entschlossen ihr Kinn vor. »Steht das Kaffeeangebot noch?«

»Gemütlich«, meint Mimi, als sie sich in meiner Küche umsieht.

»Längst nicht so modern wie bei dir, aber für mich reicht es.«

»Ach, wenn die Wohnung nicht meinen Eltern gehören würde, könnte ich sie mir gar nicht leisten.« Sie zieht eine Flasche aus dem Weinregal. »Eigentlich ist mir gar nicht nach Kaffee zumute.«

»Der Korkenzieher ist in der mittleren Schublade.« Ich nicke ihr aufmunternd zu und verschwinde nach nebenan.

Während ich mir trockene Sachen anziehe, höre ich, wie sie die Flasche öffnet, und als ich zurückkomme, schenkt sie gerade zwei Gläser ein. »Gibt es hier irgendetwas, das nichts mit Comics zu tun hat?«, fragt sie und deutet auf das Weinetikett.

»Mein Vater ist vor ein paar Jahren nach Portugal zurück. Er baut diesen Wein dort eigenhändig an. Und als er ein Etikett brauchte …«

»Da hat er natürlich seinen Sohn mit der Gestaltung beauftragt, verstehe!« Lächelnd reicht sie mir ein Glas.

Ich proste ihr zu. »Was würde Walter tun, wenn er wüsste, dass du hier bist?«

Ihr Blick verdüstert sich, sie trinkt einen großen Schluck. »Der würde ausflippen, wie immer.«

Während wir reden, gibt Mimis Handy mehrmals Alarm, bis sie es ausschaltet. »Walter nimmt mir buchstäblich die Luft zum Atmen«, erzählt sie mir. »Es ist nicht so, dass ich ihn nicht liebe. Aber ich kann nirgendwo mehr hingehen, ohne mich später einem Verhör unterziehen zu müssen. Ständig glaubt er, ich hätte einen anderen Mann getroffen. Neulich hat er einen alten Freund verdächtigt, dem ich zur Geburt seiner Tochter gratuliert habe. Und das nur, weil ich ihn im Krankenhaus umarmt habe!«

Seite an Seite sitzen wir vor dem Sofa auf dem Boden und leeren bereits die zweite Flasche.

»Und was ist das mit uns? Am Cache auf dem Wilhelmstein hat es doch irgendwie geknistert – oder?«

Sie sieht mich nachdenklich an. »Irgendwie schon. Und im Strandkorb sowieso.«

Für einen Moment saugen sich unsere Blicke aneinander fest, doch dann prusten wir beide los. Sie leert ihr Glas und knufft mir in die Seite. »Lass das! Sonst tue ich noch etwas, das wir beide bereuen werden.«

Ich grinse. »Woher willst du wissen, dass ich dich nicht bloß in meine Höhle geschleppt habe, um dich betrunken zu machen und dann über dich herzufallen?«

»So wie du heute Abend die rothaarige Schönheit angesehen hast, mache ich mir da keine Hoffnungen.« Sie hält mir ihr Glas hin, und ich schenke ihr nach. »Was war das vorhin zwischen euch?«

»Ich habe für einen Moment vergessen, dass sie mit meinem besten Freund liiert ist.«

»Ups!«

Ich seufze. »Lass uns das Thema wechseln.«

Eine Weile trinken wir schweigend, ich fülle unsere Gläser zum dritten Mal und stelle die leere Flasche beiseite.

»Dass Walter mich im Maschkönig hat sitzen lassen, war übrigens nicht seine Schuld«, sagt sie plötzlich.

Ich verschlucke mich fast. »Tatsächlich?«

»Seine Sprechstundenhilfe hat sich die Geschichte mit dem Wasserschaden ausgedacht. Die konnte mich ja noch nie leiden, aber dass sie so weit gehen würde ... Einfach unfassbar! Vermutlich habe ich ihren geheimen Traum von der Arztgattin durchkreuzt.«

Sie stemmt sich hoch und hält sich schwankend am Tisch fest. »Ich rufe mir besser ein Taxi.«

Mimi ist kaum eine Viertelstunde weg, als es Sturm klingelt. Ich drücke auf den Summer, aber dann fällt mir ein, dass ich brav Schraders Anweisung befolgt und die Haustür hinter Mimi abgeschlossen habe. Auf der Treppe muss ich mich am Geländer festhalten, damit ich die Kurven erwische, und höre die ganze Zeit das Schrillen der Klingel. Als ich die Haustür öffne, sehe ich in Walters rot angelaufenes Gesicht.

»Wo ist sie?«

Er holt zum Schlag aus, doch ich weiche ihm mühelos aus. Offensichtlich ist er noch betrunkener als ich und kann kaum mehr stehen. Ich halte ihn mir mit gestrecktem Arm vom Leib und dränge ihn aus der Tür. »Sie ist nach Hause gefahren. Wir haben uns nur unterhalten. Es ist nichts passiert.«

Er lacht auf. »Nichts passiert, ja? Ich hab euch gesehen, da auf der Brücke.« Plötzlich knicken seine Beine ein, und er setzt sich auf den Bürgersteig. »Ich lass mich nicht verarschen. Sie ist hier. Ihr Auto steht da!«

Über uns fliegt ein Fenster auf. »Müsst ihr eure Angelegenheiten auf der Straße austragen?« Schrader mustert das Häufchen Elend auf dem Asphalt und schüttelt den Kopf. »Du meine Güte!«

Ich sehe ihn flehend an. »Können Sie bitte ein Taxi rufen?«

Bis die cremefarbene Limousine vor uns hält, schaffe ich es, Walter hochzuziehen und halbwegs aufrecht an der Hauswand zu parken.

Der Fahrer lässt die Scheibe herunter. »Wohin soll's denn gehen?«

»Können Sie ihn nach Hause bringen?« Ich lege mir Walters Arm über die Schulter und bugsiere ihn zum Fahrbahnrand.

Der Fahrer hebt die Augenbrauen. »Keine Besoffenen!«

»Bitte! Er ist doch ganz friedlich.« Ich gehe in die Hocke und versuche, den Türgriff zu fassen, als Walter zu würgen beginnt. Mit quietschenden Reifen schießt das Taxi davon. Der Schwall, der in hohem Bogen aus Walters Mund schießt, trifft nur noch eine der Heckleuchten.

Der Gestank ist ekelerregend. Ich knie neben Walter in der Gosse und spüre Übelkeit in mir aufsteigen. »Steh auf!« Ich stoße Walter an, aber er stiert bloß glasig auf die Straße. Irgendwann rapple ich mich hoch, wanke zur Haustür und drücke auf Saids Klingel. Es dauert eine kleine Ewigkeit, bis er schlaftrunken in der Tür erscheint, und noch länger, bis wir es geschafft haben, Walter in meine Wohnung zu bringen und auf dem Sofa abzulegen, wo er sofort wegdämmert.

Ruhelos tigere ich in der Küche auf und ab und versuche mein Unbehagen mit einem letzten Glas Wein wegzuspülen. Aber es gelingt mir nicht, die Bilder aus meinem Kopf zu vertreiben, und der Druck auf meiner Brust wird immer unerträglicher. Einige Male bin ich kurz davor, Luna anzurufen, tue es dann aber doch nicht. Plötzlich knirscht ein Stück Kreide unter meiner Schuhsohle. Ich hebe die zerbrochenen Teile auf und wiege sie nachdenklich in der Hand.

17

Schlafblind taste ich nach meinem Handy, das direkt neben meinem Kopf vibriert. Es dauert eine Weile, bis ich die Nachricht auf dem Display klar sehen kann. *Danke für das Gespräch,* schreibt Mimi. *Alles wird gut!* Doch mein Bauchgefühl behauptet gerade das Gegenteil, mein Kopf sowieso.

Mit pochenden Schläfen krieche ich aus dem Bett, schlurfe in die Küche, wo ich mir Aspirin auflöse. Mein Fuß stößt an eine leere Weinflasche, die auf dem Fußboden herumrollt.

Vom Sofa erklingt ein Stöhnen.

Alarmiert fahre ich herum und sehe in Walters blutunterlaufene Augen.

»Wo zum Teufel bin ich?« Ächzend stemmt er sich hoch, streicht sich über graue Bartstoppeln. Während sein Blick verstört durch meine Küche wandert, brauen sich in meinem Kopf nebulöse Bilder der letzten Nacht zusammen. Said und ich mit Walter zwischen uns, nicht enden wollende Treppenstufen, ein quälend langsamer Aufstieg …

»Das Taxi wollte dich nicht mitnehmen, als du auf die Straße gekotzt hast«, entfährt es mir.

Walter knetet sich die Stelle zwischen den Augen. »Aber wie komme ich hierher? Ich kann mich kaum mehr erinnern. Wie spät ist es überhaupt?«

»Halb elf«, antworte ich, und während ich mich frage, was er tun wird, wenn seine Erinnerung zurückkehrt, braue ich noch einen Tablettencocktail und stelle ihn vor Walter ab.

»Auf Ex!« Synchron stürzen wir die bittere Flüssigkeit herunter, als jemand die Wohnungstür aufschließt.

Said marschiert in die Küche, schwenkt eine Brötchentüte und eine Kanne Kaffee. »Frustuck!« Er reißt meinen Kühlschrank auf. »My Goodness«, höre ich ihn murmeln.

Vorsichtig lasse ich mich auf einen Stuhl sinken und stütze den Kopf in beide Hände. Said schiebt Teller und Besteck vor meine Nase und verteilt die klägliche Kühlschrankausbeute auf dem Tisch: ein halb leeres Marmeladenglas, ein angetrocknetes Stück Käse, ein Zipfel Wurst. Es folgt eine Tasse mit Kaffee, der so schwarz ist, dass er vermutlich Tote wecken könnte.

Breit grinsend lässt er sich auf einen Stuhl fallen und schmiert sich ein Marmeladenbrötchen. Das Klappern seines Messers auf dem Teller bohrt sich in mein wundes Bewusstsein. Aus dem Augenwinkel sehe ich, wie Walter seinen Kaffee trinkt und ab und zu verstohlen zu mir herüberlinst. Nur Said amüsiert sich augenscheinlich, beißt krachend in sein Brötchen und sieht mal mich, dann wieder Walter erwartungsvoll an.

Schließlich wird ihm das Schweigen zu bunt. Er deutet mit dem Kinn auf einen Punkt hinter meinem Rücken. »Also, das is passiert auf der Event?«

»Was?« Ich wende mich zur Tafelwand um, und die großflächige Kreidezeichnung, die darauf prangt, trifft mich mit voller Wucht. »Was zum Teufel …« Abrupt springe ich auf, sodass der Stuhl umkippt und auf die Fliesen poltert. Mit hämmerndem Herzen flüchte ich ins Bad.

Unter der Dusche beruhigt sich mein Puls, aber das Bild, das ich letzte Nacht im Rausch an die Wand gemalt haben muss, verfolgt mich bis ins Schlafzimmer. Und als ich mir Jeans und T-Shirt überstreife, will ich nur noch Klarheit haben. Seufzend setze ich mich aufs Bett, greife mein Handy und wähle Lunas Nummer. Sie geht nicht ran. »Hi, hier ist Jaro«, quatsche ich auf die Mailbox. »Also gestern Abend …« Ich schlucke, suche nach Worten. »Mimi war bei mir in der Wohnung, wir haben geredet, und dann ist da dieses Bild in meiner Küche. Luna, ich … Ach, verdammt! Ruf mich bitte zurück.« Bevor ich noch mehr Müll quatsche, lege ich auf. Dann atme ich tief durch und rufe Alex an. Wieder nur die Mailbox. Diesmal hinterlasse ich keine Nachricht.

Als ich über den Flur Richtung Küche tappe, höre ich, wie Said und Walter sich leise unterhalten. Die Tür steht einen Spalt offen, und ich sehe Walter wie ein Häufchen Elend auf dem Sofa hocken. Er stiert auf sein Handy, und als er aufblickt, schimmern seine Augen feucht. Obwohl ich ihn eigentlich nicht mag, lässt mich dieser Anblick nicht kalt. Im Gegenteil. Das spitzfingrige Tierchen namens Gewissen kriecht aus seinem Versteck.

»Erst denkst du, du bist ja noch jung, willst das Leben genießen, keine feste Bindung und so weiter. Dann stehst du jahrelang unter Strom, bringst das Studium zu Ende, schiebst Nachtschichten im Krankenhaus, gründest die eigene Praxis … und auf einmal stellst du fest, dass du alt geworden bist. Und wenn du nach einem stressigen Tag nach Hause kommst, wartet dort keiner auf dich«, sagt er leise.

»Warum du hast nicht fruher geheiratet?«, fragt Said mit dieser samtigen Stimme, die alles aus einem herauslockt.

Walter zuckt die Achseln. »Es hat immer mal wieder Frauen gegeben. Aber das hat nie lange gehalten.« Er schluckt. »Das mit Mimi fühlt sich zum ersten Mal wirklich echt an. Verstehst du? Mir bleibt fast die Luft weg, wenn ich nur daran denke, dass sie …«

Seine Stimme kippt, und die nachfolgende Stille sorgt dafür, dass sich die spitzen Finger meines Gewissens in meine Brust bohren. Kurz entschlossen zücke ich mein Handy und tippe eine Nachricht an Mimi. Dann hole ich tief Luft und stoße die Tür auf.

Walters Gesicht verkrampft sich. »Ich hab sie verloren, oder?«

Said wirft mir einen vielsagenden Blick zu, steht auf und beginnt den Tisch abzuräumen.

Ich drehe mir einen Stuhl um und setze mich rittlings darauf. »Gestern Nacht hat sie mir gesagt, dass sie dich liebt. Das ist die reine Wahrheit.«

Walter zieht die Luft ein und ballt die Fäuste. »Sie ist mit in deine Wohnung gegangen, stimmt's?«

Ich hebe beide Hände. »Wie gesagt, wir haben uns nur unterhalten.«

Er sackt in sich zusammen. »Seit wir uns kennen, habe ich Angst davor, sie an einen Jüngeren zu verlieren. Verdammt, ich bin fast fünfzig und sie …« Er fährt sich mit dem Ärmel übers Gesicht.

»Vielleicht solltest du ihr einfach mal vertrauen?«

Said wischt die Krümel vom Tisch und nickt ihm aufmunternd zu. »Wann Liebe is eifersuchtig, sie hat tausend blind Augen.«

Mein Handy vibriert. Ich werfe einen Blick auf das Display und kann mir ein Grinsen nicht verkneifen. »Anstatt hier rumzuhocken und Trübsal zu blasen, pack deinen Kadaver unter die Dusche, damit du nicht stinkst wie ein Puma, wenn sie gleich kommt.«

Mimi ist wortkarg, als sie Walter abholt. Tiefe Schatten unter ihren Augen verraten, dass sie ebenso wenig Schlaf bekommen hat wie ich. Ich stehe am Fenster und beobachte, wie sie Walter in ihr Auto verfrachtet. Said tritt neben mich. »Da geht dein Traumfrau. Oder soll ich sagen Extraumfrau?«

»Frag besser nicht!«, brumme ich.

»Okay, ich frag nicht, ich geh lieber«, sagt er, angelt seine Kaffeekanne vom Tisch und deutet mit dem Kinn auf die Tafelwand. »Du solltest reden mit ihr.«

Nachdem die Tür hinter Said zugefallen ist, rufe ich Alex' Festnetznummer an. Erst beim zehnten Klingeln wird abgenommen, und als ich höre, wer sich mit leicht verschlafener Stimme meldet, schnürt es mir die Kehle zu.

»Du … willst sicher Alex sprechen«, sagt Luna. »Er duscht gerade, soll ich was ausrichten?«

»Nicht nötig«, würge ich hervor. Dann lege ich auf.

18

Die Full-Service-Agentur Up2Gross ist in einem historischen Jugendstilgebäude in der List untergebracht, und als ich aus der U-Bahn-Station trete, leuchtet mir das Logo von der anderen Straßenseite bereits entgegen.

»Na dann mal los!«, murmle ich und rücke die Mappe unter meinem Arm zurecht. Obwohl ich den Unterwäschejob noch nicht sicher habe, habe ich zwei Tage lang an den Entwürfen gearbeitet. Wenn ich Ruprecht gegenübertrete, will ich etwas vorweisen können, das ihn überzeugt. Und inzwischen gefallen mir die Superhelden in nahtloser Unterwäsche so gut, dass ich es kaum erwarten kann, sie zu präsentieren. Außerdem hat die Arbeit mich davon abgehalten, ständig daran zu denken, was Luna und Alex wohl gerade so treiben.

Während ich an der Ampel warte, tritt ein Handwerker aus der Tür des Gebäudes, stellt seinen Werkzeugkoffer ab und klappt ihn auf. Als die Ampel auf Grün springt, hat er bereits einen Akkuschrauber in der Hand und macht sich daran, das Schild abzumontieren.

Was soll das? Mein Magen macht einen Satz, als stünde ich in einem Aufzug, der plötzlich eine Vollbremsung macht. Unwillkürlich verfalle ich in Trab. Als ich den Handwerker erreiche, schaukelt das Schild nur noch an einer Schraube. »He! Was machen Sie denn da!«

»Nicht schwer zu erraten – oder?«, brummt er, ohne aufzublicken, und dreht die letzte Schraube aus der Wand. Fassungslos starre ich auf den leeren Fleck zwischen den Schildern einer Physiotherapiepraxis und eines Versicherungsbüros. »Das muss ein Irrtum sein! Ich habe in fünf Minuten einen Termin in der Agentur!«

Er zuckt mit den Schultern. »Eine der Damen war eben noch oben. Wenn Sie sich beeilen, erwischen Sie sie noch.«

Erst hämmere ich auf den Aufzugknopf, habe dann aber keine Ruhe zu warten und nehme zwei Stufen auf einmal bis in den zweiten Stock. Die Tür ist nur angelehnt.

»Hallo?« Auf den ersten Blick wirkt der Flur mit den hohen Stuckdecken, dem Empfangstresen aus poliertem Holz und den weiß lackierten Türen wie immer. Doch dann sehe ich die Kabelenden, die dort aus der Tischplatte ragen, wo zuvor die Telefonanlage und ein PC standen. Ich reiße die nächstbeste Tür auf und finde nichts als leer geräumte Schreibtische und Regale. Das darf nicht wahr sein!

In der Küche stoße ich endlich auf Greta, die gerade eine Grünpflanze in eine Plastiktüte gleiten lässt.

»Was zum Teufel ist passiert?«, fahre ich die Praktikantin an.

In einer hilflosen Geste hebt sie die Hände. »Ruprecht und Linda haben sich aus dem Staub gemacht.«

»Aber warum?«

Sie stößt einen tiefen Seufzer aus und lässt sich auf den einzigen Stuhl sinken, der von der Einrichtung noch übrig ist. »Anscheinend lief die Agentur doch nicht so toll, wie sie immer behauptet haben. Also haben sie beschlossen, sich auf irgendeiner sonnigen Insel niederzulassen. Natürlich nicht, ohne vorher die Konten abzuräumen.« Sie sieht mich aus rot geränderten Augen an. »Zwei Jahre lang hab ich mir hier den Arsch aufgerissen. Hab die ganze Zeit gehofft, dass ich endlich mal eine richtige Stelle krieg! Dabei hatten sie mich nicht mal angemeldet!«

»Und was ist mit dem Gruber-Auftrag?«
Sie lacht bitter auf. »Aus der Traum! So ist das!«

Während ich wie betäubt die Treppe herunterstolpere, ziehe ich mein Handy aus der Tasche und rufe Ruprecht an. Ich will aus seinem eigenen Mund hören, dass er mich nach Strich und Faden verarscht hat. Doch es meldet sich bloß eine elektronische Stimme, die mir mitteilt, dass die Nummer nicht vergeben ist.

Auf dem Gehsteig bilde ich eine Insel inmitten der Leute, die an mir vorbeihasten und anscheinend alle ein Ziel haben, während ich nicht weiß, wohin ich gehen soll. Irgendwann setzen sich meine Füße in Bewegung. Ich umrunde einen Obdachlosen, der mit seinem Hund auf dem Bürgersteig kampiert, und als ich in die U-Bahn-Station abtauche, frage ich mich, ob ich auch bald auf der Straße landen werde.

Als ich zu Hause den Postkasten leere, stoße ich auf einen Brief von Kowalski. Noch während ich die Treppe hochsteige, reiße ich ihn auf. *Unkostenbeitrag für Dachdeckerarbeiten* lese ich, und meine Schritte werden immer schleppender. »Die Ziegel muss ich Ihnen aber berechnen«, echot Kowalskis Stimme durch mein Hirn. Seit wann kosten drei Dachziegel fünfhundert Euro? Mit einem hysterischen Lachen zerknülle ich den Brief, schließe meine Wohnung auf und schleudere ihn auf den Flur.

Der Papierball landet neben dem blinkenden Telefon. Ahnungsvoll drücke ich die Anrufbeantworter-Taste. »Redaktion *HannoKult*«, ertönt Marions raue Stimme. Ich höre, wie sie an ihrer Zigarette zieht, und bilde mir ein, dass der Rauch, den sie ausstößt, aus dem Lautsprecher des Telefons quillt und sich schwer auf meine Lungen legt. »Okay… ich könnte dich bitten, mich zurückzurufen. Aber es dir persönlich zu sagen macht es auch nicht besser. Es tut mir leid, Jaro. In der Redaktionskonferenz wurde heute beschlossen, *Scripped* abzusetzen. Der neue Chefredakteur krempelt das gesamte Konzept um, und falls es dich tröstet: Du bist nicht der Einzige, der ihm zum Opfer gefallen ist. Ich wünsch dir alles Gute!«

Die Ansage ist kaum zu Ende, als das Telefon klingelt. Meine Mutter. Natürlich. Sie hatte schon immer einen untrüglichen Instinkt für den unpassenden Augenblick.

Seufzend gehe ich ran.

»Hallo, Sohn«, meldet sie sich. »Was macht die Kunst?«

Ich umklammere den Hörer und versuche so normal wie möglich zu klingen. »Alles wie immer.«

Doch Elzbieta Alves lässt sich nicht täuschen. »Was ist los?« Wie immer klingt sie eher wie ein Staatsanwalt und nicht wie eine Mutter, die sich Sorgen macht.

Ich spüre leisen Unwillen in mir aufsteigen. »Nichts!«

»Nichts«, wiederholt sie. »Du willst deiner Mutter also nicht erzählen, dass sich Sarah von dir getrennt hat, ja?«

»Wozu? Du scheinst es ja schon zu wissen.«

Sie seufzt. »Nur dass ich es gerne von dir erfahren hätte und nicht über eine entfernte Bekannte, die es von Sarahs Mutter wusste. Kannst du dir vorstellen, wie ich mich gefühlt habe?«

Ich schließe die Augen und muss mich zusammennehmen, damit ich nicht auflege.

»Hast du Kontakt zu deinem Vater?«, legt sie nach.

»Sporadisch«, presse ich hervor. »Wieso?«

»Ich dachte, vielleicht kommt er mal wieder nach Deutschland. Immerhin ist es bald sieben Jahre her, dass …« Sie schluckt. »… dass dein Bruder von uns gegangen ist.«

»Aber ich bin noch da«, denke ich. »Ich weiß«, sage ich.

Es dämmert bereits, als ich mich aus meiner Versteinerung löse. Alex versucht mich zu erreichen. Ich schalte mein Handy aus und ziehe auch noch den Stecker des Festnetztelefons. Kein Geocaching, keine Frauengeschichten, keine Wetten. Solche Ablenkungen kann ich gerade nicht gebrauchen. Ich muss mich um meine nackte Existenz kümmern. Auch wenn ich gerade nicht weiß, wie ich das anstellen soll.

Mit der letzten Flasche Rotwein in der Hand proste ich der Tafelwand zu und wünsche mir, dass Miro hier wäre. Mein unerschrockener Bruder hatte für unsere Sorgen immer eine Lösung parat. Jaromiroslavjaromiroslav… Automatisch flüstere ich die Beschwörungsformel aus unserer Kindheit, als könnte ich ihn damit herzaubern.

Nach dem Unfall, als ich wie versteinert dasaß, und auch später während der Stunden auf dem Krankenhausflur hatte ich sie die ganze Zeit als Endlosschleife im Kopf gehabt. Solange ich dieses Mantra im Geiste aussprach, konnte er nicht gehen. Daran klammerte ich mich bis zuletzt.

Es passierte nur Tage vor unserem dreiundzwanzigsten Geburtstag. Ich weiß noch, wie wir schweigend durch regennasses Laub stapften, Miro immer ein paar Schritte voraus, den Blick starr auf sein GPS gerichtet.

Wasser tropft aus meinen Haaren und läuft mir in den Nacken. Ich schlage den Kragen meiner Jacke hoch. »Verfluchtes Mistwetter. Lass uns umkehren.«

Miro wirft mir einen verächtlichen Blick zu. »Von dem bisschen Regen lass ich mich nicht abhalten. Heute mache ich die Hundert voll!«

Meine Schuhe versinken in einer schlammigen Pfütze. »Nasse Füße, auch das noch«, maule ich, doch Miro scheint nicht zu merken, wie auch seine Schuhe durchweichen. »Da entlang.« Der Pfad, den wir einschlagen, führt steil bergauf und noch tiefer in den Wald. Nach einer scharfen Kurve erreichen wir den Rand einer Hügelkuppe.

»Wir müssen auf die andere Seite«, sagt Miro.

Der mit Moos und Grasbüscheln bewachsene Weg ist so schmal, dass wir uns mit einer Hand an der Böschung abstützen und nur einen Fuß vor den anderen setzen können. Linker Hand geht es steil bergab, wie tief, kann ich nicht abschätzen, weil die Baumkronen unter uns die Sicht versperren.

Plötzlich geht es nicht weiter. »Geröllawine«, wirft mir Miro über die Schulter zu. Er reckt sich und rüttelt an einer Baumwurzel, die wie ein knorriger Ring aus der Böschung ragt. Dann hängt er sich daran und schwingt sich über den Haufen Erde und Steine. Ein Brocken löst sich und stürzt in die Tiefe. Irgendwo unter uns prallt er mit einem scharfen Klacken auf, dann verliert sich das Echo und wird wieder vom Regenrauschen übertönt. Beunruhigt schaue ich die Böschung hinauf, wo das Wasser sich den Weg bahnt.

»Was ist nun?« Miro sieht mich abwartend an, den Mund zu seinem spöttischen Halbgrinsen verzogen. Beherzt greife ich nach der Wurzel und ziehe mich daran hoch. Als ich mit dem Hintern über dem Abgrund schwebe, riskierte ich einen Blick in die Schlucht. Vielleicht dreißig Meter unter uns, wo die Bäume sich lichten, erahne ich nackten Fels unter dem Regenschleier.

»Komm!«, drängt Miro. Er wischt das GPS-Gerät an seiner Hose ab und geht weiter. Ich klammere mich an die Wurzel, mache einen Schritt nach links, als die Steine plötzlich unter meinen Füßen wegrutschen.

Irgendwie schaffe ich es, mich nach oben zu hieven und meinen Arm bis zum Ellbogen durch die Wurzel zu stecken. Miro robbt über das Geröll, packt mich und zieht, bis ich über die Kante krieche. »Scheiße, das war knapp.« Miros Augen sind dunkel vor Schreck. »Lass uns das Ding loggen, und dann nichts wie weg hier.« Er lässt mich los und richtet sich auf. Dann geht alles so schnell, dass ich nicht reagieren kann. Miro rudert mit den Armen, verharrt einen Sekundenbruchteil im Stillstand und fällt wie ein Stein in die Tiefe.

Ich warte auf den Schrei. Aber Miro gibt keinen Mucks von sich. Nur der dumpfe Aufprall seines Körpers ist zu hören. »Mach keinen Scheiß, Miro!« Langsam ziehe ich mich hoch, warte darauf, dass gleich sein schallendes Gelächter ertönt. So wie damals, als er so tat, als wäre er vom Balkon gestürzt, aber in Wirklichkeit auf dem Vorsprung unter dem Geländer hockte. Doch als ich mich an die Wurzel klammere und einen Blick nach unten wage, sehe ich ihn. Schwer und dunkel liegt er auf knochenbleichem Fels. Ein Ton schwillt in meinen Ohren an, ein hohes Fiepen, als würde mein Trommelfell gleich reißen.

Irgendwie schaffe ich es, mein Handy aus der Tasche zu kriegen und einen Notruf abzusetzen. Unfähig, mich vom Fleck zu rühren, kauere ich an der Absturzstelle und starrte abwärts. Miros Körper unter dem Regenschleier rührt sich nicht. Als die Männer von der Rettung kommen, sind meine Beine gefühllos, und sie müssen meine Hände von der Wurzel lösen.

Sie holten ihn mit einem Seilzug nach oben. Immer noch sehe ich Miros schlammverkrustete Conways vor mir, die seltsam verdreht über den Rand der Trage ragten, auf die sie ihn geschnallt hatten. Da lebte er noch.

Aber seine Verletzungen waren so schwer, dass er noch am selben Tag in der Klinik starb.

Etwas streift über meine Wange. Ich öffne die Augen und nehme gerade noch wahr, dass Schorse seine Pfote zurückzieht. Seine gelben Augen blicken mich vorwurfsvoll an. Ächzend rolle ich mich aus dem Bett, sammle die leeren Flaschen vom Fußboden und folge ihm in die Küche. Schon am frühen Morgen knallt die Sonne durch das Fenster und schert sich nicht darum, dass meine Welt in Trümmern liegt.

Während ich Schorses Napf fülle, steigen weinselige Bilder vor mir auf wie Seifenblasen: das Schild von Up2Gross, nur noch an einer Schraube baumelnd. Zerplatzt. Die Summe unter dem Strich auf der Dachdeckerrechnung. Zerplatzt. Mein Anrufbeantworter, aus dem Zigarettenrauch dringt. Zerplatzt. Ein feiner Lichtstreifen, der unter der Scannerabdeckung hervorblitzt …

»Oh nein!«, keuche ich und stürze in mein Arbeitszimmer, wo sich meine Befürchtungen bestätigen:

Das halb fertige Skript des Geocaching-Comics liegt noch auf dem Scanner. Am Computerbildschirm lehnt die Visitenkarte von Bernd Pöschke, Markus' Cousin und Herausgeber der *Hamburger Comicschmiede*, und in meinem Postausgang liegt eine Mail mit dem Titel: *Was Besseres als Hoppelhasen*.

Was habe ich getan?

19

Seit zehn Minuten stehe ich nun schon vor meiner Tafelwand, knete den Schwamm in meiner Hand und bringe es nicht fertig, die Zeichnung abzuwischen. Eine fremde Macht muss in jener Nacht meine Hand geführt haben. Es ist so perfekt gezeichnet, dass ich eine Gänsehaut bekomme. So etwas wischt man nicht einfach weg – oder?

Seufzend werfe ich den Schwamm in die Spüle. Unzählige Male habe ich Luna auf die Mailbox gesprochen, aber sie ruft nicht zurück. Warum sollte sie auch?

»Schlag sie dir aus dem Kopf«, knurre ich. »Sie ist mit Alex zusammen.«

Mein Handy klingelt. Es ist Alex. »Wenn man vom Teufel spricht«, murmle ich und schalte das Handy aus. Gerade bin ich nicht in der Verfassung, mit ihm zu reden. Kurze Zeit später versucht er es per Festnetz. Aber ich gehe nicht ran.

»Okay, dann quatsche ich dir eben auf den AB. Wahrscheinlich sitzt du eh daneben. Hör zu: Es tut mir leid, dass ich mich in letzter Zeit etwas rargemacht habe. Aber diesmal hat es mich erwischt, und zwar richtig! Meine ganze Welt hat sich auf den Kopf gestellt! Dass es ausgerechnet mit … dieser Person funken würde, hätte ich nie gedacht.«

Was soll das? Meint er, mir schonend beibringen zu müssen, dass er sich mit seiner stacheligen Busenfreundin zusammengetan hat?

»Übrigens: Ich habe gelernt, dass man sich schnell ein falsches Bild von jemandem zurechtzimmern kann. Im Geocaching-Portal, zum Beispiel, sieht man ja nur den Nickname und weiß nie, wer wirklich dahintersteckt. Bis man ihm dann live begegnet.« Er holt tief Luft. »Jaro, ich hoffe, dass wir … Freunde bleiben können. Komm schon! Lass uns einen trinken gehen, dann erkläre ich dir alles.«

Nachdem er aufgelegt hat, hallt Alex' Stimme in meinem Kopf nach. »Man weiß nie, wer wirklich dahintersteckt«, wiederhole ich seine Worte und weiß erst nicht, was mich daran so aufwühlt. Doch plötzlich durchzuckt mich ein Gedanke, der mich nicht mehr loslässt. Man weiß nie, wer wirklich dahintersteckt. *Mimikry 83* und *Die Mondfrau*. Ahnungsvoll gehe ich auf *Geocaching.com*. Unter den Logeinträgen von *Mimikry 83* finde ich auch den Cache, den ich an jenem Abend aus dem Bach gezogen habe. Merkwürdig. Warum hat sie nicht als *Die Mondfrau* geloggt, wenn sie damit rechnen musste, dass Walter ihr nachspioniert? Überhaupt war *Die Mondfrau*, seit sie den Rätselcache veröffentlicht hat, überhaupt nicht mehr aktiv. Ich durchforste meine E-Mails, bis ich die Freundschaftsanfrage gefunden habe.

Wer ist Die Mondfrau?
Hinweis 1: Du hast mich direkt vor Deiner Nase, aber Du hältst mich für etwas, das ich nicht bin.

Was, wenn das gar keine Anspielung auf das Mimikryprinzip ist?

Was, wenn … Ich zücke mein Handy.

Als Mimi rangeht, falle ich gleich mit der Tür ins Haus. »Sagt dir *Die Mondfrau* etwas?«

»Nein, wieso?«

»Das ist nicht dein neuer Cacher-Name?«

»Jaro, was soll das?«

»Ich habe eine Freundschaftsanfrage von *Die Mondfrau* bekommen und dachte … Also, ich dachte, du hättest einen neuen Cacher-Account angelegt, damit Walter dich nicht mehr kontrollieren kann.«

Sie lacht. »Keine schlechte Idee. Aber ich muss dich enttäuschen. Darauf bin ich leider nicht gekommen.«

»Okay … danke!« Ich atme tief durch und lege auf. Gedankenverloren starre ich auf den blinkenden Anrufbeantworter, füge Puzzlestück für Puzzlestück zusammen, und auf einmal ergibt sich ein Bild, das ebenso logisch wie ungeheuerlich ist. Mit vor Wut zitternder Hand wähle ich Alex' Nummer.

»Na endlich!«, meldet er sich, doch ich lasse ihn nicht zu Wort kommen.

»Luna steckt dahinter, oder? Sie hat den Cacher-Account *Die Mondfrau* angelegt!«

Er atmet hörbar ein. »Es ist nicht so, wie du denkst. *Die Mondfrau* war meine Idee. Luna wollte nur …«

»Ihr habt also die ganze Zeit unter einer Decke gesteckt!«

»Nein! Ja! Jetzt hör mir doch erst mal zu …«

»Bist du so scharf auf den Karmann, dass du dafür unsere Freundschaft den Bach runtergehen lässt?«

»Darum geht es doch gar nicht. Lass dir doch erklären …«

Aber ich habe genug gehört und schalte mein Handy aus. Als Sekunden später das Festnetztelefon klingelt, ziehe ich den Stecker.

Wie konnte ich nur so blind sein? Lunas plötzliche Kehrtwende diente einzig und allein dem Zweck, mein Vertrauen zu gewinnen und mich über Mimi auszuhorchen. So war Alex immer bestens über seine Chancen informiert, die Wette zu gewinnen. Mithilfe von *Die Mondfrau* konnten sie mich auf die falsche Fährte locken, und mit diesem dämlichen Rätsel war ich dann ja erst mal beschäftigt. Der Gipfel ist aber, dass Luna mich bewusst in die Höhle der Löwin geschickt hat. Es würde mich nicht wundern, wenn sie Walter auch noch einen Tipp gegeben haben, damit er uns in Mimis Wohnung erwischt! Und das alles nur, damit sich Alex meinen Karmann unter den Nagel reißen kann! Je mehr ich darüber nachdenke, umso klarer fügt sich alles zusammen, und als es klingelt, reiße ich die Tür so heftig auf, dass sie gegen die Wand donnert. Putz bröckelt, und Said macht ein erschrockenes Gesicht. »Hast du Zucker fur mich?« Er hält mir eine Tasse entgegen. Wortlos nehme ich sie ihm ab.

Said folgt mir in die Küche, lehnt sich an den Kühlschrank und sieht mich stirnrunzelnd an. »Jaro, my friend, was ist los?«

Ich stütze beide Arme auf die Arbeitsplatte und versuche, ruhig zu atmen, um das dumpfe Gefühl in meiner Brust in den Griff zu bekommen. »Wie konnten sie mich so hintergehen?«, stoße ich hervor. »Jaro, der Trottel, lässt sich ja so leicht an der Nase herumführen! Aber ich spiele nicht mehr mit! Schluss mit dem Rätselraten und An-der-Nase-Herumführen!«

Abwehrend hebt Said beide Hände. »Moment, slowly, ich nur verstehe Bahnhof.«

»Luna hat sich im Cacher-Portal als Mimi ausgegeben, mich auf diese Events gelockt und ausgetrickst! Und es hat bestens funktioniert! Anstatt Mimi zu treffen, musste ich sie andauernd retten oder habe mir an diesem Rätselcache die Zähne ausgebissen. So geht die Zeit ins Land, und ihr feiner Freund Alex gewinnt seine Wette!«

Er runzelt die Stirn und sucht nach Worten, aber ich bin zu aufgebracht, um zu warten.

»Ich Idiot hab tatsächlich geglaubt, dass unsere Begegnungen Zufall gewesen sind. Dass wir Freunde sein können! Waffenstillstand! Wahrscheinlich hat sie sich insgeheim tot gelacht, wenn ich sie mal wieder aus einer ihrer konstruierten Situationen retten musste.«

Said schnaubt. »Ich glaube nicht, dass Rastaman war geplant, und dass sie in das Graben gefallen ist, auch nicht. Und uberhaupt: Hast du mal gefragt, warum sie hat sich in Gefahr gebracht fur dieses dumme T-funf-Cache?«

»Ist mir egal! Ich bin für alle Zeiten fertig mit ihr! Und mit Alex sowieso!«

Ich schlage mit der Faust auf die Arbeitsplatte ein, bis mich Said an den Schultern packt, zu sich dreht und mich zwingt, ihm ins Gesicht zu sehen. »Stop it!« Er drückt mich gegen die Arbeitsplatte, als wollte er mich daran festkletten, tritt zur Seite und zeigt anklagend auf die Kreidezeichnung an der gegenüberliegenden Wand. »Guck das an! Was du machst, das ist so laut, dass ich kann nicht horen, was du sagst!« Seine Augen funkeln mich herausfordernd an, seine Dreadlocks stehen in alle Richtungen ab, als seien sie elektrisch aufgeladen.

»Komm mir nicht mit deinen afrikanischen Weisheiten!«, blaffe ich ihn an. »Es ist nur ein Comic, und als ich ihn gezeichnet habe, war ich betrunken. Ich erinnere mich nicht mal mehr daran.«

Er lässt den Arm sinken und sieht mich an wie ein Kleinkind, dem man die Welt erklären muss. »Guck! Ich glaube, wann ein Comicsmaler ist betrunken, er malt die Wahrheit!«

»Unsinn! Das bedeutet gar nichts!«

Said schnappt sich den nassen Schwamm aus der Spüle und drückt ihn mir in die Hand. »Wann es bedeutet nix, kannst du ja wegwischen!« Abwartend lehnt er sich an den Kühlschrank. »Mach schon!«

Aber ich kann nicht. Mit hängenden Armen stehe ich da und drücke den Schwamm in meiner Faust zusammen, dass das Wasser auf meine Füße tropft.

»Die Wahrheit is, dass du bist verliebt in Luna!«

»Und wenn schon! Sie ist und bleibt ein Biest! Und sie ist mit Alex zusammen!«

Er tippt mir gegen die Brust. »Du bist blind fur die Wahrheit! Hast du nur einmal gesprochen mit Alex?«

Ich schüttle den Kopf. »Wozu?«

Said verdreht die Augen. »Weil er hat dir etwas zu sagen, aber du willst nicht horen!«

»Aha! Daher weht der Wind! Alex und Luna habe dich geschickt!« Aufgebracht stürme ich auf ihn los und stoße ihn mit beiden Händen gegen die Brust, sodass er rückwärts taumelt und hart gegen den Kühlschrank prallt. »Ich brauche deine Ratschläge nicht! Verschwinde!«, knurre ich.

Ungläubig starrt Said mich an. Dann stampft er aus dem Zimmer und schlägt die Tür hinter sich zu.

Als er weg ist, hole ich aus und werfe den Schwamm an die Wand, wo er mit einem Klatschen auftrifft und einen nassen Fleck hinterlässt. Sofort lösen sich Tropfen daraus und laufen über die lebensgroßen Comicfiguren, von denen ich kaum mehr die Augen wenden kann. Jedes Detail stimmt: die zierliche Figur, die schlanken Beine in den Riemchensandalen, die lockigen Haare, die wie eine Kaskade über ihren Rücken fallen. Ihr Gesicht ist nur im Halbprofil zu sehen und wird von den störrischen Locken verdeckt, aber es ist unverkennbar sie. Außerdem kann ich nicht verleugnen, dass der Comicmann, dessen Lippen nur wenige Zentimeter von ihren entfernt sind, mir zum Verwechseln ähnlich sieht. Es ist fast schon unheimlich.

Als hätte ich die Pause-Taste gedrückt und den Moment eingefroren, der alles verändert hat und von dem ich unablässig träume.

Ich trete näher an das Bild heran und fahre mit den Fingerspitzen über ihre Schulterlinie. Nachdenklich zerreibe ich den Kreidestaub zwischen meinen Fingern. Zeit, dass ich mein Leben in Ordnung bringe und ganz neu anfange.

Mimi betritt das Cosmix und sieht sich suchend um. Sie ist allein gekommen und dreht nervös ihre Jacke in der Hand. Ich winke ihr zu, schiebe meine Zeichnungen zusammen und verstaue sie in meiner Mappe.

»Wo ist Walter?«

»Kann aus seiner Praxis nicht weg.« Sie setzt sich mir gegenüber. »Außerdem ist ihm die Nacht, die er bei dir verbracht hat, immer noch peinlich, glaube ich.«

»Und sonst? Ist alles in Ordnung zwischen euch?«

»Es ist immer noch schwierig. Aber wir nähern uns langsam wieder an.«

»Und die Hochzeit?«

»Ist erst mal verschoben. Ich hab mich übrigens bei *Ärzte ohne Grenzen* beworben.«

»Hey, das ist ja großartig! Wohin wird es denn gehen?«

»Das kann ich jetzt noch nicht sagen. Erst einmal müssen sie mich nehmen. Und dann dauert es mindestens ein halbes Jahr, manchmal auch länger, bis man eingesetzt wird. Je nach Qualifikation und Erfahrung müssen sie erst ein passendes Projekt für dich finden. Soweit ich weiß, macht man in der Zwischenzeit einen Vorbereitungskurs.«

»Klar, es geht da ja auch in Krisengebiete. Fühlst du dich dem gewachsen, was dich da erwartet?«

Ihre Miene wird ernst. »Es ist auf jeden Fall eine Herausforderung. Deshalb nehmen sie auch nicht jeden. Bis dahin kann es jedenfalls nicht schaden, wenn ich meine Englisch- und Französischkenntnisse aufbessere.«

»Und was sagt Walter dazu?«

»Ich weiß noch nicht, wie ich es ihm beibringen soll. Er hat seine Praxis, ein eingefahrenes Leben … Auch wenn ich ihn immer noch liebe – dafür bin ich irgendwie noch nicht bereit. Wahrscheinlich sollte ich seiner Sprechstundenhilfe dankbar sein, dass sie die Hochzeit sabotieren wollte. Die muss sich übrigens bald einen neuen Job suchen.«

Okay. Höchste Zeit, reinen Tisch zu machen. »Ich muss dir was gestehen«, sage ich und erzähle ihr, wie ich in Walters Praxis aufgelaufen bin und mithilfe der Topfschnitte dafür gesorgt habe, dass Walter nicht im Maschkönig erscheint. »Seine Sprechstundenhilfe kann wirklich nichts dafür!«

Mimi sieht mich mit offenem Mund an. »Dass unsere Begegnung kein Zufall war, hatte ich mir fast schon gedacht. Aber dass du so dreist warst ...«

Ich setze meinen Hundeblick auf. »Glaub mir, stolz bin ich da nicht drauf. Bist du sauer?«

Um Mimis Mundwinkel zuckt es. Langsam schüttelt sie den Kopf. »Deine Strafe hast du ja schon gekriegt.« Sie zeigt auf die leichte Schattierung unter meinem Auge. Dann beugt sie sich zu mir über den Tisch. »Ohne dich würde ich jetzt wahrscheinlich Hochzeitskleider anprobieren und mich fragen, warum mein Bauchgefühl nicht mitspielt.«

»Puh!« Ich streiche mir imaginären Schweiß von der Stirn.

Mimi steht auf. »Ich muss los. Wir bleiben in Kontakt, ja?«

Als wir uns zum Abschied umarmen, drückt sie mir einen Kuss auf die Wange und zwinkert mir zu. »In dem Strandkorb wäre ich übrigens fast schwach geworden.«

Durch das Fenster sehe ich Mimi nach, und als sie in ihr Auto steigt, dreht sie sich noch einmal um und winkt mir zu. Ich hebe die Hand und bemerke, dass Luna auf der anderen Straßenseite in ihrem Auto sitzt und zu mir herübersieht. Für eine Sekunde begegnen sich unsere Blicke, und das genügt, um mein Innerstes in Aufruhr zu versetzen. Doch ehe ich an der Tür bin, schert sie aus der Parklücke aus und fährt mit Vollgas an mir vorbei.

Der reservierte Parkplatz vor Alex' Büro ist leer. Umso besser. Wenn ich ihn erst gar nicht antreffe, habe ich es schneller hinter mir. Nervös taste ich nach dem Schlüssel in meiner Tasche, öffne die Glastür und trete ein. Spargeltarzan sitzt am Empfang und blickt nur kurz von seinem Bildschirm auf. »Alex ist unterwegs.«

»Macht nichts.« Ich ziehe die Fahrzeugpapiere aus meiner Mappe. Dann schreibe ich eine Notiz und stecke sie zusammen mit dem Autoschlüssel in einen Umschlag. Als ich die Umschlagklappe mit der Zunge anfeuchte, bilde ich mir ein, dass der Kleber bitterer schmeckt als sonst. »Kannst du den Alex geben?« Ich lege das Kuvert auf den Tresen.

Während er mit einem Finger tippt, starrt Spargeltarzan konzentriert auf seinen Bildschirm und nickt. »Klar. Ist es was Wichtiges?«

»Mein Wetteinsatz.«

Endlich habe ich seine volle Aufmerksamkeit. »Der Karmann?« Sein Blick wandert zu dem Umschlag, als würde er ernsthaft überlegen, ob da ein ganzes Auto hineinpasst.

»Abholen muss Alex ihn allerdings selbst. Aber er soll sich beeilen. Nicht mehr lange, und der Taxibaron lässt ihn verschrotten.«

Thomas schiebt die Tastatur von sich. »Ich dachte, du hättest gewonnen. Das hat mir Alex jedenfalls erzählt!«

»Da hat er sich geirrt!«

»Wie auch immer.« Er zeigt mit dem Kinn nach draußen. »Mach das mit ihm selbst aus. Da hinten kommt er nämlich.«

Verdammt! Hektisch klemme ich mir die Mappe unter den Arm, drücke die Tür auf und stolpere auf den Hof, wo Alex gerade einparkt. Doch ehe ich mich verdrücken kann, ist er schon ausgestiegen und hat mich entdeckt.

»Jaro, warte!«

Er sieht glücklich aus, irgendwie gelöster als sonst. In meinem Inneren bildet sich ein Igel. Wenn er mir gleich von seinem Liebesglück vorschwärmt, wäre das kaum zu ertragen. Ich wende mich um und haste in Richtung S-Bahn-Station. Alex legt einen Sprint ein und fasst mich am Arm. »Was soll das, Jaro? Warum willst du nicht mit mir sprechen? Hat dir Thomas was erzählt?«

Plötzlich habe ich einen Kloß im Hals. »Ich kann jetzt nicht!«, würge ich hervor, schüttle seine Hand ab und springe in eine wartende Stadtbahn.

Alex bleibt vor der Tür stehen. »Ich dachte, du wärst tolerant genug, um es zu verstehen. Wenn nicht, dann tut es mir ehrlich leid um unsere Freundschaft!«

Die Türen klappen zu, und die Bahn ruckt an. Schwer atmend klammere ich mich an eine Haltestange und starre auf seine kleiner werdende Gestalt.

20

Am Eingang der Comicmesse stoße ich fast mit einer lebendigen Anime-Figur zusammen. Cosplayer, die ihre Lieblings-Comicfigur verkörpern, sind auf solchen Veranstaltungen inzwischen die Regel.

Mit der sperrigen Mappe unter dem Arm zwänge ich mich an Schnäppchenjägern vorbei, die sich an den Tischreihen drängen und mit gesenkten Köpfen durch Kartons mit Comic-Heften blättern. Doch das Antiquariat interessiert mich heute nicht. Ich bin hier, um meine Arbeiten zu präsentieren.

Es ist so stickig, dass mir der Schweiß ausbricht, als ich die Verlagsstände am anderen Ende der Halle ansteuere. Flankiert von lebensgroßen Pappfiguren, sticht mir als Erstes der Stand des Groberg-Verlags ins Auge, der auf meiner Liste steht. Ich fasse die Mappe mit meinem frisch aktualisierten Portfolio und dem Geocaching-Projekt fester, atme tief durch und versuche mein Glück.

Nach drei Stunden habe ich alle potenziellen Kandidaten abgeklappert und strande an einem der Stehcafétische. Gelegenheit, meine Arbeiten zu zeigen, hatte ich nur wenige, und wie zu erwarten war, ist mir der große Wurf nicht gelungen. Gut gezeichnet, aber ohne Marktchancen, hieß es immer wieder. Aber ich habe ein paar interessante Kontakte zu Verlagsleuten geknüpft und mich mit Kollegen ausgetauscht.

Während ich einen Kaffee trinke, beobachte ich das Gewimmel in der Halle. Dass nur wenige junge Leute und kaum Kinder unter den Besuchern sind, ist auffällig. Der Altersdurchschnitt der Comicfans an den Antiquariatstischen legt die Vermutung nahe, dass hier einige auf der Suche nach ihren Kindheitsträumen sind. Und inzwischen frage ich mich, ob es bei mir nicht ebenso ist. Nur dass ich auf der anderen Seite stehe. Aber ich liebe es einfach. Ich kann nicht damit aufhören, die Bilder laufen zu lassen.

Plötzlich schiebt sich jemand neben mich und knallt eine Kaffeetasse auf den Tisch. »Jaro Alves! Wenn das kein Zufall ist!« Breit grinsend schüttelt mir Caros Cousin Bernd die Hand. »Ich wollte mich heute sowieso bei dir melden!«

Siedend heiß fällt mir das unfertige Skript ein, das ich ihm geschickt habe. »Also, das E-Mail von neulich … Die Sachen waren noch unfertig. Normalerweise bin ich da professioneller. Am besten vergisst du das Ganze einfach.«

Bernd runzelt die Stirn. »Um das Potenzial einer Story zu erkennen, brauche ich keine durchgestylten Unterlagen.«

»Und?«

»Du hast wirklich einiges mehr drauf als Hoppelhasen. Die Charaktere sind überzeugend, am Skript muss man noch feilen, aber ich könnte mir durchaus vorstellen, dass wir ins Geschäft kommen. Ich hab da auch schon ein paar Ideen. Man könnte zum Beispiel ein Sonderheft für Geocacher ins Auge fassen. Die Zielgruppe wäre zwar begrenzt, aber durch Smartphone-Apps et cetera verbreitet sich das Hobby immer weiter. Mach dir doch mal Gedanken darüber, wie man das vermarkten könnte.«

Er wirft einen Blick auf sein Handy und stürzt seinen Kaffee herunter. »Leider muss ich gleich los. Ich melde mich aber auf jeden Fall.«

»Ja, klar«, ist alles, was ich herausbringe. Während die Informationen in meinem Kopf herumwirbeln, realisiere ich nur langsam, was er mir gerade mitgeteilt hat.

»Übrigens, was macht eigentlich die Kleinkindflüsterin?«, meint er und stopft sein Handy in seine Jeans.

»Äh, Luna?«, stammle ich.

Er nickt. »Wie hieß sie noch mal mit Nachnamen?«

»Marinelli.«

»Luna Marinelli«, sagt er gedehnt. »Interessante Frau. Sie hat mich neulich angerufen und nach Tipps für ihre Bewerbung an der Animation School Hamburg gefragt. Glaubst du, sie hat das Zeug dazu?«

Unbedingt, denke ich und spüre einen Stich in der Brust. »Sie hat's drauf«, sage ich. »Aber die Konkurrenz ist groß. Soweit ich weiß, nehmen die pro Jahrgang nur zehn Leute.«

Er nickt. »Ich hab ein paarmal versucht, sie zurückzurufen, bin aber immer nur auf der Mailbox gelandet. Hast du eventuell ihre Adresse?«

»Ich weiß nur, dass sie im Studentenwohnheim neben der Uni wohnt. Wir kennen uns auch nur flüchtig.«

Er sieht mich nachdenklich an. »Wirklich? Ich hatte an dem Abend bei Caro den Eindruck, dass ihr euch näher kennt.«

»Manche Eindrücke täuschen eben«, sage ich. Als ich ihm nachsehe, bin ich hin und her gerissen zwischen Euphorie und einem seltsamen Gefühl, das ich nicht zuordnen kann.

Als ich am Montag meine Wohnung verlasse, schiebt Schrader gerade die Müllcontainer an die Straße. Einen Moment zögere ich noch, doch dann stopfe ich die Mappe mit den Entwürfen für die Unterwäschekampagne hinein.

»Na, schon aus dem Bett gefallen? Ich dachte immer, bei euch Künstlern fängt der Tag vor zehn nicht an!«, meint Schrader.

Ich blicke auf die Uhr und verziehe das Gesicht. »Mist! Erst halb acht. Ob ich so früh zu Staub zerfalle?« Grinsend stecke ich mir die Kopfhörer in die Ohren und jogge los. Dass ich früh aufstehe, um zu arbeiten, können sich Leute wie Schrader offenbar nicht vorstellen, und bis vor Kurzem hatte er vermutlich sogar recht. Aber da hatte ich ja auch noch kein Projekt, das mir am Herzen lag. Ein Projekt, das mir einen Traum erfüllen wird und mit dem ich hoffentlich etwas Geld verdienen kann. Natürlich werde ich davon nicht leben können, und deshalb sehe ich mich auch schon nach Alternativen um. Aber für mein Ego ist es pures Adrenalin. Wenn es mir jetzt noch gelingt, Luna zu vergessen, habe ich mein Leben endlich wieder im Griff.

Als ich vom Joggen zurückkehre, steht ein Typ im Trenchcoat vor der Haustür und studiert die Klingelschilder. Seitenscheitel, Hornbrille, kantiges Kinn. Der Mann, der auf meine Klingel drückt, sieht aus, wie ich mir Clark Kent im reifen Alter vorstelle.

Ich stoppe neben ihm und ziehe mir die Stöpsel aus den Ohren. »Wollen Sie zu mir?«

»Jaromir Alves?«

Ich nicke und frage mich unwillkürlich, ob er unter Hemd und Krawatte ein Superman-Kostüm versteckt hält, und vor allem, woher er mich kennt. Plötzlich wird mir mulmig zumute. Was, wenn der Kerl die Miete für Kowalski eintreiben soll? Misstrauisch blicke ich auf seine braune Aktentasche und wappne mich innerlich für eine böse Überraschung.

Doch als er mir die Hand schüttelt, lächelt er. Feine Fältchen erscheinen um seine stahlblauen Augen. »Ferdinand Gruber. Wäsche und Miederwaren.« Ein Müllwagen fährt vorbei und hält mit quietschenden Bremsen am Bordstein. Männer in Orange springen ab, Müllcontainer rumpeln über den Bürgersteig.

»Können wir uns irgendwo in Ruhe unterhalten?«, schreit Clark Gruber.

Ein paar Sekunden starre ich ihn an, dann fällt endlich der Groschen. »Shit!«, entfährt es mir. »Warten Sie einen Moment!« Ich drehe mich auf dem Absatz herum und renne.

Der Container steht bereits im Kipper, als ich den Müllwagen erreiche. »Stopp!«, brülle ich und werfe mich auf die Tonne, die bereits angehoben wird.

»Bist du irre?«, brüllt der Müllmann und hämmert auf den Notausknopf. Der Kipper stoppt, ich klappe den Containerdeckel auf und durchwühle den Müll, bis ich eine Ecke der Zeichenmappe erwische.

»Komm sofort da runter, du Idiot!« Das Gesicht des Müllmanns hat sich farblich an sein Outfit angepasst, er droht mir mit der Faust, während sein Kollege vor Lachen fast zusammenbricht. Mit einem Ruck befreie ich die fleckige Mappe aus dem Container und springe herunter. »Hau bloß ab, du Spinner!« Er löst den Kipper erneut aus. Ich presse die Mappe gegen meine Brust, und während der Container ausgeleert und sein Inhalt vom Müllschlucker zermalmt wird, schließt Gruber zu mir auf und lockert sichtlich mitgenommen seine Krawatte. »Was war das denn für eine Aktion, junger Mann?«

Ich wische mit dem Ärmel über die Mappe und halte sie ihm vor die Nase. »Sorry, aber ich musste mal eben die Entwürfe retten!«

Mit einem der erfolgreichsten deutschen Unterwäschefabrikanten im Café zu sitzen, in verschwitzten Joggingklamotten, einen fauligen Müllgeruch in der Nase, fühlt sich irgendwie surreal an. Doch Ferdinand Gruber scheint sich nicht daran zu stören.

»Wir haben uns bei Up2Gross nur um Minuten verpasst«, erzählt er mir, und dass er genauso überrascht wie ich gewesen ist, als er die Agentur verlassen vorgefunden hat. »Diese nette Praktikantin hat mir Ihre Telefonnummer gegeben, aber leider waren Sie nie erreichbar. Darum war ich so frei, mir Ihre Adresse zu besorgen.« Er sieht mich mit leuchtenden Augen an. »Und jetzt raus mit der Sprache: Woher haben Sie gewusst, dass ich leidenschaftlicher Fan von Superheldencomics der Sechziger- und Siebzigerjahre bin?«

Das hat Ruprecht also gemeint! Grinsend zucke ich mit den Schultern. »Reine Intuition.«

»Ihre Idee hat mich so überzeugt, dass ich Ihnen gerne eine direkte Zusammenarbeit anbieten möchte. Was halten Sie davon?«

»Viel! Sehr viel sogar!« Ich schlage die leicht nach Müll riechende Mappe auf und breite die Entwürfe, die wie durch ein Wunder unversehrt geblieben sind, auf dem Tisch aus. »Ich habe sogar schon ein bisschen weitergearbeitet.«

Gruber rückt seine Brille zurecht. »Das ist es!«, murmelt er. »Genauso habe ich mir das vorgestellt.«

»Ich hätte nur eine Bitte«, sage ich und schlucke. »Wenn ich für Sie arbeiten soll, brauche ich dringend einen Vorschuss.«

Eine steile Falte erscheint auf seiner Stirn, er mustert mich streng von oben bis unten. »Junger Mann …«

Doch dann vertiefen sich die Fältchen um seine Augen, seine Mundwinkel zucken, und er bricht in dröhnendes Gelächter aus. »Jemand, der sich nicht scheut, eine Werbekampagne unter Einsatz seines Lebens vor dem Müllschlucker zu retten, hat sicher einen Vorschuss verdient.«

Kein Alex, der mich zum Geocaching vom Sofa holt, kein Said, der mich mit afrikanischen Weisheiten nervt, und vor allen Dingen: keine Frauen. Ich lasse mich von nichts und niemandem ablenken und arbeite rund um die Uhr. Mein Telefon habe ich wieder eingestöpselt, aber außer Grubers Werbeabteilung und Bernd ruft sowieso niemand an, und auch mein Handy bleibt seit Tagen stumm. Die alberne Angewohnheit, zwischen lauter Studenten im Cosmix zu arbeiten, habe ich abgelegt. Wenn ich gerade nicht zeichne, durchforste ich Jobbörsen im Internet, erstelle Bewerbungen für Ausschreibungen oder aktualisiere meine Website. Vor die Tür gehe ich nur noch zum Joggen oder Einkaufen.

Wenn ich höre, dass Said seine Wohnung verlässt, meide ich das Treppenhaus, aber nach zwei Wochen Funkstille ertappe ich mich dabei, wie ich ihn durch den Spion beobachte. Und als ich im Keller meine Wäsche aus der Maschine hole, biegt er plötzlich um die Ecke.

Ich hebe meinen Korb an und mache ihm Platz.

Schweigend hockt er sich hin und stopft seine Sachen in die Trommel. Ich bleibe unschlüssig stehen. Said knallt die Luke zu, wählt den Waschgang und starrt in das Bullauge, das sich langsam mit Wasser füllt.

Als sich die Wäsche zu drehen beginnt, hocke ich mich neben ihn. »Das Programm ist etwas einseitig, oder?«

Said verzieht keine Miene. »Das is wie ein Meditation.«

Schweigend verfolgen wir den Tanz der Wäsche hinter der Scheibe und lauschen dem Brummen des Waschmaschinenmotors.

»Tut mir leid!«, sage ich irgendwann.

»Hast du gesprochen mit Alex und Luna?«

»Da gibt's nichts zu reden.«

»Du bist ein stures Esel, das jagt die Wahrheit mit sein Schwanz weg wie ein Fliege.«

»Die Wahrheit ist, dass sie mich von vorne bis hinten belogen haben!«

Said sieht mich an. »Das Fliege mit Namen Wahrheit setzt sich directly auf dein Gesicht.« Er legt den Zeigefinger auf seine Nase und lässt die Pupillen nach innen rutschen. »Aber wer kann klar gucken mit … mit eyes crossed?« Jetzt sieht er aus wie ein schielendes Opossum, und wider Willen muss ich lachen.

»Lass es gut sein. Für mich ist das Thema abgehakt.«

Said nimmt den Finger von der Nase und sieht mich nachdenklich an. »Okay …« Er steht auf. »Warst du lange nicht mehr in Knodl-House. Ich lade dich ein. Morgen zu Mittagessen um halb eins!«

»Jaro – ewig nicht gesehen!« Saids Kollegin Rita wuchtet einen Pulk Maßkrüge zu einer Gesellschaft japanischer Messebesucher und lächelt mir flüchtig zu. Ihre prallen Brüste quellen aus dem weiß-blau gemusterten Dirndl, dessen Rock so kurz ist, dass man einen Blick auf ihre Unterwäsche erhaschen kann, wenn sie sich bückt. Said hat eine Schwäche für Rita, und ich glaube, er hat einen nicht unerheblichen Anteil daran, dass sie sich endlich von ihrem gewalttätigen Freund getrennt hat.

Ich setze mich an einen der massiven Holztische im Biergarten und versuche vergeblich, die dröhnende Blasmusik zu ignorieren. Rita klemmt sich eine blondierte Strähne hinters Ohr. »Saids Spezialteller?«

Ich nicke. »Und ein Hefeweizen.«

Als sie mir Schweinshaxe mit Knödeln bringt, stellt sie ein Reserviert-Schild auf den Tisch. »Tut mir leid, du musst woanders sitzen.« Sie dirigiert mich an einen Platz in die hinterste Ecke des Biergartens. »Hier hast du sowieso einen besseren Blick.«

Ehe ich sie fragen kann, ob sie damit das rege Treiben an der Toilettentür meint oder die Straße direkt hinter dem Lattenzaun, hat sie sich anderen Gästen zugewandt.

Achselzuckend mache ich mich über mein Essen her, als ich den silbernen BMW bemerke, der vor dem Bistro gegenüber hält.

Alex steigt aus und winkt einem hageren Typen zu, der an einem der Tische wartet. Der Marathonmann, alias Robert, alias Bobby de Beukelaar, springt auf, zieht Alex an sich und küsst ihn mitten auf den Mund. Fassungslos beobachte ich, wie sie sich setzen, die Hände ineinander verschränken und sich tief in die Augen schauen. Blitzartig wird mir einiges klar. Ich sehe Muskelprotz vor mir, wie er mir beim Kletterkurs zuzwinkert, dann Alex und Marathonmann, wie sie bei der Rettungsübung herumalbern … Kopfschüttelnd kneife ich die Augen zusammen, als wollte ich die Bilder herauskatapultieren. Aber als ich sie wieder öffne, sehe ich nur, wie sie gerade ihre Stühle näher zusammenrücken. Wie ist es möglich, dass ich all die Jahre nicht mitbekommen habe, dass mein bester Freund schwul ist?

Aufgebracht stürme ich durch das dämmrige Lokal und stoße die Tür zur Küche auf. Saids russischer Kollege Sergej weicht erschrocken zurück. »Wo ist er!«, blaffe ich ihn an. Wortlos zeigt er mit dem Daumen über seine Schulter. Said steht am Herd und brät Schweinshaxen an. Sein Gesicht glänzt wie poliertes Ebenholz.

Ich schiebe mich an Sergej vorbei. »Du hast es die ganze Zeit gewusst – oder?«

Er wischt sich mit dem Unterarm den Schweiß von der Stirn. »Wovon du redest?«

»Von Alex und diesem … diesem Typen!«

»Naturlich hab ich gewusst.« Er zuckt mit den Schultern und fährt seelenruhig fort, Haxen zu wenden.

»Und warum hast du mir nichts gesagt?«

Er wischt sich die Hände an seiner Schürze ab und funkelt mich an. »Kannst du dir denken, dass Alex wollte selber sagen? Aber du lasst ihn ja nicht!«

Meine Gedanken überschlagen sich. »Aber ich dachte, er und Luna … Dann sind sie also gar nicht zusammen?«

Said verdreht die Augen. »Luna is keine Mann. Was gibt es noch zu sagen? Du sollst besser uberlegen, warum sie das hat alles gemacht, wann nicht fur Alex!«

Ja, warum eigentlich? Was hatte sie davon, mich von Mimi fernzuhalten? »Sag du's mir!«

Er wirft die Hände in die Luft. »Du musst selber fragen. Ich bin kein Auskunftburo! Und ich muss arbeiten jetzt!« Er befüllt einen Drahtkorb mit Pommes und versenkt ihn in der Fritteuse.

Ich ziehe mein Handy aus der Tasche und wähle Lunas Nummer. Als die Mailbox anspringt, lege ich auf. »Sie geht nicht mal ans Telefon, wenn ich sie anrufe!«

Er seufzt. »Okay. In eine Stunde ich mach Feierabend. Dann geh ich nach University fur Modellsitzen. Kannst du mitkommen.«

Said nickt mir zu und verschwindet nach nebenan, um sich auszuziehen. Mit verschränkten Armen lehne ich an der Wand des Zeichensaals und warte, dass Luna endlich auftaucht. Als alle Staffeleien aufgebaut sind und einer der Studenten die Tür schließt, fehlt sie immer noch. »Kommt Luna heute nicht?«, wende ich mich an ihn.

»Keine Ahnung.« Er zeigt auf eine Kommilitonin mit blonden Flechtzöpfen, die gerade ein Blatt auf die Staffelei klemmt. »Frag mal Eva. Die ist mit ihr befreundet.«

»Luna hat gerade Klausur«, teilt mir diese mit und sieht auf die Uhr. »Die läuft bestimmt noch zwei Stunden.« Sie mustert mich neugierig. »Du bist doch Jaro – oder?«

»Wieso?«

»Weil ich nicht glaube, dass sie mit dir sprechen will.«

Ehe ich fragen kann, warum, steht Said neben mir. Er ist noch angezogen und dreht ein ausgefranstes Tuch in der Hand, als wollte er jemanden damit erwürgen. »Kannst du einspringen fur mich? Ich muss weg!«

»Auf keinen Fall! Wieso das denn?«

Er sieht mich flehend an. »Bitte! Ich muss zu Rita. Sie

hat angerufen, hat geweint, und ich hab gehort, ihr Freund schreien mit ihr.«

»Dieser Harry, der ihr schon mal ein Veilchen verpasst hat? Ich dachte, mit dem ist Schluss!«

Said schüttelt den Kopf. »He is crazy! Ich muss gehen jetzt!« Er drückt mir das Tuch in die Hand und lässt mich mit der blonden Eva allein.

Sie mustert mich von oben bis unten. »Wie gesagt: Luna ist noch zwei Stunden in der Klausur. Und wenn du mich zwischenzeitlich von deinen körperlichen Qualitäten überzeugst, verrate ich dir sogar, wo sie stattfindet.«

21

Die Studenten halten die Stifte hoch und messen in der Luft meine Proportionen. Nur das Kratzen von Kohle auf Papier ist zu hören. Das rechte Bein angewinkelt, einen Arm lässig darauf abgelegt, sitze ich auf dem Präsentierteller und spüre, wie die Hand, auf die ich mich abstütze, langsam einschläft. Bereits nach kurzer Zeit sehne ich mich danach, endlich die Position wechseln zu dürfen, aber der Wecker vor mir auf dem Boden zeigt an, dass ich noch fünf Minuten ausharren muss. Verstohlen prüfe ich noch einmal, ob meine pikanten Stellen auch wirklich verdeckt sind, und konzentriere mich dann auf die Schuhe der Studenten. Weiße Turnschuhe, blaue Birkenstocksandalen, bunte Flipflops. Jemand in abgerissenen Chucks schlurft vorbei. Die Tür geht auf, und ein Paar schwarzer Halbschuhe tritt hinzu. Der Halbschuhträger bleibt stehen und wippt auf den Zehenspitzen. Als mein Blick nach oben wandert und ein braunes Cordjackett in Sicht kommt, wünsche ich mir, dass diese verdammte Plattform augenblicklich im Boden versinkt.

Professor Doktor Hans-Joachim Gepardou hat die Hände hinter dem Rücken verschränkt und schreitet die Staffeleien der Studenten ab, als befände er sich in einer Galerie. Ab und zu bleibt er stehen, rückt sich die Brille zurecht und wippt eine Weile in Betrachtung versunken vor sich hin. Meine Hand kribbelt inzwischen unerträglich, mein Nacken fühlt sich an wie in Beton gegossen, und die Narbe an meinem Hintern juckt, aber der Zeiger der Uhr scheint wie festgewachsen. Der Versuch, meinen ehemaligen Professor telepathisch zum Gehen zu bewegen, scheitert kläglich. Er stoppt vor mir und zielt mit dem Finger auf mich. »Ach, Jaro. Wo ich Sie gerade hier sehe…« Irritiert wandert sein Blick von meiner nackten Brust zu dem Tuch zwischen meinen Lenden, als würde er erst jetzt bemerken, dass ich nichts anhabe. Er räuspert sich. »Ich hätte da etwas zu besprechen… eine Sache, die dir wie auf den Leib geschneidert zu sein scheint.«

Hinter einer Staffelei ertönt ein unterdrücktes Prusten.

Ich halte es nicht mehr aus, rolle mich auf den Rücken und schüttle den kribbelnden Arm aus.

Gepardou beugt sich über mich. »Freitag um zehn, in meinem Büro.«

»Ist gebongt«, krächze ich.

Als die Tür hinter ihm zuklappt, beginnen die Studenten zu applaudieren. Vermutlich bin ich das erste Aktmodell, das während einer Sitzung zum Gespräch mit dem Professor für visuelle Kommunikation eingeladen wurde.

Nach anderthalb Stunden auf dem Präsentierteller fühle ich mich wie zerschlagen, will nur noch in meine Klamotten und Luna suchen, doch im Nebenraum erwartet mich eine böse Überraschung: Der Stuhl, auf dem ich meine Sachen abgelegt habe, ist leer!

Hektisch durchsuche ich das Zimmer, öffne alle Schränke, krieche unter gestapelte Tische und Stühle. Doch die Klamotten bleiben verschwunden.

Im Zeichensaal packen die letzten Studenten ihre Sachen zusammen. Obwohl ich eben noch im Adamskostüm unter ihnen stand, habe ich auf einmal Hemmungen, mich zu zeigen. »Hey!«, zische ich Lunas Freundin durch den Türspalt zu. »Meine Klamotten sind weg!«

Eva hebt die Augenbrauen. »Echt?«

»Echt! Komm rein und überzeug dich selbst!«

Sie klappt ihre Staffelei zusammen und lehnt sie an die Wand neben der Tür. »Du glaubst doch nicht allen Ernstes, dass ich darauf hereinfalle. So interessant ist dein Luxuskörper nun auch wieder nicht!« Damit dreht sie sich um und stolziert durch den inzwischen leeren Saal zum Ausgang. »Mach das Licht aus, wenn du gehst«, flötet das Biest, bevor die Tür hinter ihr zufällt.

Verzweifelt durchsuche ich noch einmal jeden Winkel und finde, halb verdeckt von gestapelten Stühlen, eine weitere Tür. Für den Dieb war es also ein Kinderspiel, hier hereinzuspazieren und meine Klamotten zu klauen.

Ich verdecke meine Blöße notdürftig mit dem Tuch aus der Session und zwänge mich in einen fleckigen Malerkittel, den ich im Schrank gefunden habe. Der Stoff spannt über meinen Schultern, die Nähte krachen bei jeder Bewegung, und ich kann gerade mal zwei Knöpfe schließen, aber er ist besser als nichts.

Ich habe Glück: Niemand ist auf dem Flur, als ich aus dem Saal schlüpfe. Dennoch komme ich mir vor wie in einem dieser Albträume, in denen man mitten auf dem Bahnsteig steht und plötzlich merkt, dass man keine Hose anhat.

Im Treppenhaus begegnet mir keine Menschenseele, und auch die Halle ist leer. Ich flitze zur Tür des Sekretariats und rüttle an der Klinke. Abgeschlossen – Mist! Eigentlich hatte ich vor, von hier aus Said anzurufen, aber jetzt fällt mir ein, dass ich seine Nummer sowieso nicht auswendig weiß.

Während ich fieberhaft überlege, was ich tun soll, klappt eine Tür auf, und eine Gruppe Studenten strömt in die Halle, die vermutlich aus der Klausur kommt. Blitzschnell drücke ich mich zwischen eine Säule und den Kopierer, der neben dem Sekretariat am Fenster steht, und erstarre. Luna und ihre

Freundin Eva halten zielstrebig auf mich zu. Wohin? Als ich mich noch weiter in die Ecke drücke, spüre ich weichen Stoff im Rücken. Schnell schiebe ich mich hinter den Vorhang und bete, dass niemand auf meine Beine achtet, die darunter hervorlugen.

Ein Deckel wird aufgeklappt, dann ertönt das Summen des Kopierers. »Und?«, höre ich Eva. »Hast du ihn getroffen? Mensch, Luna! Bernd Pöschke von der *Comicschmiede*! Wenn der nur halb so gut aussieht wie auf den Fotos …«

Durch ein Loch im Vorhang sehe ich, wie Eva die Kopien in ihre Tasche packt. »Vergiss endlich diesen Idioten Jaro, ruf Bernd an, und verabrede dich mit ihm!«

Mit abwesendem Lächeln streicht sich Luna eine Haarsträhne hinters Ohr. »Brauch ich nicht mehr. Gestern Abend stand er nämlich bei mir vor der Tür!«

»Ist nicht wahr! Erzähl!«, quietscht Eva und hakt sich bei Luna ein. Am liebsten würde ich aus meinem Versteck stürzen und sie zur Rede stellen, aber den Triumph, mich in diesem Aufzug vor Luna lächerlich zu machen, gönne ich ihr nicht. Also reiße ich mich zusammen und stelle mir stattdessen vor, wie sich meine Hände um Evas Hals schließen. Langsam drehe ich mich um, und als ich aus dem Fenster sehe, bin ich drauf und dran, die Scheibe einzuschlagen. Draußen schlurft ein Typ über den Hinterhof der Fakultät, den ich sofort am Gang erkenne und dessen abgewetzte Chucks ich eben noch gesehen habe: Rastaman!

Zielstrebig geht er auf eine Mülltonne zu und stopft ein Bündel hinein, das verdächtig nach meinen geklauten Sachen aussieht.

Erst als sich die Halle komplett geleert hat, wage ich mich aus meinem Versteck. Zu meiner Überraschung lässt sich das Fenster hinter dem Kopierer öffnen. Auf allen vieren klettere ich über die Fensterbank nach draußen, lande mit blankem

Hintern im Gebüsch, das, weil es mir nur bis zu den Knien reicht, kaum Deckung bietet, und renne los.

Aus dem Mülleimer dringt ein gedämpfter Klingelton. Ich klappe den Deckel auf, fische meine zerdrückte Hose heraus, fummle das Handy aus der Tasche und gehe ran.

»Nenn mich Genie!«, schreit mir Ben ins Ohr.

Ich klemme mir das Handy zwischen Schulter und Wange und steige hastig in meine Jeans. »Erzähl!«

»Finde das Reiseziel mit RG, Album 15, italiano«, liest er das Rätsel noch einmal vor. »Also, wenn man einmal von deinem Hinweis absieht …«

»Ja, ich weiß«, unterbreche ich ihn und streife mein leicht säuerlich riechendes Shirt über. »Die Lösung hat nichts mit Medizin zu tun.«

»Das habe ich inzwischen auch herausgefunden. Hör zu: Wenn man RG französisch ausspricht …«

»Wieso französisch, war nicht von italienisch die Rede?« An meiner Unterhose klebt etwas Schleimiges. Ich lasse sie wieder in die Tonne fallen.

Er seufzt genervt: »Errschee, klingelt es? Die umgedrehten Initialen von Georges Remi, sein Pseudonym …«

»Hergé! Der Comiczeichner!«

»Na endlich!«, lacht er. »Damit müsstest du das Rätsel lösen können.«

»Das hast du doch längst getan, oder?«

»Vielleicht, vielleicht auch nicht«, orakelt er.

»Komm schon!«, stöhne ich.

Doch Ben bleibt unerbittlich. »Ich kaue dir bestimmt nicht alles vor. Nachher bin ich noch schuld, wenn dein Gehirn schon vor der Zeit degeneriert. Nee, den Rest kriegst du schon selber hin.« Damit legt er einfach auf.

»Keine Sorge«, murmle ich, ziehe meine Schuhe aus dem Müll und wische die klebrige Substanz, die daran haftet, mit meiner Unterhose ab. Auf der Suche nach meinem Schlüsselbund, das ich in den rechten Schuh gesteckt hatte, tasten meine Finger ins Leere, ich finde es kaugummiverklebt in einem Joghurtbecher. Sollte mir Rastaman je wieder über den Weg laufen, ist er fällig!

22

Sekundenlang drücke ich auf Saids Klingel, hämmere gegen die Tür, doch auf der anderen Seite bleibt es stumm. Ein mulmiges Gefühl beschleicht mich, das sich verstärkt, als ich ihn auch auf dem Handy nicht erreiche. Wahrscheinlich bastelt er gerade an seinem Happy End mit Rita und will dabei nicht gestört werden, beruhige ich mich und schließe meine Wohnung auf.

Als ich den Müllgeruch unter der Dusche von meinem Körper spüle, rotieren die Puzzleteile von Lunas Rätsel unaufhörlich in meinem Kopf, aber noch wollen sie sich nicht ineinander fügen. »Tim und Struppi haben ihren Schöpfer Hergé längst überlebt.« War das ein Hinweis, den Luna mir – vielleicht sogar bewusst – gegeben hat? Und was hat es mit dem Album 15 auf sich?

Es dauert nur Minuten, bis ich die Antwort im Internet gefunden habe. Insgesamt vierundzwanzig Alben der *Tim-und-Struppi*-Serie hat Hergé im Laufe seines Lebens geschaffen. Album 15 aus dem Jahr 1952 trägt den Titel *Reiseziel Mond*. Doch gemeint ist die italienische Ausgabe. *Obiettivo Luna!* Die Buchstaben des Titels anhand der Formeln im Rätsel in Koordinaten umzuwandeln ist nur noch ein Kinderspiel. Nachdem ich sie eingegeben habe, sehe ich sofort, wo ich suchen muss.

Noch zehn Meter. Ich bleibe stehen und betrachte das Cosmix auf der anderen Straßenseite zum ersten Mal mit Geocaching-Augen. Doch das Ziel liegt nicht direkt vor dem Café, sondern weiter rechts, wo vor Kurzem ein Reisebüro mit dem sprechenden Namen *Fly me to the Moon* eröffnet hat. Ein Grinsen schleicht sich auf mein Gesicht. *Reiseziel Mond* – das passt! Während ich die Straße überquere, tastet mein Blick bereits jeden Winkel ab. Für einen Nano, kaum größer als mein halber Daumen, gibt es unzählige Versteckmöglichkeiten. Aber laut Hinweis ist der Behälter magnetisch, und als ich hinter die Einfassung des Schaukastens mit den aktuellen Reiseangeboten taste, stoßen meine Finger an eine winzige Hülse, in der, als ich sie aufschraube, ein eng zusammengerollter Zettel steckt. Es stehen nur zwei Worte darauf: *Frag Cosmo.*

Stumm schiebe ich ihm den Zettel über den Tresen.

»Finalmente«, murmelt Cosmo. Er greift unter die Theke und reicht mir eine Plastikdose. »Sie war noch einmal hier und hat etwas dazugetan«, brummt er und fährt fort, den Tresen abzuwischen. »Cappuccino?«

Ich nicke, ziehe mich auf meinen Stammplatz zurück, stelle die Dose auf den Tisch und atme tief durch. Was erwartet mich jetzt?

»Willst du sie nicht aufmachen – *eh*?« Cosmo stellt die Tasse vor mir ab und sieht mich abwartend an.

»Weißt du, was drin ist?« Er zuckt mit den Schultern und zieht weiter zum Nachbartisch.

Seufzend lasse ich die Verschlüsse aufschnappen, nehme den Deckel ab und sehe als Erstes in Rodriguez' blanke Stofftieraugen. Vorsichtig nehme ich den Travelbug aus der Dose. Der kleine Panda sieht müde aus. Er hat nur noch ein Ohr, sein Fell ist fleckig und riecht muffig, die Erkennungsmarke ist zerbeult und angelaufen, aber er ist wieder da! Wie zum Teufel hat Luna das geschafft? Dann erst sehe ich den Brief. Mit zitternden Fingern reiße ich ihn auf und befördere eine eng beschriebene Seite ans Licht.

Lieber Jaro,

wenn man sich verliebt hat, tut man die seltsamsten Dinge. Du weißt nur allzu gut, wovon ich rede. Es tut mir leid, dass ich für ein solches Chaos gesorgt habe. Anfangs war die Sache mit dem Cacher-Account »Die Mondfrau« nur ein Scherz. Ich wollte Dich dazu kriegen, doch noch an dem Kletterkurs teilzunehmen. Später erst habe ich begriffen, dass Du geglaubt hast, »Die Mondfrau« sei Mimi. Und als Du nach dieser Nacht in Deiner Wohnung regelrecht vor mir geflüchtet und dann mit dem Veilchen in der Uni aufgetaucht bist, war mir endgültig klar, dass ich gegen sie nicht ankomme. Aber Said meinte, Du bräuchtest nur einen kleinen Schubs in die richtige Richtung, und kam auf die blöde Idee, Dir vorzuschlagen, Mimi mit mir eifersüchtig zu machen. Natürlich nur als Vorwand, damit ich mich einmal von meiner »weiblichen Seite« zeigen könnte. Alex war auch gleich Feuer und Flamme von dem Plan, hat »Die Mondfrau« zum Event angemeldet und Dir geschrieben, dass sie Dich dort treffen will. Dann hat er mich zum Friseur und zum Shoppen geschleppt, und ehe ich mich's versah, bin ich in diesem Kleid ins Cosmix gestöckelt. Aber das war nicht ich! Du weißt, wie sehr ich es hasse, nur wegen meines Aussehens von irgendwelchen Typen angemacht zu werden. Deshalb trage ich eine Brille mit Fensterglas und vermeide solche Outfits. Als Mimi dann tatsächlich aufgetaucht ist, wollte ich das Spiel nicht weiter mitmachen. Ich konnte es nicht ertragen, dass Du mich nur küssen wolltest, weil sie zusieht. Außerdem warst Du betrunken. Als ich Euch eng umschlungen auf der Brücke gesehen habe, wusste ich, dass die Eifersuchtsnummer tatsächlich funktioniert hat. Nur eben nicht so, wie es Said und Alex geplant hatten.

Jaro, ich wünsche Dir, dass Du mit Mimi glücklich wirst. Ehrlich! Ich hoffe, dass Du insbesondere Alex und Said verzeihen kannst. Und dass wir vielleicht doch irgendwann Freunde werden können.

Luna

P.S. Ich hoffe, dass ich mein Verhalten damit wiedergutmachen kann, dass ich Dir Deinen Travelbug zurückgebe. Ich weiß, dass er Dir viel bedeutet.

Du hast keine Ahnung, wie viel! Ich lasse den Brief sinken. Das Atmen fällt mir schwer. Mit den Ellbogen auf dem Tisch kreuze ich die Hände über dem Hinterkopf. Rodriguez' muffiger Geruch schlägt mir entgegen.

Ich weiß noch, wie der Hausmeister, der uns den Schlüssel zu Miros Studentenbude aushändigte, mich anstarrte, als sei ich ein Geist. »Ich bin der Zwillingsbruder«, klärte ich ihn auf.

Als wir die Einzimmerwohnung betreten, erwartet uns das übliche Chaos. Schmutziges Geschirr in der Kochnische, auf dem Tisch die vertrockneten Reste seines letzten Frühstücks. Sein Schreibtisch mit dem aufgeklappten Laptop, übersät mit Skripten, Notizen und aufgeschlagenen Büchern, wartet darauf, dass Miro jeden Moment zurückkehrt und weiter für seinen Elektrotechnikbachelor büffelt. Aber er wird nicht wiederkommen. Wie verloren bleibt meine Mutter in der Mitte des Zimmers stehen und starrt mit leeren Augen auf Miros ungemachtes Bett. Ich lehne den Stapel flach zusammengelegter Kartons an die Wand, lege den Arm um ihre Schultern und spüre, wie sie sich versteift.

Später, nachdem sie mich unwirsch abgeschüttelt hat und mit versteinerter Miene seine Kleider in Säcke stopft, entdecke ich einen Schuhkarton, auf dem noch ein Preisschild aus den Neunzigern klebt. Als ich ihn unter dem Bett hervorhole und den Staub vom Deckel wische, ahne ich bereits, was Miro darin aufbewahrt.

Der schwarz-weiße Pandabär liegt auf den schon etwas vergilbten Seiten, die ich als Zehnjähriger bekritzelt, gelocht und mit einem Heftstreifen zusammengefasst hatte. Die Abenteuer von Rodriguez in Feuerland. Mein erstes Comic-Heft. Ich nehme den Karton mit nach Hause, und Wochen später, als ich den Panda erneut in der Hand halte und mich an das Versprechen auf der Wiese erinnere, ist der Plan geboren, die Reise endlich in die Tat umzusetzen. So wurde aus Miros Talisman ein Travelbug. Mission: einmal Feuerland und zurück.

Mein gespiegeltes Ich in Rodriguez' Augen verwandelt sich langsam in Miros Gesicht. »Was soll ich jetzt machen?«, frage ich ihn.

23

»Bitte ruf mich zurück, ich muss mit dir reden!«, quatsche ich schon zum dritten Mal auf Lunas Mailbox. Von meinem Laptop leuchtet mir Rodriguez' Foto auf *Geocaching.com* entgegen, und ich kann kaum glauben, was sich mir gerade eröffnet hat: Eine der letzten Stationen seiner Reise heißt *Drachenstein*, Terrainwertung fünf, nur mit Kletterausrüstung erreichbar. Rodriguez wurde nur Tage, nachdem ich Luna eben dort im Fels hängend vorgefunden habe, aus dem Cache entnommen. Kann es sein, dass sie ihn an diesem Tag hatte holen wollen? Ich werfe einen langen Blick auf die Zeichnung an der Wand. Dann stecke ich Lunas Brief in die Gesäßtasche meiner Jeans, greife meine Autoschlüssel und mache mich auf den Weg.

»Luna ist unterwegs«, erklärt mir ihre spitznasige Mitbewohnerin, während sie mich unverhohlen von oben bis unten mustert. Ich werfe einen Blick in den Wohnheimflur und zeige intuitiv auf die Tür mit der Manga-Zeichnung. »Kann ich in ihrem Zimmer auf sie warten?«

Daraus schließt die Spitznase, dass ich mich hier auskenne, und wird sofort zugänglicher. »Ich weiß nicht, wann sie zurückkommt. Sie macht bei einem Kunstprojekt der Uni mit, und heute bauen sie die Vernissage auf. Soll ich Bescheid sagen, dass du kommst?« Sie zückt ihr Handy, steckt es aber sofort wieder ein. »Ach Quatsch, das kann ich mir ja sparen!

Seit Luna ihr Handy verloren hat, ist sie einfach nie erreichbar!«

Es dauert eine Weile, bis ich kapiere. Luna, die erschöpft im Seil hängt, blitzt vor meinem inneren Auge auf. »Mein Handy liegt irgendwo da unten.«

»Wem sagst du das?«, murmle ich.

Spitznase zuckt mit den Schultern. »Dann geh einfach hin. Es ist eine leer stehende Fabrik in Linden, irgendwo am Leineufer.« Sie kritzelt mir die Adresse auf einen Zettel, aber ich weiß auch so, welches Gelände sie meint.

»Vorsicht!«, schreit der Student links von mir von seiner Leiter. Ich ducke mich gerade noch rechtzeitig, bevor das riesige Werbebanner haarscharf an meinem Kopf vorbeirauscht. Er und sein Kumpel auf der rechten Leiter haben offenbar Mühe, die mit dem Titel *Pop Art, Manga und Skulptur* bedruckte Plane an die Fabrikfassade zu spannen. Mit eingezogenem Kopf laufe ich durch das weit geöffnete Tor der ehemaligen Maschinenhalle und richte mich erst wieder auf, als ich die Schwelle hinter mir habe.

Das rote Backsteingebäude mit den Säulen aus Stahl wirkt von innen wie eine Kathedrale und bietet eine viel genutzte Kulisse für Ausstellungen, Konzerte und Events. Mit der flachen Hand schirme ich die Augen gegen die inzwischen tief stehende Sonne ab, die mich durch die hohen Fenster blendet. Ich lasse den Blick schweifen. Die Halle summt vor Geschäftigkeit. Bilder werden aufgehängt, Skulpturen aufgestellt, Licht wird installiert.

»Hey, Platz da!« Zwei Studentinnen setzen eine sperrige Stellwand neben mir ab. »Ich kann nicht mehr!«, mault eine zierliche Brünette und schafft es kaum, das Teil erneut anzuheben.

»Wohin?«, frage ich und fasse kurzerhand mit an. »Wo finde ich Luna Marinelli?«, wende ich mich an sie, nachdem ich geholfen habe, die Stellwand mit bereits vorhandenen zu verbinden.

»Da hinten, gleich neben der Bühne«, meint die Brünette und weist mit dem Kinn auf eine Plattform am Ende der Halle, über der gerade die Beleuchtungstraversen bestückt werden.

Rechts davon hängen einige großformatige Drucke im Manga-Stil an der Wand, die ich unter Tausenden wiedererkennen würde. Augenblicklich schlägt mein Herz schneller. Ich umrunde eine grellbunte Pop-Art-Skulptur, schlängle mich an einer Gruppe diskutierender Studenten vorbei und pralle mit der blondbezopften Eva zusammen.

»Was machst du denn hier?«, fährt sie mich an.

»Aufbauhelfer.« Wie zur Bestätigung schnappe ich mir einen herumliegenden Akkuschrauber, als ich Luna auf einer Leiter entdecke. Sie reckt sich, um ein Hängesystem an der Wandschiene zu befestigen, und ein Sonnenstrahl bringt ihre zum Knoten aufgesteckten Haare zum Leuchten.

»Oh nein!«, zischt Eva, die meinen Blick bemerkt hat, und schiebt sich mit verschränkten Armen zwischen mich und das Objekt meiner Begierde. »Du wirst nicht alles vermasseln, hörst du?«

»Bist du Lunas Bodyguard? Oder warum willst du mich dauernd von ihr fernhalten?« Ich richte den Schrauber auf sie und lasse ihn ein paarmal drehen. Doch sie weicht nicht einen Zentimeter zurück, sondern bohrt mir ihren spitzen Finger in die Brust. »Sie hat ein Date! Und dabei kann sie dich ganz sicher nicht gebrauchen! Außerdem will sie sowieso nicht mit dir reden!«

»Das lass mal meine Sorge sein!« Ich schiebe sie zur Seite, und als ich weitergehe, höre ich sie hinter mir genervt aufstöhnen.

»Gibst du mir das Nächste, Eva?«, fragt Luna und streckt blind einen Arm nach unten.

Ich nehme das vorderste der Bilder, die vor mir an der Wand lehnen. »Dieses hier?«

Ihr Kopf schnellt über ihre Schulter, und als sie mich erkennt, schnappt sie nach Luft. Unwillkürlich greife ich nach der Leiter, weil Luna kurz schwankt und ich Angst habe, sie könnte abstürzen. Doch sie fängt sich wieder, nimmt das Bild wortlos entgegen und hängt es an den dafür vorgesehenen Nylonschnüren auf.

»Ich muss mit dir reden«, sage ich.

»Worüber?« Sie nestelt an der Aufhängung herum und richtet das Bild noch einmal sorgfältig aus.

Ich ziehe den Brief aus meiner Gesäßtasche und halte ihn hoch. »Darüber.«

Sie wirft einen Blick auf das gefaltete Blatt. »Oh.« Endlich klettert sie abwärts.

Als sie unten ist, dreht sie sich zu mir um, verschränkt die Arme vor der Brust und sieht mich abwartend an. Wahrscheinlich sollte ich jetzt etwas sagen. Aber mein Kopf ist auf einmal wie leer gefegt.

»Wie hast du das mit Rodriguez hingekriegt?«, bringe ich schließlich hervor.

Luna zuckt mit den Achseln. »Ich hatte jede Menge Hilfe dabei.« Sie wirft einen Blick auf Eva, die mit Schmollmund und verschränkten Armen an der Wand lehnt und Augengymnastik betreibt. »Komm mit!«, sagt Luna, und ich folge ihr in den Gang hinter der Bühne. »Nebenan ist es ruhiger.« Sie deutet auf einen mit Plastiklamellen verhängten Durchgang.

»Mein Bruder ist Pilot und hat schon Caches auf der ganzen Welt geloggt«, erklärt sie, als wir uns durch den Vorhang ducken. Wir betreten eine kleinere Halle, in der noch ein paar verwaiste Maschinen stehen. Der Aufbaulärm dringt nur noch gedämpft zu uns durch. »Er und seine Kollegen haben deinen Travelbug ab New York übernommen und dafür gesorgt, dass er wieder gen Heimat transportiert wird. Als er in dem Cache am Flughafen Hannover gelandet war, wollte ich ihn eigentlich holen, aber leider ist mir ein anderer Cacher zuvorgekommen.«

»Und der hat ihn dann ausgerechnet in diesen T5er am Drachenstein abgelegt.«

Sie lächelt schief. »Na ja, jetzt weißt du auch, was ich dort wollte. Nachdem ich kläglich in der Felswand gescheitert war, habe ich schließlich Ron gefragt. Für den war das bloß ein Kinderspiel.«

»Danke … das bedeutet mir wirklich sehr viel«, sage ich leise. »Aber du hättest dich dafür nicht in Gefahr bringen sollen.«

Luna weicht meinem Blick aus. »Sieh es als Wiedergutmachung. Auf den Rest bin ich nämlich nicht besonders stolz.« Sie nestelt an ihrem Shirt herum. »Wie läuft es mit Mimi?«

Ich zucke mit den Schultern. »Sie und Walter nähern sich langsam wieder an. Ich hab ihr übrigens alles gestanden.«

Lunas Augen weiten sich. »Ich dachte, ihr seid zusammen. Neulich hab ich euch doch erst im Cosmix gesehen!«

»Das ist alles ein Missverständnis!« Ich kneife mir zwischen die Augen und ringe nach Worten. »Luna, an dem Abend … Ich weiß, dass du uns auf der Brücke gesehen hast. Aber es war nicht das, nach dem es ausgesehen hat. Ich dachte, du bist mit Alex zusammen. Und dann, als Mimi plötzlich dastand …«

»Warum erzählst du mir das?«, unterbricht sie mich scharf. »Schließlich war das doch der Plan, oder?«

»Das Ganze hat sich plötzlich nicht mehr richtig angefühlt, weil … ich eigentlich dich wollte.«

Sie schnaubt. »Stimmt! Du warst so betrunken, dass du sogar über die stachelige Kastanie hergefallen wärst, die du in ihrem Normalzustand niemals angerührt hättest! Erstaunlich, was Alkohol und ein kurzer Rock mit einem männlichen Gehirn anstellen, findest du nicht? Und ging es nicht außerdem darum, deine Traumfrau eifersüchtig zu machen?«

»Ja, schon«, stammle ich. »Aber in diesem Augenblick auf der Tanzfläche, da …«

Sie hebt abwehrend die Hände und macht einen Schritt rückwärts. »Auf diesen Schwachsinn hätte ich mich nie einlassen dürfen.«

Eva steckt ihren Kopf durch den Vorhang. »Ich will ja nicht drängeln, aber dein Typ wird verlangt«, sagt sie zu Luna und wirft mir einen finsteren Blick zu.

»Ich muss los.« Luna wendet sich zum Gehen.

»Mimi meint, dass ich wie ein Frosch küsse«, entfährt es mir. Ich beiße mir auf die Lippe. Wie kindisch klingt das denn?

Luna wirbelt herum. »Ach, so ist das. Du konntest bei Mimi nicht landen! Weißt du was: Es gibt tatsächlich Männer, für die ich nicht nur die zweite Wahl bin!« Mit beiden Armen krault sie sich durch die Lamellen, die sich klatschend wieder hinter ihr schließen.

Perplex stehe ich da und frage mich, was ich jetzt noch sagen kann, ohne dass sie mir einen Strick daraus dreht. Seufzend tauche ich durch den Vorhang und erstarre.

Bernd steht vor Luna und küsst sie links und rechts auf die glühenden Wangen. »Du siehst großartig aus!«

Sie lacht wie ein Schulmädchen und zupft sich das Top zurecht. »Normal halt …«, meint sie und wirft mir einen nervösen Seitenblick zu.

»Du hier und nicht bei der Arbeit?« Bernd reicht mir lachend die Hand. »Die Sache mit dem Geocaching-Comic läuft übrigens. Gestern in der Redaktionskonferenz gab es eindeutig positive Rückmeldungen.«

»Super!«, murmle ich und sehe dabei Luna an.

»Ich wusste gar nicht, dass ihr zusammenarbeitet«, sagt sie.

»Das ist alles noch ganz frisch«, erklärt er.

Ich nicke bestätigend, ohne Luna aus den Augen zu lassen.

Bernds Blick wandert zwischen uns beiden hin und her.

»Stellst du auch hier aus? Ich dachte, das ist eine reine Studentenveranstaltung.«

»Hab nur beim Aufbau geholfen«, sage ich.

Er nickt, aber ich kann ihm ansehen, dass er womöglich darüber nachgrübelt, was ich hier mache, obwohl ich Luna angeblich nur flüchtig kenne.

Plötzlich hakt sich Eva bei mir ein. »Also wenn ihr noch ins Kino wollt, dann müsst ihr jetzt langsam los«, verkündet sie. »Jaro und ich hängen die restlichen Bilder alleine auf. Geht ihr ruhig!«

»Verstehe.« Bernds Miene hellt sich auf. »Wollen wir?« Er legt einen Arm um Lunas Schultern, und sie schlendern durch die Halle davon.

»Was sollte das denn?«, zische ich und schiebe Eva zur Seite. Wie zum Einspruch hebe ich die Hand und will ihnen nach, doch Eva wirft sich mir in den Weg. »Wie du siehst, kommen deine Einsichten ein bisschen spät.«

Natürlich – sie hat Luna und mich belauscht! »Was hast du eigentlich gegen mich?«, fahre ich sie an.

»Ich werde nicht zulassen, dass du Bernd dazwischenfunkst, nur weil du endlich erkannt hast, was für eine tolle Frau Luna ist!«

»Du kennst mich doch gar nicht!«

Eva verzieht das Gesicht. »Glaub mir: Ich weiß mehr über dich, als mir lieb ist. Das Thema ›Jaro‹ steht mir mittlerweile bis hier.« Sie streicht sich mit der Handkante über die Stirn.

In diesem Moment klingelt mein Handy. Es ist Said. »Na endlich!«, schnauze ich ihn an.

Keine Antwort. Dann ein zögerliches »Jaro?«. Die Stimme gehört eindeutig nicht Said, und es dauert eine Weile, bis ich begreife, wer dran ist. Es ist Rita, und sie weint.

24

Die Gummisohlen meiner Schuhe erzeugen ein hässliches Quietschen auf dem Krankenhauslinoleum. Ich verabscheue dieses Geräusch, die fahle Beleuchtung und den Geruch nach Desinfektionsmitteln, dennoch haste ich weiter.

Ich finde Rita zusammengesunken auf einem der braunen Plastikstühle im Wartebereich.

»Wie geht es ihm?«, frage ich atemlos.

Sie knetet ein Taschentuch zwischen den Fingern und sieht mich aus verquollenen Augen an. »Er wird gerade operiert. Milzriss, sagen die Ärzte.«

Ich setze mich neben sie. »Wie ist das passiert?«

»Harry stand plötzlich bei mir in der Wohnung, betrunken, und hat mich bedroht. Wahrscheinlich hat er sich ohne mein Wissen einen Schlüssel nachmachen lassen. Ich bin ins Badezimmer geflüchtet. Als er gedroht hat, die Tür aufzubrechen, habe ich Said angerufen. Er ist sofort gekommen, und dann …« Ihre Stimme versagt.

»Sie haben sich geschlagen?«

Rita nickt. »Als Said kam, ist Harry erst richtig ausgeflippt. Er hat früher mal geboxt, und wenn er betrunken ist, schreckt er vor nichts zurück. Dazu kommt sein Hass auf alles, was nicht deutsch ist. Ich mache mir solche Vorwürfe!«

Ich sehe Harrys kahlen Schädel vor mir und die tätowierten Arme, an denen die Adern anschwellen, und Wut kocht in mir hoch. Gleichzeitig fühle ich mich schuldig. Warum nur habe ich ihn allein gehen lassen? »Wo ist der Mistkerl jetzt?«

»Als ich mich aus dem Bad getraut habe, war er weg, und Said lag am Boden. Ich hab sofort den Notarzt angerufen, und dann kam auch schon die Polizei. Sie haben Harry noch auf der Straße geschnappt.« Sie schnieft in ihr Taschentuch. »Was soll ich nur machen, Jaro? Wenn Said stirbt, kann ich ihm nicht mal mehr sagen, was ich für ihn empfinde.«

Ich lege den Arm um ihre Schultern und drücke sie. »Keine Angst. Der stirbt nicht so schnell!« Auch um meinetwillen versuche ich, zuversichtlich zu klingen.

Sie lehnt sich an mich, und eine Zeit lang sagt keiner von uns etwas, bis Rita das Schweigen bricht. »Immer wenn wir zusammen Schicht hatten, stand am Ende ein Dessert für mich da, mit meinem Namen drauf. Nicht so'n einfacher Pudding, wie wir ihn im Knödl-House servieren. Das waren richtig exotische Sachen. Weiß der Himmel, woher er die Zutaten hatte. Ich hab ihm gesagt, dass er das lassen soll, weil ich eh schon zu dick bin. Aber er hat mich bloß angegrinst und gesagt, dass man von Knochen nicht satt werden kann.«

»Typisch Said.« Obwohl mir eigentlich nicht danach ist, muss ich lächeln.

»Weißt du, ich hab zum ersten Mal wirklich das Gefühl, dass mich jemand so mag, wie ich bin. Ohne Kompromisse. Trotzdem habe ich ihn auf Abstand gehalten, weil ich dachte, die kulturellen Unterschiede sind zu groß. Aber wenn ich ehrlich bin, fällt mir niemand ein, mit dem ich mich so gut verstehe wie mit ihm. Ich fühle mich einfach wohl, wenn er da ist. Das ist es doch, worauf es ankommt, oder?«

Rita richtet sich auf und wischt sich die zerlaufende Wimperntusche von den Wangen.

»Ich hole uns Kaffee«, sage ich.

Als ich mit zwei dampfenden Pappbechern zurückkehre,

sieht sie schon gefasster aus und lächelt mich sogar an. »Danke, dass du gekommen bist. Ich wusste nicht, wen ich sonst hätte anrufen sollen.«

»Ehrensache«, sage ich und frage mich, wen sie angerufen hätte, wenn ich an Saids Stelle wäre. Alex wahrscheinlich, Said, meine Mutter sowieso, und vielleicht … Luna?

Schweigend trinken wir das heiße Gebräu. »Sorry übrigens, dass ich dich heute Mittag einfach woanders hingesetzt habe, aber ich hatte genaue Anweisungen«, meint sie unvermittelt.

»Von Said vermutlich.«

Sie nickt. »Er meinte, du bräuchtest einen kleinen Schubs, was deinen Freund Alex betrifft. Und von einer gewissen Luna war auch die Rede.«

Ich seufze. »Das ist 'ne verdammt komplizierte Kiste.«

Sie hebt die Hände und lässt sie zurück in den Schoß fallen. »Mit komplizierten Beziehungen kenne ich mich aus. Und ich kann etwas Ablenkung gerade gut gebrauchen.« Aufmunternd sieht sie mich an, und auf einmal bricht die ganze Geschichte aus mir hervor.

Es tut gut, alles zu erzählen, und während ich rede, wird mir umso mehr bewusst, dass meine anfängliche Wut längst einem viel stärkeren Gefühl gewichen ist.

»Und jetzt, wo ich endlich weiß, was ich für sie empfinde, glaubt sie mir nicht«, beende ich meinen Bericht.

»Dann überzeug sie!«, meint Rita.

»Wie denn?«, murmle ich. »Im Moment kann ich nichts sagen, ohne dass sie mir das Wort im Mund herumdreht. Außerdem hat sie gerade ein Date mit einem anderen.«

Rita winkt ab. »Reine Trotzreaktion. In Wahrheit wartet sie nur darauf, dass du auch mal was tust. Wenn dir wirklich etwas an ihr liegt, dann zeig ihr, dass du um sie kämpfst!«

»Soll ich ihr jeden Tag ein Dessert hinstellen, oder was?«

Sie lächelt. »Jeder so, wie er kann!«

Mitternacht ist längst vorbei, als uns ein Arzt mitteilt, dass Said die Operation gut überstanden hat, doch Rita lässt sich von mir nicht überreden, das Krankenhaus zu verlassen. »Ich will da sein, wenn er wach wird«, meint sie stur. »Aber geh du nur, ich halte dich auf dem Laufenden.«

Als ich in mein kaltes Auto steige, ertappe ich mich bei der Vorstellung, wie ich aus dem Koma erwache und eine verheulte Luna an meinem Bett vorfinde. »Werd bloß nicht sentimental«, brumme ich und lasse den Motor an.

Während ich den Alfa nach Hause steuere, starre ich gedankenverloren auf die Straße. Stadtbahngleise glänzen im Scheinwerferlicht, eine Tankstelle zieht vorbei. Ritas Worte gehen mir nicht mehr aus dem Kopf: »Jeder so, wie er kann.«

Als ich ankomme, habe ich die Bilder bereits im Kopf. Kaum ist die Wohnungstür hinter mir zugefallen, stürze ich in mein Arbeitszimmer und greife mir einen Stapel Skizzenpapier. Mit schnellen Strichen entwerfe ich eine Sequenz nach der anderen.

Mein Comic-Avatar tritt auf den Hinterhof und sieht, wie Luna von Rastaman bedrängt wird. Schnitt. Said droht mit der Suppenkelle, Rastaman zieht ab. Schnitt. Großaufnahme: Luna legt die Arme um mich. Schnitt. Geocaching im Deister, Luna sackt in den Graben. Schnitt. Comic-Jaro trägt Luna huckepack. Ende.

Nächste Sequenz: der Kletterkurs …

Nach und nach fasse ich die Erlebnisse mit Luna in Bilder. Ich erzähle aus meiner ganz persönlichen Sicht, intim und schonungslos. Auch die Zeichnung von meiner Küchenwand banne ich auf Papier, durchlebe noch einmal den Augenblick auf der Tanzfläche, lasse mein Comic-Ich nach Luna suchen und sie schließlich in Alex' Armen finden. Ich folge mir noch einmal auf die Brücke, lasse Comic-Jaro seine Mimi küssen, zeige in Großaufnahme, wie wir voreinander zurückweichen …

Als ich mir alles von der Seele gezeichnet habe, ist es draußen längst hell. Ich kann kaum mehr die Augen offen halten und krieche ins Bett. Vier Stunden später reißt mich der Wecker aus dem Schlaf. Bis die Ausstellung in der Fabrik eröffnet wird, habe ich noch sieben Stunden. Bis dahin gibt es noch viel zu tun.

Niemand stört sich daran, dass ich eine Stunde vor Beginn der Vernissage einen großen, flachen Karton durch die Fabrikhalle trage. Ich vergewissere mich noch einmal, dass weder Luna noch Eva in der Nähe sind und mich auch sonst keiner beachtet. Schnell schiebe ich erst den Karton und dann mich hinter die Bühne und verschwinde durch die Plastiklamellen nach nebenan.

Im Gegensatz zu der großen Halle ist diese hier noch im Urzustand. Alte Maschinen und Schrott stapeln sich an den fleckigen Wänden, von denen der Putz bröckelt. Auf der eisernen Plattform, die sich ganz über die linke Seite zieht, blüht der Rost. Aber die rote Ziegelwand am Ende der Halle bietet den perfekten Hintergrund für mein Vorhaben. Durch die schmutzblinden Fenster dringt das Sonnenlicht nur noch gedämpft. Verdammt! Ich habe nicht an die Beleuchtung gedacht. Als ich auf den Schalter neben der Tür drücke und die Neonröhren an der Decke aufflammen, atme ich auf. Aber noch will ich kein Aufsehen erregen und schalte sie vorerst wieder aus.

Eins nach dem anderen hebe ich die Comics, die ich vergrößert und auf Rahmen gespannt habe, aus dem Karton und lehne sie an die Wand. Dann befestige ich dünne Nylonschnüre an den Rohren, die sich an der Mauer entlangwinden, und hänge die Bilder daran auf.

Als ich zurücktrete und das Ergebnis meiner Bemühungen zum ersten Mal mit Abstand betrachte, haut mich der

Anblick regelrecht um. Ich habe es geschafft, Lunas und meine Geschichte in meiner ganz eigenen Sprache zu erzählen, und zwar so eindringlich, dass ich Angst vor der eigenen Courage bekomme. Was, wenn ich mich mit meinem Seelenstriptease einfach nur lächerlich mache? Was, wenn ich mich täusche und die Bilder und Gedankenfetzen in Sprechblasen bei Luna nicht die gleichen Empfindungen wecken wie in mir? Einen Moment lang bin ich wie gelähmt und kurz davor, die Sache abzublasen. Doch dann kommt mir Said in den Sinn, der sich für seine Rita sogar zusammenschlagen ließ, und ich gebe mir einen Ruck.

Nebenan läuft bereits der Soundcheck, als ich das mitgebrachte Schild über dem Eingang befestige und die Plastiklamellen seitlich zusammenbinde. Unauffällig mische ich mich unter die Besucher, die sich an den Stehtischen vor der Bühne versammelt haben, und beobachte, wie die Band ihre Instrumente aufbaut. Wer, um Himmels willen, ist auf die Idee gekommen, ausgerechnet »The Universal Devils«, eine Metalband mit Gehörschadengarantie, für die Vernissage zu verpflichten?

Als Doktor Hans-Joachim Gepardou für seine Eröffnungsrede die Bühne betritt und alle Augen auf ihn gerichtet sind, streife ich durch den Raum und befestige im Vorbeigehen mehrere Hinweispfeile aus Pappe an den Wänden, die zu meiner ganz persönlichen Ausstellung führen: *Obiettivo Luna* – Reiseziel Mond. Allerdings ist die Frau, zu der meine Reise führen soll, bis jetzt nicht in Sicht, dafür finde ich Alex an einem der Stehtische. Obwohl ich damit hätte rechnen müssen, dass er zur Ausstellung seiner besten Freundin aufkreuzt, trifft mich sein Anblick völlig unerwartet. Als hätte er gespürt, dass ich ihn anstarre, blickt er von seinem Programmheft auf und sieht mich an. Grüßend hebe ich die Hand. Er prostet mir mit seinem Sektglas zu. Als ich auf ihn zugehe, fällt mir auf, dass er wirkt wie immer. Was erwartest du?, frage ich mich selbst. Dass er jetzt beim Trinken den kleinen Finger abspreizt?

»Nenn mich Idiot. Ich hab's verdient.« Ich umarme ihn und klopfe ihm kumpelhaft auf die Schulter.

Grinsend schiebt er mich von sich. »Keine Angst, dass ich dich betatsche?«

Ich senke den Kopf. »Mann, ich muss dir echt was erklären.« In knappen Worten setze ich Alex ins Bild.

»Du dachtest die ganze Zeit, dass Luna und ich zusammen sind?« Er prustet los.

»Da wusste ich ja noch nicht, dass du an Frauen kein Interesse hast. Warum zum Teufel hab ich eigentlich nie was gemerkt?«

Er zuckt mit den Schultern. »Ich bin ziemlich gut darin, mich zu verstellen. Jahrelange Übung.« Er trinkt einen Schluck. »Einer Person konnte ich allerdings nicht lange was vormachen«, meint er dann und zeigt mit dem Kinn nach rechts, wo Lunas roter Schopf aufleuchtet.

Mein Herz setzt für einen Schlag aus. Sie wendet den Kopf und spricht mit jemandem, der von einer Stellwand verdeckt wird. Dieser Jemand legt ihr den Arm um die Schultern, und als sie weitergehen, erkenne ich Bernd. Verflixt! Wenn schon ein Rivale, muss es dann ausgerechnet er sein? Doch den Gedanken, dass ich mich nach der Ausstellung womöglich von meinen Comiczeichner-Träumen verabschieden kann, schiebe ich schnell beiseite.

»Luna!« Alex hebt den Arm und winkt, doch bevor sie sich umdreht, ziehe ich ihn hinter eine Stellwand.

»Du musst mir helfen!«, raune ich ihm zu.

Nervös tigere ich auf meinem Beobachtungsposten hin und her. Ich habe auf der Eisenplattform Stellung bezogen, von der ich den Raum gut überblicken kann. Nebenan wird die Band angekündigt, Applaus erklingt, ein Mikrofon fiept, und dann legen sie los. The Universal Devils machen ihrem Namen alle Ehre, und als die Bässe aus den Boxen wummern, finden die ersten Besucher den Weg in meine Ausstellung.

Mit gemischten Gefühlen klammere ich mich an das rostige Geländer und beobachte die Reaktionen der Leute. Einige werfen einen flüchtigen Blick auf die Wand und setzen ihren Rundgang fort, als sei dies nur ein Teil der Ausstellung. Andere verweilen und fixieren die Bilder mit zusammengekniffenen Augen. Immer mehr Leute drängen sich in den Raum, und schon werden Stimmen laut, dass hier offenbar jemand die reguläre Ausstellung sabotieren will. Nur Luna lässt sich nicht blicken. Nervös fingere ich mein Handy hervor. *Alles o.k.?*, schreibe ich an Alex.

Sind auf dem Weg, schreibt er zurück, als ich sie auch schon entdecke. Nur hat es Alex offensichtlich nicht geschafft, Bernd von Luna wegzulocken. Mein Handy vibriert. *Sorry* steht auf dem Display. Ich stecke es weg, stütze mich auf das Geländer und lasse Luna nicht aus den Augen.

Dicht gefolgt von Bernd – viel zu dicht für meinen Geschmack –, schlängelt sie sich durch die diskutierenden Grüppchen und bleibt abrupt mitten im Raum stehen. Während sie die Bilder betrachtet, legt Bernd die Hände auf ihre Schultern, was mich schier wahnsinnig macht. Luna schnappt nach Luft und fasst sich an den Hals, ihr Blick springt von einem Bild zum anderen. Endlich taucht Alex auf. Sie zuckt zusammen, als er ihr etwas ins Ohr flüstert. Dann wendet er sich an Bernd und redet auf ihn ein, während Luna ein paar unsichere Schritte vorwärtsstolpert, den Blick wie festgewachsen an der Geschichte an der Wand. Schließlich reißt sie sich los und blickt sich suchend um. Ich bin hier, versuche ich ihr telepathisch mitzuteilen. Als ihre Augen mich finden, halte ich ihren Blick fest, versuche ihr stumm zu sagen, dass ich sie will und keine andere, dass sie nie die zweite Wahl gewesen ist. Das Gemurmel der Leute tritt in den Hintergrund, sie werden zu gesichtslosen Statisten. Sie und keine andere. Ich versuche in ihren Augen zu lesen, die sich langsam mit Tränen füllen. Kaum merklich schüttelt sie den Kopf und wendet sich ab. Der magische Moment ist vorbei.

Verzweifelt sehe ich mit an, wie sie den verblüfften Bernd am Arm greift und ihn zum Ausgang zerrt. »Luna!«, brülle ich und laufe los. Die rostige Plattform scheppert unter meinen Füßen.

Ich erwische sie im Durchgang und fasse sie am Arm. »Warte!«

Doch sie reißt sich los. »Wie konntest du nur!«, schleudert sie mir entgegen. Mit hochrotem Kopf drängt sie sich an Bernd vorbei und verschwindet durch die Tür.

Der versperrt mir den Weg. »Kannst du mir verraten, was hier abläuft?«

Ich schüttle den Kopf und versuche ihn wegzuschieben, doch er stemmt sich mir entgegen. »Dass angeblich nichts zwischen euch läuft, habe ich dir nie abgekauft. Aber so, wie ich das sehe, hast du gerade alle Karten verspielt.«

»Und jetzt bist du an der Reihe, oder was?«, knurre ich und versetze ihm einen Stoß vor die Brust.

Als Bernd rückwärts taumelt, schiebt sich Alex zwischen uns. »Sag mal, spinnst du denn jetzt komplett?«, fährt er mich an.

Die Gespräche um uns herum sind verstummt, und alle Augen sind auf uns gerichtet. Nur das Wummern der Bässe von nebenan ist zu hören. »Sorry«, würge ich hervor.

Bernd klopft sich imaginären Staub von seinem Sakko und wendet sich zum Gehen. »Gib's auf, Kumpel«, murmelt er, was mich erneut die Fäuste ballen lässt, doch Alex' warnender Blick sorgt dafür, dass ich mich nicht vom Fleck rühre. Ohnmächtig sehe ich zu, wie Bernd davonstürmt und gegen eine hagere Gestalt im braunen Cordsakko prallt.

Professor Gepardou rückt seine Brille zurecht und steuert direkt auf mich zu. »Wir müssen uns dringend unterhalten, junger Mann! Das da…«, er deutet auf die Comics an der Wand, »das ist doch eindeutig auf deinem Mist gewachsen!«

Als ich wie ein begossener Pudel hinter dem Professor hertrotte, komme ich mir vor wie ein dummer Erstsemesterstudent. »Hören Sie, ich wollte wirklich nicht…«, setze ich an, doch er bringt mich mit einer Dirigentengeste zum Schweigen.

»Es gibt nicht viele, deren Handschrift ich sofort erkenne, aber du gehörst eindeutig dazu. Und das ist es, was ich immer wieder meinen Studenten zu vermitteln versuche. Sei unverwechselbar. Entwickle deinen eigenen Stil!« Er sieht mich aus zusammengekniffenen Augen an und atmet tief durch. »Wir werden im neuen Semester einen Kurs anbieten, der sich ausschließlich dem Comiczeichnen widmet. Und als ich dir neulich über den Weg gelaufen bin, habe ich gleich gedacht, dass du der Richtige dafür sein könntest.«

Ich fasse es nicht! Nachdem ich mir mein Wissen über Perspektiven, Dramaturgie und visuelle Erzählkunst mühsam autodidaktisch erarbeitet habe, bietet er mir allen Ernstes einen Lehrauftrag für das Fach an, das ich mir während meines Studiums händeringend gewünscht hätte!

25

Said sitzt auf der Bettkante und drischt einen Würfelbecher auf das Beistelltischchen. »Full House! Funfundzwanzig fur mich!«

Sein türkischer Zimmergenosse Mehmet verzieht das Gesicht und notiert die Punkte. »Wieder nix! Wenn du weiter so gewinnst, krieg ich Rückfall!« Er deutet mit dem Kinn auf mich. »Besuch für dich.«

Mit breitem Grinsen dreht Said sich um. »Jaro, my friend!«

Mehmet zieht sich seinen Morgenmantel über. »Ich geh eine rauchen!« Er nickt mir zu und verlässt das Zimmer.

»Hey, du Held. Wie geht's dir heute?« Ich nehme den Rucksack ab, ziehe mir einen Stuhl an Saids Bett und setze mich. Die Hämatome in Saids Gesicht klingen langsam ab, und seit die Fäden gezogen wurden, sieht die Naht über der Augenbraue längst nicht mehr so dramatisch aus.

Ächzend lehnt Said sich an das Kissen und streicht über seinen Bauch. »Die Doktor sagen, morgen sie machen das Verband ab.« Er mustert mich und schnalzt missbilligend mit der Zunge. »Du siehst aus gar nicht gut.«

»Unsinn. Mir geht es bestens.«

Er legt den Kopf schief. »Wann du warst letztes Mal in die Sonne? Machst du nicht mehr Geocaching?«

»Keine Zeit. Das Storyboard für das Cacher-Comic muss fertig werden, und nächste Woche fange ich mit der Seminarvorbereitung an.«

Er reißt die Augen auf. »Oh Boy! Wer hatte gedacht, dass du einmal wirst Professor an University!«

Ich lache. »Das ist bloß ein ganz normaler, zeitlich begrenzter Dozentenjob. Von einem Professorengehalt kann ich nur träumen. Aber immerhin wird er überhaupt bezahlt. Übrigens …« Ich ziehe ein Sportmagazin aus meinem Rucksack und schlage es auf. »Erinnerst du dich noch an diese Sache?«

Said beugt sich über die ganzseitige Werbeanzeige und pfeift anerkennend. »Die Unterhosencomics!«

Ich nicke. »Das ist nur ein Teil der Kampagne. Gruber setzt voll auf Superhelden in nahtloser Unterwäsche. Er will einen kompletten Imagewechsel erreichen. Demnächst gibt es sogar einen Clip im Fernsehen.«

Said grinst. »Mir gefallt das sexy Catwoman!« Er klappt das Magazin zu. »Und du arbeitest noch an dein eigenes Comic auch? Ich dachte, dieses Bernd is sauer auf dich.«

»Wir trennen das Berufliche eben vom Privaten«, sage ich knapp. Ich will nicht weiter darauf eingehen, weil das Thema unweigerlich zu Luna führen würde. »Wie läuft es mit Rita?«, lenke ich ab.

Saids Augen leuchten auf. »Stell dir vor: Ritas Tante hat ein altes Kneipe und will aufhoren damit. Wir wollen das umbauen, und dann machen wir Saids African Restaurant!«

»Hey, das sind ja super Neuigkeiten!«, sage ich, als die Tür aufgeht.

»Oh, du hast schon Besuch.« Unschlüssig bleibt Luna auf der Schwelle stehen. Seit der Vernissage habe ich sie nicht mehr gesehen, und jetzt trifft mich ihr Erscheinen völlig unerwartet. Sie hält einen Blumenstrauß hoch. »Ich geh erst mal 'ne Vase holen.«

Als die Tür hinter ihr zuklappt, springe ich auf. »Ich muss los!«

Said runzelt die Stirn. »Willst du nicht sprechen einmal mit ihr?«

»Wüsste nicht, worüber.« Wieder spüre ich diesen dumpfen Schmerz in der Brust, den ich in den letzten Wochen so erfolgreich verdrängt hatte.

Said rollt mit den Augen. »My Goodness! Warum du sagst ihr nicht, dass du liebst sie!«

»Was ändert das? Sie will mich schließlich nicht!«

»Nonsense! Sie hat das alles gemacht, das Mondfrau in Internet und dein Travelbug nach Hause gebracht, weil sie is verliebt in dich!«

Ich schnaube verächtlich. »So schnell, wie sie sich umorientiert hat, scheint es damit nicht weit her zu sein. Klar, Bernd Pöschke von der *Comicschmiede* bietet ihr ja auch ganz andere Möglichkeiten. Ich sag dir was: Sie ist genauso berechnend wie alle Weiber!«

»Aber du vermisst sie!« Said bleibt beharrlich. »Und ich glaube nicht, dass Luna …«

»Lass es gut sein!«, würge ich ihn ab. »Ich hab schließlich auch meinen Stolz!«

Ich halte Said die Rechte hin, und er schlägt seufzend ein. »Bis demnächst!«

Als ich auf den Flur trete, steht Luna vor dem Wandschrank mit den Vasen und kann sich nicht entscheiden. Obwohl es keine Rolle mehr spielt, versetzt es mir einen Stich, dass sie so offensichtlich wartet, bis ich weg bin. Ich straffe die Schultern und gehe betont lässig an ihr vorbei zum Aufzug.

»Jaro?«, spricht sie mich an. »Warum hast du das gemacht?«

Ich schlucke. »Was?«

»Die Ausstellung. Du weißt, was ich meine.«

Ich vergrabe die Hände in den Hosentaschen. Erwartet sie allen Ernstes, dass ich ihr sozusagen die Pointe erkläre? Langsam wende ich mich um und sehe ihr forschend in die Augen.

Ihr Blick ist so intensiv, dass ich es kaum aushalte. Unwillkürlich muss ich an das eine Bild denken, das gefehlt hat, als ich die Comics am Tag nach der Vernissage abgeholt habe. Inzwischen habe ich es auch noch von meiner Tafel gewischt.

Ich hole tief Luft. »Hör zu: Dass die Sache ein Fehler war, hab ich längst begriffen. Also vergiss es einfach!«

Die Aufzugtüren gleiten auseinander. Der Lift ist von einem Bett mit einem Patienten darin verstopft. Der begleitende Pfleger rollt einen Infusionsständer zur Seite, und ich quetsche mich in die entstandene Lücke.

Luna stürmt auf mich zu. »Ich will doch bloß wissen, was du dir dabei gedacht hast, unsere intimsten Momente zur Schau zu stellen, anstatt …« Die Türen schließen sich, und ich fahre abwärts.

»Unsere intimsten Momente zur Schau zu stellen.« Mein Versuch, ihr auf diese Art meine Gefühle zu offenbaren, ist gründlicher in die Hose gegangen, als ich dachte. Aber was spielt das noch für eine Rolle? Bernd war offenbar überzeugender als ich, und dass er trotz des peinlichen Auftritts in der Fabrik noch mit mir zusammenarbeiten will, rechne ich ihm hoch an. Die Chance, die er mir bietet, werde ich jedenfalls nicht wegen einer Frauengeschichte aufs Spiel setzen.

Bernd klappt seinen Laptop zu. »Okay, Leute, das war's für heute!« Damit beendet er die Redaktionskonferenz der *Comicschmiede*, für die ich heute Morgen nach Hamburg gereist bin und auf der ich gerade die Endfassung des Cacher-Comics präsentiert habe. Zum ersten Mal habe ich ihn als Chefredakteur erlebt und staune darüber, wie locker er es schafft, diesen zusammengewürfelten Haufen Individualisten, die sich am Tisch versammelt haben, unter einen Hut zu bringen. Als ich meine Sachen zusammenraffe, umrundet er den Konferenztisch und bleibt vor mir stehen.

»Wie wär's mit Mittagessen? Um die Ecke gibt es einen guten Italiener.«

»Klingt prima«, sage ich, auch wenn mir bei dem Gedanken leicht unbehaglich wird, ihm zum ersten Mal in privater Atmosphäre gegenüberzusitzen, seit wir die Fronten geklärt haben. Das Thema Luna werde ich um jeden Preis meiden, nehme ich mir vor.

Der Chef des »Bella Italia« begrüßt uns mit Handschlag. »Heute haben wir handgemachte Pasta, ganz frisch.« Er reicht uns die Tageskarte.

Kaum haben wir bestellt, serviert er auch schon die Getränke und stellt einen Korb mit noch warmem Pizzabrot auf den Tisch. Ich beginne, mich zu entspannen.

Bernd hebt sein Bier. »Auf *T5 und Konsorten*!« Ich stoße mit ihm an. »Bist du zufrieden mit dem Titel?«, fragt er.

»*Terrain 5* hätte ich auch nicht schlecht gefunden.«

Er nickt. »Es waren einige gute Sachen dabei, aber *T5 und Konsorten* trifft es irgendwie.«

Sein Smartphone, das neben ihm auf dem Tisch liegt, gibt Alarm, ein Foto von Luna erscheint auf dem Display. Bernd schnappt sich das Handy. »Hey, was gibt's?« Er nickt mir zu und geht zum Telefonieren vor die Tür. Während ich von meinem Fensterplatz beobachte, wie er draußen auf und ab geht, trinke ich mein Bier in einem Zug aus, doch das merkwürdige Gefühl lässt sich dadurch nicht vertreiben.

Als er wieder Platz nimmt, bin ich dankbar dafür, dass der Wirt die Pasta bringt.

Während wir essen, herrscht Schweigen, bis sich Bernd räuspert. »Sie hat den Platz an der Animation School bekommen.«

Luna geht also weg aus Hannover! Nach Hamburg – zu ihm! Verdammt, Jaro, reiß dich zusammen! Doch die Worte brechen schon aus mir hervor. »Das läuft ja bestens für dich! Zieht sie demnächst zu dir?« Shit!

Bernd knallt sein Besteck auf den Tisch. »Weißt du was? Solange Luna selbst nicht weiß, was sie will, kann ich dir darüber keine Auskunft geben. Glaub mir, ich würde sonst was darum geben, endlich zu wissen, woran ich mit ihr bin!«

Was hat das denn zu bedeuten? Bernds Worte hallen in meinem Kopf nach und lösen Gefühle in mir aus, die ich eigentlich nicht mehr zulassen wollte. Und auf dem Heimweg hinter dem Steuer meines Alfas dämmert es mir plötzlich: die Animation School! Bernd hat sie bei der Bewerbung unterstützt und – wer weiß – vielleicht auch ein paar seiner Kontakte spielen lassen. Und Luna hat nun, was sie wollte. Unwillig schüttle ich den Kopf. Lunas Gründe, Bernd hinzuhalten, können mir egal sein. Ich habe alle Karten ausgespielt, mich bis auf die Knochen entblößt und bin von ihr abgewiesen worden. Bernd hin oder her. Ich habe nicht vor, meine mühsam zurückerlangte Balance noch einmal aufs Spiel zu setzen. »No woman no cry«, singt Bob Marley. Ich drehe das Autoradio lauter.

26

Wie in jedem Jahr, wartet meine Mutter bereits am Friedhofseingang auf mich. Ich parke den Alfa und sehe sie gemessenen Schrittes auf mich zukommen. Sie trägt ihr schwarzes Kostüm und den immer gleichen beherrschten Gesichtsausdruck unter dem strengen Pagenschnitt.

Ich atme tief durch und steige aus.

»Hallo, Sohn«, begrüßt sie mich.

Wann hat sie mich das letzte Mal mit Namen angesprochen?

»Hallo, Mama.« Ich beuge mich zu ihr runter und küsse sie auf die Wange. Die Falten zwischen Nase und Mundwinkel erscheinen mir tiefer als sonst, aber ihr Parfüm ist dasselbe wie immer. Und wie immer fühlt sie sich etwas steif in meinen Armen an.

»Wann hast du mich eigentlich das letzte Mal besucht?«, fragt sie, während wir nebeneinander hergehen.

Ich zucke mit den Schultern und schiebe wortlos das eiserne Tor auf. Hinter der Mauer weicht der Straßenlärm zurück. Kies knirscht unter unseren Füßen, es riecht nach Erde und Zypressen.

»Am zweiten Weihnachtstag warst du mit Sarah zum Essen bei mir. Seit acht Monaten hast du dich bei deiner alten Mutter nicht mehr blicken lassen.« Sie seufzt. »Aber ich will mich nicht beklagen.«

»Natürlich nicht«, denke ich und verkneife mir die Bemerkung, dass sie mich in Linden nur ein einziges Mal besucht hat. Am Tag meines Einzugs vor fünf Jahren.

Weil meine Mutter jeder Andeutung von Algenbefall sofort mit der Scheuerbürste zu Leibe rückt, erstrahlt der Stein auf Miros Grab in makellosem Weiß. Der pausbäckige Engel neben dem Sockel erfährt regelmäßig dieselbe Behandlung. Sie bückt sich und sammelt das Laub zwischen den Blumen auf, bevor sie die mitgebrachte Kerze anzündet.

Während ich ihren gebeugten Rücken betrachte, frage ich mich, wohin die Frau verschwunden ist, die mit Miro und mir im Kinderzimmer auf Elefantensafari gegangen ist und die so überschäumend lachen konnte, dass sie davon Schluckauf bekam. Meine Faust schließt sich um Rodriguez, den ich in meiner Jackentasche habe.

»Sieben Jahre …« Sie richtet sich auf und dreht sich zu mir um. Ihr entrückter Blick sagt mir, dass nicht ich es bin, den sie vor sich sieht. Als sie sich wieder dem Grab zuwendet, trete ich neben sie und lege den Arm um ihre Schultern.

Miro war immer ihr Liebling gewesen, vielleicht weil er in allem der Beste sein wollte, genauso wie sie. Und verglichen mit mir schaffte er das in fast jeder Hinsicht. »Irgendetwas ist schiefgelaufen, als sich diese Eizelle in mir drin geteilt hat«, sagte meine Mutter oft, wenn sie mich etwa in unserem Zimmer aufspürte, wo ich über einer Zeichnung anstatt über meinen Hausaufgaben brütete.

Miro war der Macher von uns beiden und ich der Träumer. Wir waren wie Yin und Yang. Und seit er nicht mehr da ist, befinde ich mich permanent in Schieflage, weil Miro als Gegenpol fehlt. Die Lücke, die er hinterlassen hat, kann ich ebenso wenig ausfüllen, wie meine Mutter sie überwinden kann. Und so bleibt die Distanz zwischen uns bestehen.

Meine Mutter strafft sich und wendet sich abrupt um. Ich lasse meinen Arm sinken.

»Hast du von deinem Vater gehört?«, fragt sie auf dem Rückweg zum Parkplatz.

»Er schickt ab und zu eine Kiste Wein.«

»Ein eigener Weinberg. Das ist es, was er immer wollte, nicht wahr?«, sagt sie mehr zu sich selbst als zu mir. Sie kramt ihren Autoschlüssel aus der Handtasche und starrt ihn an, als wüsste sie nicht mehr, wozu das Ding zu gebrauchen ist.

»Soll ich dich fahren?«, frage ich, doch sie hat mich anscheinend nicht gehört.

»Damals, in diesem Deutschkurs für Einwanderer, kam dein Vater durch die Tür, stolz und aufrecht, den Anmeldezettel in der Hand.« Sie lacht leise auf. »Er redete einfach auf Portugiesisch auf die Lehrerin ein. Ich wusste sofort, dass er der Mann meines Lebens ist!« Sie atmet tief durch. »Aber das Schicksal war gegen uns, und so haben wir uns verloren.«

Ich schiebe die Hände tiefer in die Hosentaschen, damit ich meine Mutter nicht packe und schüttle. Fakt ist, dass sie sich einfach nicht durchringen konnte, ihr wohlgeordnetes Leben aufzugeben und mit ihm nach Portugal zu ziehen.

»Meine polnische Seele hat in Deutschland Wurzeln geschlagen und kann nicht mehr verpflanzt werden!«, hatte sie der Sehnsucht meines alten Herrn entgegengesetzt, als dieser nach dreißig Jahren Fremdsein in sein Heimatdorf zurückkehren wollte. Also ging er am Ende allein.

Meine Mutter schließt ihren silbernen Golf auf und sieht mich fragend an. »Kommst du noch mit?«

Ich schüttle den Kopf. »Hab noch was zu erledigen.« Das ist noch nicht einmal gelogen.

Als der Wagen außer Sichtweite ist, gehe ich zum Grab zurück und hocke mich vor den steinernen Engel. »Hey, Miro«, flüstere ich. »Drei Tage noch …« Unwillkürlich denke ich an meinen dreiundzwanzigsten Geburtstag, der praktisch nicht stattgefunden hat. Damals war ich voller Wut auf Miro. Wie konnte er mich an unserem Tag einfach alleine lassen? Wie konnte er mich überhaupt so im Stich lassen?

Für einen Moment schließe ich die Augen, lasse die Stille wirken, und dann ist er plötzlich da, kauert neben mir, hinter einer papierdünnen Wand, die das Hier und Jetzt vom Jenseits trennt. Zumindest fühlt es sich so an. »Weißt du noch?«, raune ich ihm zu. »Wie du den Atze aus der Parallelklasse verkloppt hast, damit er mich in Ruhe lässt? Oder wie du nicht lockergelassen hast, bis sie einen Cartoon von mir in der Schülerzeitung gedruckt haben? Du warst immer da. Wenn ich ein Problem hatte, wusstest du immer eine Lösung. Ich hab mich in allem auf dich verlassen.« Ich lache leise auf. »Na ja, vermutlich auch, weil es bequem war. Als Einzelstück hab ich mich erst wahrgenommen, als du nach Braunschweig gezogen bist. Aber selbst da warst du irgendwie immer bei mir. Und auch später …« Ich schlucke schwer. Dann hole ich Rodriguez aus meiner Tasche. »Da ist er wieder, wie versprochen. Zurück aus Feuerland.« Ich atme tief durch. »Und du hattest übrigens recht. Es ist Quatsch, dass der andere Zwilling auch stirbt. Klar, ich bin aus der Balance geraten, aber, Miro, was ich dir sagen will: Ich komme klar. Du musst nicht mehr auf mich aufpassen.« Ich stehe auf und hebe den Engel zur Seite. Da, wo sein Sockel die Erde plattgedrückt hat, scharre ich ein Loch, lege Rodriguez hinein und schiebe die Erde wieder darüber.

Der Moment, in dem Miro aus meinem Leben stürzte, markiert den Stolperpunkt in meinem Bewusstsein. Nur ein Wimpernschlag, und mein Dasein war unwiderruflich geteilt. In ein Davor und ein Danach.

Danach verfolgte ich tagelang die Diskussionen im Geocaching-Forum, bis mir die Augen vom Starren auf den Bildschirm brannten. Die meisten Leute, die ihre Betroffenheit über seinen Unfall posteten, kannte ich nicht einmal.

Eine Zeit lang war ich wie besessen davon, den hundertsten Cache für Miro zu loggen. *Dass er die Dose nicht mehr gefunden hat, scheint mir angesichts der Ereignisse unwichtig*, schrieb ich dem Owner, der den Cache sofort nach dem Unfall deaktiviert hatte. Doch er meldete sich nie zurück, und der Cache, für den mein Bruder sein Leben gelassen hatte, wurde nie wieder aktiviert.

Bald ging ich wieder auf Dosenjagd, allein und doch irgendwie zu zweit. »Wo würdest du das Versteck vermuten?«, fragte ich Miro im Geiste, schloss die Augen und stand minutenlang still. Bis ich ein Kribbeln spürte, das mir die Richtung vorgab. Dann wusste ich, dass er da war und mir auf seine Art antwortete. Kribbelte es beispielsweise an meiner rechten Schläfe, wandte ich mich nach rechts. Spürte ich es im Nacken, drehte ich mich um und ging in dieser Richtung suchen. Und es stimmte immer. Wegen solcher Momente wollte ich das Cachen nicht aufgeben. Weil ich mich dadurch mit Miro verbunden fühlte.

Auch mit über sechzig Jahren feiert Charly Brown immer noch Kindergeburtstag, Spiderman treibt sein Gewissen bereits seit 1962 um, ohne dass sein Haar schütter wird, Tim und Struppi werden immer zusammenbleiben und ebenfalls nie altern. Ihre Schöpfer hingegen betrachten durch die Bank bereits die Radieschen von unten. Ich stehe vor dem Spiegel in meinem Badezimmer und taste auf meinem Kopf nach ersten kahlen Stellen. Aber obwohl heute mein dreißigster Geburtstag ist, fühlt sich alles an wie immer. Mein Gesicht sieht unverändert aus, keine neue Falte, kein verhärmter Zug um den Mund, keine Sehstörungen.

Der einzige Unterschied zum letzten Jahr besteht darin, dass mir noch niemand gratuliert hat.

Wie auf Kommando klingelt das Telefon. Auf dem Display erscheint eine vertraute Nummer.

»*Parabéns! Como estás,* mein Junge?«, dröhnt es aus dem Hörer.

»*Obrigado. Todo bem*«, antworte ich seufzend.

»*Recebeu o vinho?*«

»Danke, der Wein ist angekommen. Sprich Deutsch mit mir, Papa!«

Er lacht. »Wann kommst du mich besuchen? Siehst du heute deine Mutter? Wie geht es deiner Freundin? Wann kriege ich Enkel? …«

Typisch Papa. Immer erst den Fragenstau aus seinem Kopf entlassen, egal, wie zusammenhanglos er auch sein mag. Eine Antwort wartet er grundsätzlich nicht ab, sondern schließt seinen Redeschwall mit einem »Nun sag schon!«.

»Warum willst du unbedingt Opa werden?«

»Warum? Du bist dreißig! Da gründet man *uma família*.«

»Papa, das hat noch Zeit. Außerdem ist Sarah weg, und ich muss erst mal …«

»*Nossa!*«, ruft er erschrocken. »Was ist passiert?«

»Erzähl ich dir mal in Ruhe, ja? Ich bin gleich verabredet, mit Mama, du weißt schon.«

Er seufzt. »Junge, du solltest feiern. Mit Freunden. Du solltest …«

»Papa, ich muss jetzt echt los.«

»Grüß sie von mir. Sag ihr …« Pause.

»Was?«

»*O que passou, passou*«, singt er leise vor sich hin.

Um kurz nach zwei steige ich aus der U-Bahn und gehe am Leineufer entlang zu Roberto, dem italienischen Restaurant, in dem seit Urzeiten jedes Geburtstagsessen unserer Familie stattgefunden hat. Zuerst zu viert, dann zu dritt und schließlich nur noch zu zweit.

Sie wartet bereits an unserem Tisch, nippt an ihrem Mineralwasser und schaut aus dem Fenster. Als sie mich kommen sieht, schenkt sie mir ihr halbes Lächeln, und ich kann mir den Gedanken nicht verkneifen, dass die andere Hälfte immer noch für Miro reserviert ist. Prompt stolpere ich über den Bordstein und fluche leise. Warum tue ich mir das jedes Jahr wieder an? Obwohl ich sowieso schon zu spät bin, werden meine Schritte immer schleppender. Weil ich nur zu gut weiß, wie die nächsten Stunden ablaufen werden: Wie immer werden wir Erinnerungen an Miro austauschen. Meine Mutter wird bemerken, dass er im Geiste neben mir sitzt, und sich darüber auslassen, was aus ihm hätte werden können. Danach werde ich ins Cosmix gehen und mich betrinken.

»Hallo, Sohn.« Sie umarmt mich ein bisschen fester als vor drei Tagen. »Ich gratuliere dir«, höre ich sie dicht an meinem Ohr. Als sie mich ansieht, glänzt es verräterisch in ihren Augen.

Sekunden später hat sie sich wieder im Griff, lässt sich auf ihren Platz sinken und studiert weiter die Speisekarte. »Setz dich doch endlich.« Neben ihrem Besteck liegt ein flaches Päckchen, kein Umschlag wie sonst.

Ich hocke mich ihr gegenüber auf die Stuhlkante, atme tief durch, doch der Druck in meiner Brust bleibt. Draußen schieben sich Wolken vor die Sonne.

Die Speisekarte, deren Inhalt sich seit Jahren nicht geändert hat, kann ich fast auswendig. Seufzend klappe ich sie wieder zu. »Ich will das nicht mehr!«

Verwirrt sieht sie auf. »Nimmst du eine Vorspeise?«

»Hör mir zu, Mama.« Ich ziehe ihr die Karte aus der Hand, lege sie weg, knete die Stelle zwischen meinen Augen und versuche Ordnung in meine Gedanken zu bringen. Doch dann bricht alles unkontrolliert aus mir hervor. »Jeden verdammten Tag stelle ich mir dieselben Fragen: Warum Miro? Warum er und nicht ich? Und auch wenn du es nie gesagt hast, weiß ich, dass du mir die Schuld dafür gibst, was damals passiert ist.«

Kaum merklich schüttelt sie den Kopf und holt Luft.

»Nein.« Ich drücke ihre Schulter. »Hör mir einfach nur zu!«

Endlich sieht sie mich direkt an.

»Ich weiß, dass du enttäuscht bist von dem, was ich bin, was ich in meinem Leben erreicht habe oder in deinen Augen nicht erreicht habe. Und ja: Miro wäre wahrscheinlich besser dran als ich. Er hätte einen guten Job, ein eigenes Ingenieurbüro oder so. Vielleicht hätte er schon eine Familie. Er hätte all deine Erwartungen erfüllt, während ich deinen Ansprüchen nie genügen werde. Ich bin nämlich nur der, der gut zeichnen kann. Und das zählt für dich nicht. Hat es noch nie. Aber mir ist es wichtig. Ich liebe meine Arbeit, sie ist mein Leben.«

Mit offenem Mund starrt sie mich an, streicht sich mit der Hand über die Stirn, als wollte sie meine Vorwürfe abstreifen. »Was wirfst du mir vor? Dass ich um deinen Bruder trauere?«

Langsam beuge ich mich vor und halte sie mit den Augen fest. »Nein, dass du mich mit ihm begraben hast und einen Teil von dir gleich mit dazu. Und dass du mich seit Jahren spüren lässt, dass der Bessere von uns gegangen ist.«

Ihre Augen füllen sich mit Tränen. »Aber das ist nicht wahr!«

»Doch, ist es! Und das weißt du auch!«

Fahrig glättet sie eine Falte auf der Tischdecke. »Mag sein, dass ich manchmal gedacht habe …« Sie räuspert sich. »Äußerlich wart ihr euch ähnlich wie ein Ei dem anderen, aber innerlich wart ihr immer verschieden wie Tag und Nacht. Und sicher hast du deine künstlerische Ader nicht von mir. Aber das bedeutet nicht, dass ich Miro mehr geliebt habe als dich. Das musst du mir glauben!« Sie blickt mich aus verhangenen Augen an. »Wenn ein Kind stirbt – eine Mutter kommt niemals darüber weg.«

»Ich trauere auch um ihn! Er fehlt mir jeden Tag, und er wird immer ein Teil von mir bleiben, aber … Heute ist mein dreißigster Geburtstag, Mama. Ich sitze hier mit dir, anstatt zu feiern, und fühle mich schuldig, weil ich quicklebendig bin und er nicht dabei ist. Ich will das einfach nicht mehr, verstehst du?«

Sie greift nach meiner Hand, Tränen tropfen auf die Tischdecke. »Es tut mir so leid … Ich hätte mich um dich kümmern müssen nach dem, was du durchgemacht hast. Aber ich war wie gelähmt. Und dann lässt uns dein Vater auch noch im Stich …«

Der Schmerz auf ihrem Gesicht bringt mich zur Besinnung. »Tut mir leid …«, murmle ich. »Ich bin zu weit gegangen.«

Draußen hupt ein Auto. Aus dem Augenwinkel sehe ich, wie vor dem Restaurant ein schwarzer Wagen hält.

Sie schüttelt den Kopf. »Vielleicht musste das mal gesagt werden.«

Erneut hupt es. Zeitgleich gibt mein Handy Alarm.

Sie kramt ein Taschentuch aus ihrer Handtasche und schnäuzt sich. »Willst du nicht rangehen?«

Ich zerre das immer noch vibrierende Handy aus meiner Hosentasche. »Ja?«

»Guck endlich aus dem Fenster!«, ranzt Alex mich an.

Und dann sehe ich ihn. Er lehnt auf der anderen Straßenseite an einer glänzenden Karosse. Schwarz mit cremefarbenem Verdeck.

»Was zum Kuckuck …« Ich springe auf.

Halb lächelnd, halb schniefend schiebt mir meine Mutter das Päckchen über den Tisch und nickt mir zu.

Als ich das Papier aufreiße, kommt eine Schmuckschatulle zum Vorschein. Darin ruht, frisch aufpoliert und auf dunkelblauen Samt gebettet, der Zweitschlüssel für meinen Karmann-Ghia.

»Zu deinem Dreißigsten sollte es etwas Besonderes sein, Jaro«, sagt meine Mutter mit schwankender Stimme. Ihre

Wimperntusche hat Spuren auf ihren Wangen hinterlassen, was ihrem Gesicht einen morbiden Charakter verleiht, aber das Lächeln darin gilt mir.

»Und jetzt geh«, raunt sie mir zu, als ich sie stürmisch umarme.

Ich mustere sie prüfend. »Bist du sicher?«

Sie nickt. »Ich komme schon klar.«

»Na endlich!« Grinsend zeigt Alex mit dem Kinn auf den Wagen. »Ich hätte ihn ja lieber rot lackiert, aber deine Mutter war dagegen«, sagt er und umarmt mich. »Glückwunsch, du alter Sack!«

Staunend umrunde ich den Karmann, fahre mit den Fingern über den glänzenden Lack. »Er ist perfekt!«

Alex geht zum Heck und klappt die Motorhaube auf. »Original-Austausch-Käfermotor! Der schnurrt wie eine Katze!« Er öffnet die Fahrertür. »Und guck mal hier. Die Zierleisten. Ich hab sogar noch eine originale Verkleidung für das Handschuhfach gefunden.«

Ich klettere hinter das Steuer, verstelle den Sitz, so weit es geht, nach hinten und atme den Oldtimergeruch. »Eigentlich gehört er doch dir. Schließlich habe ich die Wette verloren.«

»Stimmt!«, meint er lässig. »Aber ich konnte ihn irgendwie doch nicht gebrauchen. Und als deine Mutter bei mir anrief, um mich zu fragen, was sie dir zum Dreißigsten schenken könnte …«

»Wie viel hast du ihr abgeknöpft?«

»Ich werde doch nicht deine Mutter über den Tisch ziehen! Wofür hältst du mich?«, meint er entrüstet. Dann blickt er auf die Uhr. »Oh verdammt! Schon so spät?«

Er reißt die Beifahrertür auf, nimmt einen Computerausdruck aus dem Handschuhfach und reicht ihn mir. »Genug der Rede. Du hast noch was Wichtiges zu erledigen, und ich fürchte, die Zeit wird knapp.«

»Was ist das?«, frage ich und sehe in der nächsten Sekunde, dass es sich um eine Geocachebeschreibung handelt.

Alex fischt sein GPS-Gerät vom Rücksitz und drückt es mir in die Hand. »Ich hab die Koordinaten schon mal geladen«, meint er und zwinkert mir zu.

Die Zielflagge auf der elektronischen Karte steckt mitten in einem blauen Fleck nordwestlich von Hannover. »Zum Steinhuder Meer?«

Alex grinst. »Geburtstag auf einer Insel. Das wolltest du doch immer, oder?«

Der Motor springt sofort an. Als ich den ersten Gang einlegen will, klopft meine Mutter gegen die Seitenscheibe. Ich öffne die Tür einen Spalt.

»Viel Glück!«, sagt sie und küsst mich noch einmal auf die Wange.

Ich nicke ihr zu.

»Los jetzt!«, drängt Alex und deutet mit dem Kinn auf meine Mutter. »Um sie kümmere ich mich schon.«

Als ich über das Kopfsteinpflaster davonrumple, sehe ich im Rückspiegel, dass sie gemeinsam ins Restaurant zurückkehren.

Wie eine Katze schnurrt der Karmann zwar nicht, aber das charakteristische Käfer-Motorengeräusch mit dem leichten Klingeln beim Beschleunigen ist wie Musik in meinen Ohren. Während ich, so schnell es mit 39 PS möglich ist, über die Autobahn jage, steigt Nebel auf und wird immer dichter. Als ich den Karmann am Scheunenviertel parke, ist die Sicht auf weniger als drei Meter geschrumpft.

»Na, da bin ich ja mal gespannt«, murmle ich und greife nach der Cache-Beschreibung. Wie ich Alex kenne, hat er in meinem Geburtstagscache irgendetwas Alkoholisches versteckt. Schlimmstenfalls erwartet mich am Ziel eine Überraschungsparty. Doch im Kopf der Beschreibung steht nicht Alex' Cacher-Name. »Was zum Teufel…«, entfährt es mir. Ich bin wie vor den Kopf geschlagen. Cache-Owner ist *Die Mondfrau.*

Bereits nach wenigen Metern hat der Nebel den Karmann verschluckt und legt sich wie ein nasses Tuch auf meine Haut. Am See angekommen, höre ich das Wasser nur leise ans Ufer schwappen. Es ist, als dämpfte der Nebel alle Sinne. Angestrengt starre ich auf das feuchte Papier in meiner Hand, lese noch einmal die Beschreibung. *Jaros letzte Chance* steht da. Was auch immer mich auf der Insel erwartet, hat mit Luna zu tun, und ich schwanke zwischen Euphorie und Zweifel. Bin ich in den letzten Wochen nicht prima ohne sie ausgekommen? Und überhaupt – was ist mit Bernd? Weiß sie endlich, was oder wen sie will? Das Herz klopft mir bis zum Hals. Mir schwirrt der Kopf.

Ich schwebe im Nebel und weiß nicht, in welche Richtung ich gehen soll, ja nicht einmal mehr, wo oben und unten ist. »Was soll ich nur machen?«, stöhne ich. Aber es ist niemand da, der mir helfen kann. Es wäre auch zwecklos, weil es eine Entscheidung ist, die nur ich allein treffen kann – oder? Ich schließe die Augen. Und plötzlich ist das Kribbeln wieder da. Es kommt aus dem Nebel mitten auf dem See, und ich spüre Miros Anwesenheit so deutlich wie schon lange nicht mehr. »Okay, Jaro«, raunt er mir zu. »Es gibt zwei Möglichkeiten: Du gehst zurück, steigst in dein Auto und vergisst die ganze Sache, oder du findest den Cache!« Ich atme tief ein, um den Schmerz zu vertreiben, der sich unter meinem Rippenbogen ausbreitet. Said hat recht. Obwohl ich de facto nie mit ihr zusammen war, vermisse ich Luna. Ich vermisse ihre Freundschaft, ihre Schlagfertigkeit, selbst ihre kratzbürstigen Kommentare und ihre Tollpatschigkeit. Ich vermisse das Funkeln in ihren Augen, ihr Lachen und wie sie mir die Welt erklärt. Ich vermisse es sogar, mich mit ihr zu streiten. Und auf einmal will ich nur noch zu dieser verdammten Insel und herausfinden, was sie dort für mich versteckt hat!

Die Promenade ist menschenleer und der Verkaufsschalter für Tickets zum Wilhelmstein geschlossen. *Letzte Fahrt zur Insel: 16.00 Uhr* lese ich und wische das Kondenswasser vom Display des GPS-Geräts. Verdammt! Ich habe das Boot knapp verpasst! Angestrengt blicke ich auf den See hinaus, versuche die Silhouette der Insel zu erahnen, aber der Nebel ist wie eine Wand. Das Holz knarrt unter meinen Füßen, als ich über den Steg laufe. Sein Ende taucht so unvermittelt vor mir auf, dass ich gerade noch an der Kante stoppen kann. Erschrocken taumle ich rückwärts und stoße gegen einen Poller, an dem ein kleines Boot festgemacht ist, das sich knarzend an Puffern aus Autoreifen reibt. Würde es jemand merken, wenn ich mir die Nussschale für eine Weile ausleihe?

Kurz entschlossen löse ich die Leine, springe in ein Karree aus weißem Kunststoff und klammere ich mich an dem schwankenden Boot fest. Erst als ich auf einen der Sitze klettere, sehe ich die Pedale. Ich bin in einem Tretboot gelandet!

Meine Beine sind schwer wie Blei, meine Lungen brennen von der Anstrengung, aber ich trete unverdrossen weiter. Verdammter Nebel. Ich kann nur hoffen, dass ich nicht an der Insel vorbeisteuere, und kontrolliere immer wieder den Kurs auf meinem GPS. Die Koordinaten springen hin und her, sodass ich mir nicht einmal mehr sicher bin, ob der Punkt, auf den ich zuhalte, tatsächlich auf der Insel liegt. Feine Nebeltröpfchen legen sich auf meine Wimpern, dringen in Mund, Nase und Lungen. Wenn das Wasser unter dem Tretboot nicht unentwegt rauschen würde, könnte man meinen, das gesamte Steinhuder Meer hätte sich in Nebel verwandelt.

Endlich lösen sich die Konturen der Insel aus den Schwaden. Ich fahre dicht am Ufer entlang, bis ich auf einen Steg stoße, an dem ich das Boot vertäue und an Land gehe. Meine Schritte hallen dumpf über die Holzbohlen, ich kämpfe mich weiter durch die Waschküche, bis die Mauern der Zitadelle sich aus dem Dunst erheben. Die Koordinaten spielen noch immer verrückt, und ich frage mich inzwischen, ob der Nebel dafür verantwortlich sein könnte. Erneut durchforste ich die Cache-Beschreibung und stoße auf einen zusätzlichen Hinweis: *Höchster Punkt auf der Insel.*

Na super! Die Insel ist flach wie ein Pfannkuchen und weist kaum Erhebungen auf. Es sei denn … »Der Turm!«, entfährt es mir. Es kann nur der Turm der Festung sein! Um in die Zitadelle zu gelangen, muss man im Souvenirladen Eintritt lösen, sodass die Stelle nach den Geocaching-Regeln eigentlich nicht infrage kommt. Aber dies ist kein offizieller Cache. Ich beschließe, meiner Intuition zu folgen.

In dem kleinen Inselladen ist es dämmrig und warm. Mein Blick irrt durch den Raum. Linker Hand ein mit Souvenirs bestücktes Wandregal, der Verkaufstresen rechts neben der Tür ist unbesetzt. Aus einer Ecke dringt ein leises Schnarchen. Unter einem Büchertisch regt sich etwas, das aussieht wie ein schmuddeliger Flokatiteppich, aus dem im Schlaf zuckende Wolfspfoten ragen. Wahrscheinlich der Inselhund. Die Tür hinter meinem Rücken öffnet sich. Ich fahre herum. Vor mir steht ein älterer Mann. Er hält eine Teekanne in der Hand und mustert mich von oben bis unten. »Na, wen haben wir denn da?« Er stellt die Kanne auf den Tresen und zieht eine Schublade auf. Mit breitem Grinsen schiebt er mir eine Münze über den Ladentisch. »Am Eingang einwerfen und dann durch die Drehtür.«

»Woher wissen Sie, dass ich in die Festung will?«

»Bei dem Nebel verirrt sich kaum jemand hierher. Es sei denn, er heißt Jaro Alves«, meint er trocken. »Oder wollen Sie etwa gar nicht auf den Turm?«

Zögernd klaube ich die Münze auf.

»Alles Gute zum Geburtstag übrigens«, brummt er.

Die Drehtür aus Eisengitter quietscht. Nach einer Umdrehung spuckt sie mich in den Kasematten der Festung wieder aus. Ein muffiger Geruch schlägt mir entgegen. Ich laufe durch weiß getünchte Gänge, von deren Wänden der Putz bröckelt, vorbei an Kanonen und Munition bis zu der Stelle, wo eine steinerne Treppe sich auf den Turm windet. Ich stecke das GPS-Gerät ein und mache mich an den Aufstieg. Auf halbem Weg kommt eine hölzerne Plattform in Sicht. Zwischen Fachwerkbalken tickt ein historisches Uhrwerk. Und an einem Geschütz unter der Dachschräge lehnt ein Bild. Es ist die Zeichnung von Luna und mir, die in der Ausstellung abhandengekommen ist. Endgültig sicher, dass ich hier richtig bin, erklimme ich die letzten Stufen und bleibe im Durchgang nach draußen stehen.

»Beim Inselvogt. Hier kann ich ihn unmöglich gebrauchen. Du weißt ja, wie Ossi ist«, höre ich jemanden sagen. Die Stimme kenne ich! Zögernd tauche ich aus dem Treppenaufgang, trete leise auf die Plattform, und da steht sie. Mit dem Rücken zu mir. Horcht in ihr Handy. Luna. »Nein, er ist immer noch nicht da, bist du sicher, dass …«

Pause. »Das letzte Boot muss längst dagewesen sein«, sagt sie. Aus den zum Igel verzurrten Haaren haben sich feine Strähnen gelöst und kringeln sich in ihrem Nacken.

»Alex, bei dem Nebel kann man gerade mal zwei Meter weit sehen, wie soll ich da …« Pause. »Und wenn er es sich anders überlegt hat?«, fragt sie mit zittriger Stimme.

Ich lehne mich an das Treppenhäuschen und beobachte, wie sie sich über die Augen wischt. Dann, als hätte sie meinen Blick gespürt, dreht sie sich um und erstarrt. »Er ist da«, haucht sie und legt auf. Unsicher hält sie ihr Smartphone hoch. »Ich … hab ein neues Handy.«

Weil meine Stimmbänder garantiert ihren Dienst versagen würden, nicke ich bloß und sehe sie weiter unverwandt an. Meine Füße sind wie festgenagelt.

»Deine Nachrichten von der Mailbox abzuhören hat ewig gedauert.« Mit einem nervösen Lachen steckt sie das Handy ein. »Es… es gibt hier übrigens kein italienisches Restaurant«, plappert sie weiter. »Dafür hab ich ein Picknick mitgebracht.« Sie hebt einen Korb vom Boden auf. »Ich fürchte nur, bei der Nebelsuppe werden wir im Gras einen nassen Hintern bekommen.« Für einen Augenblick lichtet sich der Nebel. Die Sonne bricht durch bleigraue Wolken, lässt ihre roten Haare aufleuchten und taucht ihr Gesicht in ein weiches Licht. Lunas Augen blitzen mich an. »Jetzt sag doch auch mal was!«

Endlich setzt sich mein Körper in Bewegung. Immer noch sprachlos, nehme ich ihr den Korb ab, stelle ihn auf den Boden zurück und überwinde die letzten Zentimeter. Als ich ihr Gesicht in beide Hände nehme und ihre nebelfeuchten Lippen küsse, bleibt sie ausnahmsweise einmal still.

Atemlos schiebe ich sie ein Stück von mir und sehe ihr forschend in die Augen. »Und Bernd?«

»Ich mag ihn wirklich gerne. Aber eben nur als Freund«, sagt sie leise. »Er hat es übrigens die ganze Zeit gewusst, sagt er.«

»Oh Mann«, murmle ich, packe sie und wirble sie einmal im Kreis. Lachend bebt sie zwischen meinen Händen, eine ihrer Haarsträhnen kitzelt mein Gesicht. Ich drücke sie fest an mich und inhaliere den Duft ihrer feuchten Haut. Das hier fühlt sich so was von richtig an!

Es dauert lange, bis wir es endlich die Treppe hinunter, durch das Gewölbe und das Drehkreuz zurück in die Welt geschafft haben. Der Himmel ist regengrau. »Ich muss noch mal in den Inselladen«, meint Luna.

Kaum sind wir draußen, zerplatzen bereits dicke Tropfen auf dem Kies. Wir nehmen den Picknickkorb in die Mitte und rennen los. Als hätte er auf uns gewartet, öffnet der Himmel endgültig seine Schleusen. Im Nu sammelt sich überall Wasser und spritzt im Laufen an unsere Beine. Als wir den Kiosk erreichen, sind wir bis auf die Haut durchnässt.

Kaum haben wir die Tür hinter uns geschlossen, regt sich der Flokati unter dem Tisch. Der Hund, so groß wie ein Kalb, kriecht darunter hervor und stürzt sich auf Luna. »Ist ja gut«, lacht sie. »Sitz!« Tatsächlich lässt er sein Hinterteil fallen. »Braver Hund!« Sie geht vor dem wandelnden Teppich in die Hocke. Als sie ihm mit beiden Händen über den Kopf wuschelt, kommen zwei dunkle Knopfaugen zum Vorschein, verschwinden aber gleich wieder hinter den Zotteln. Luna weicht der rosa Zunge aus, die ihr quer übers Gesicht fahren will. »Lass das, Ossi!«

Ossi. Ihr geheimnisvoller Begleiter beim Geocaching. Unwillkürlich muss ich grinsen.

»Na, da freut sich aber einer.« Der Mann von vorhin kommt hinter dem Tresen hervor.

Luna richtet sich auf. »Noch mal danke, dass ich ihn hierlassen durfte.«

»Kein Thema, ich hab ihn kaum bemerkt, da in der Ecke.«

»Darf ich vorstellen: der Inselvogt persönlich«, sagt Luna zu mir.

Lächelnd reicht er mir die Hand. »Das ist ein altmodischer Ausdruck für Inselverwalter.«

»Sie waren in alles eingeweiht – oder?«, frage ich ihn.

Er nickt. »Ich kenne diese äußerst talentierte junge Dame von einem Kunstprojekt hier auf der Insel.«

»Mit der Uni, letztes Semester«, wirft Luna ein. »Und als ich ihn gefragt habe, ob er bei deinem Geburtstagscache mitmachen würde, hat er sofort Ja gesagt.« Bibbernd zupft sie an ihrem durchnässten T-Shirt. »Wie kommen wir jetzt zurück? Ein Schiff fährt heute ja nicht mehr.«

»Warum bleibt ihr nicht einfach über Nacht?«, meint der Inselvogt und zwinkert mir zu. »Ich hätte da ein freies Zimmer im Gästehaus.« Er wirft einen Blick auf die tropfende Luna. »Und ein paar trockene Klamotten kriegen wir sicher auch organisiert.«

Die Kerzen, die Luna angezündet hat, tauchen den Raum in ein warmes Licht. Ihre Haare sind noch feucht und fallen in schweren Strähnen über ihre Schultern. Wir hocken auf der karierten Wolldecke, die Luna mitten im Zimmer auf dem Parkett ausgebreitet hat. Unsere nassen Sachen haben wir über die Stühle der Sitzecke ausgebreitet, die neben dem Doppelbett am Fenster steht. Spöttisch mustere ich Lunas Bademantel. »Als Miss Wet T-Shirt hast du mir besser gefallen.«

»Vorsicht – immerhin tragen wir Partnerlook!« Sie reicht mir die Sektflasche aus dem Korb. Während ich den Drahtkäfig entferne, werfe ich einen prüfenden Blick auf Ossi, der sich in einer Ecke zusammengerollt hat. Der Hund rührt sich nicht. Mein Blick wandert zu Lunas nackten Beinen, die unter dem weißen Frottee hervorlugen, und auf einmal kann ich nur noch daran denken, was sie darunter verbirgt. Ich stelle die Flasche ab, beuge mich vor und küsse sie. Den flauschigen Stoff zwischen meinen Fingern, ziehe ich sie an mich, als die Flasche umkippt. Der Korken knallt quer durchs Zimmer. Mit einem Jaulen springt Ossi auf und rast wie ein Verrückter los. Während Luna versucht, den tobenden Hund einzufangen, schnappe ich die Flasche und setze sie an die Lippen. Sekt schäumt in meinen Mund, kribbelt in meiner Nase, in meiner Kehle. Hustend schnappe ich nach Luft und pruste eine Fontäne quer durch den Raum.

Es dauert eine Weile, bis wir den Sekt mit Handtüchern

aufgewischt haben. Auch Ossi hat sich beruhigt, will aber partout nicht in die Ecke zurück. Stattdessen hockt er sich neben Luna auf die Decke. Und als ich sie wieder küssen will, schiebt er sich knurrend zwischen uns. »Oh nein!«, mault Luna. »Aus jetzt!« Sie zerrt an Ossis Halsband und sperrt ihn ins Badezimmer. Doch kaum ist Luna zu mir zurückgekehrt, kratzt er an der Badezimmertür, und ein durchdringendes Jaulen ertönt. Luna verdreht die Augen.

Kurz darauf trabt Ossi ins Schlafzimmer zurück und weicht nicht mehr von Lunas Seite. Sobald ich ihr näher komme als auf Armeslänge, knurrt er mich an.

Schließlich liegen wir mit einem Meter Abstand im Bett, Ossi zu unseren Füßen. »Herzlichen Glückwunsch zum Geburtstag, Jaro«, murmle ich.

Luna kichert. »Es tut mir so leid«, flüstert sie. Unsere Hände finden sich unter der Bettdecke. Ich verschränke meine vom Sekt klebrigen Finger mit ihren. Der Regen trommelt ans Fenster. Es riecht nach Schaumwein und feuchtem Hund. Ossi beginnt zu schnarchen. Meine Füße, auf denen er liegt, wage ich nicht zu bewegen. Dennoch bin ich in diesem Augenblick der glücklichste Mann der Welt.

Anmerkungen und Dank

Viele der in diesem Buch beschriebenen Schauplätze gibt es in Wirklichkeit nicht. Insbesondere die Geocaches, egal ob am Steinhuder Meer, in Hannover, im Deister oder in Südamerika, existieren allesamt nicht. Das ist auch gut so, denn nichts ärgert einen Cache-Owner mehr, als dass sein mühevoll ausgelegtes Versteck gespoilert wird.

Der eine oder andere wird bemerkt haben, dass sich die Geocacher im Roman nicht immer absolut korrekt verhalten. Dem stimme ich zu. Doch bitte ich Folgendes zu bedenken: Romanfiguren haben immer ihren eigenen Kopf. Dass sie oft unvernünftig oder gar bockig sind, liegt in ihrer Natur. Aber ganz ehrlich: Wären sie sonst nicht viel zu langweilig?

In der realen Welt gehe ich seit 2009 gemeinsam mit meiner Familie auf Dosensuche und habe bisher nur nette Geocacher kennengelernt. Menschen, die sich an Regeln und Gesetze halten, einander und die Natur respektieren sowie andere und sich selbst nicht in Gefahr bringen.

Allerdings …
Travelbug Rodriguez gibt es wirklich!
Gerne dürft ihr ihn auf meiner Website besuchen:
www.fletemeyer.net/rodriguez

Herzlich bedanken möchte ich mich bei …

… meinen beiden Männern, die mir viel Geduld und Verständnis entgegengebracht und mich immer unterstützt haben. Danke, Heiner und Henri!

… den Mitgliedern meiner Schreibgruppe, die mit ihrer konstruktiven Kritik dafür gesorgt haben, dass jede besprochene Szene um Längen besser geworden ist.

… Lea Korte, durch deren Autorenkurs dieses Buch überhaupt erst entstehen konnte. Vielen Dank, liebe Lea, für deine Unterstützung, deine motivierenden Worte und dass du immer an mich und das Buchprojekt geglaubt hast!

… meiner Agentin Diana Itterheim, die mich nicht nur bei der Verlagssuche beraten, sondern die portugiesischen Stellen umgangssprachlich verbessert hat.

… meinen Testleserinnen Carla, Christina, Meike und Sabine, deren Meinung ich schätze und die meinen Fragebogen gewissenhaft ausgefüllt haben.

… meinem Neffen Max, der mir als Höhenretter bei den Kletterszenen wertvolle Hinweise geliefert hat, ebenso wie Stefan Erker von Seiltechnik-Hannover. Beim Kletterkurs für Geocacher ist man bei ihm in besten Händen!

… Markus Gründel, dank seiner Geocaching-Bücher in der Community als »der Gründel« bekannt (der-gruendel.de), für seine Tipps zur Beschreibung der GPS-Technik.

… dem Berliner Comiczeichner Flix, der meine literarische Zeichnung seines Berufsstandes als gar nicht so abwegig beurteilt und dafür gesorgt hat, dass sich Bleistiftstummel in Stifte verwandelt haben.

81846872R00171

Made in the USA
Lexington, KY
22 February 2018